魏子雲　著
李壽菊　主編

魏子雲著作集

金學卷

8

金瓶梅的幽隱探照
明代金瓶梅史料詮釋

萬卷樓圖書公司

第八冊

目次 ^{編按1}

《金瓶梅的幽隱探照》

編按1　原書的目次多達五層綱目，《金學卷》基於統一原則，呈現兩大綱目，保留「艷
　　　段」、「放對詞」形式。

《明代金瓶梅史料詮釋》

上編

下編

附編

金瓶梅的幽隱探照

魏子雲 著

版本源流
1 臺北　臺灣學生書局　1988年11月。
2 本書據臺灣學生版重製　橫排印行。

自序

一

多年以來，我的《金瓶梅》研究，一直在成書年代與作者問題上探索。在我探索這些問題時，從來不曾忘了沈德符與馮夢龍這兩位最可疑的人物。無論接觸到任何資料，首先要考量的就是這倆人；還有袁氏兄弟。

我出版《金瓶梅》研究的第一本書《金瓶梅探原》（臺北巨流圖書公司），就懷疑袁中郎（宏道）所著《觴政》以「《金瓶梅》配《水滸傳》為逸典」的不合事理。這時，《金瓶梅》不惟尚無刻本，袁中郎自己卻連本書也不曾讀到，居然把《金瓶梅》與《水滸傳》相提並論，兼且還說：「不熟此典者，保面甕腸，非飲徒也。」此一問題，居然在我懷疑了十七年之後，終算獲得了答案。原來《金瓶梅》的早期傳抄，乃鄞人屠隆所作，諷喻其當朝今上者也。從今見了《金瓶梅詞話》第十七回中的「賈廉」其人來看，極可能早期傳抄的《金瓶梅》，並不是西門慶的故事，我早在《金瓶梅箚記》及《金瓶梅原貌探索》二書，就討論了這一問題。如今，我在討論「《金瓶梅》抄本」時，竟發現《金瓶梅》自萬曆二十四年冬（1596）打從袁宏道（中郎）給董其昌（思白）函中，提到此書之名而後，居然整整十年沒有任何消息，再由袁宏道（中郎）傳出消息時，已是萬曆三十四年（1606）秋寫出了《觴政》，「以《金瓶梅》配《水滸傳》為逸典」，把《金瓶梅》作為酒令了。這時，鄞人屠隆去世已一年矣[1]！所以我推想袁中

---

[1] 屠卒於萬曆三十三年（1605）秋。

郎之所以大膽的在萬曆三十四年秋再度傳出了《金瓶梅》的消息，顯然的，在這綿綿十年歲月中，他們與作者屠隆曾相商改寫，可能在屠隆故後，他們得到了殘稿，已在計畫中成書付梓矣！遂有了沈德符《萬曆野獲編》的「袁中郎《觴政》以《金瓶梅》配《水滸傳》為逸典，予恨未得見。丙午遇中郎京邸，問：『曾有全帙否？』」的種種暗示。沈德符的這一番話，卻又著文時間極遲，馬泰來推論作於萬曆四十七年（1619）為上限，我則推論作於天啟七年（1627）或崇禎五年（1632）。蓋沈文中的諸城丘志充（六區），天啟七年因案被逮下獄，崇禎五年棄市。所以沈文結語說：「丘旋出守去，此書（《玉嬌李》）不知落何所」也。

　　這些史料之文辭的相互比竝推研，足以肯定今之《金瓶梅詞話》乃袁中郎等人的改寫本，初期傳抄時代的《金瓶梅》，未必是西門慶的故事。

二

　　我之所以把《金瓶梅》的抄本，區分成兩個階段，正因為袁中郎於萬曆二十四年（1596）冬首先傳出了《金瓶梅》的消息，事後竟十年闃無一字傳聞，到了整整十年後的丙午，卻仍由袁中郎的酒令《觴政》傳播出來，已與《水滸傳》相題而併論，作為酒場甲令矣。從此之後，《金瓶梅》的消息，遂在袁氏兄弟這幫相互認識的朋儕中傳播開來。是以我們今見之有關《金瓶梅》的傳抄文件，全是萬曆三十四年（1606）之後寫作出來的。那麼，將《金瓶梅》的傳抄，別作前後兩期，乃一正確的史實。過去，大家都把此一問題忽略了。

　　史實就是考據者立論的實據。《金瓶梅》的傳抄，自袁中郎於萬曆二十四年傳播於文友間，居然十年之間，沒有其他人再傳出它的消

息，像這麼一部「必遂有人板行」的合乎當時社會的小說，竟無聲無
闠了十年，若以當時的歷史背景與社會因素來說，這是不可能的事。
（以今見之《金瓶梅詞話》內容來說。）可是，居然如此，豈不可怪？
所以我認為這之間隱藏著一些微妙的問題。

　　試想，當我們注意到了此一問題，怎能不去一探究竟？

　　第一、刻上淫穢文字與畫圖的書刊，在嘉、隆、萬那個時代，
又不干公禁。初期傳抄本的《金瓶梅》內容，如正是今天我們見到的
《金瓶梅詞話》則是不可能在社會上被隱蔽起來的。但居然被隱蔽起
來了，顯然的，初期傳抄時代的《金瓶梅》其內容必非今見之《金瓶
梅詞話》。袁中郎讀後的論斷是：「雲霞滿紙，勝枚生〈七發〉多矣！」
便足以證明初期傳抄的《金瓶梅》乃政治諷喻小說也。其內容若非有
關政治諷喻，那是不可能在社會上被隱蔽起來的。

　　第二、何以十年之後的後期傳抄本，便陸續有人在文字上談論
到它？顯然的，後期傳抄出的《金瓶梅》，已非初期傳抄本的內容，
已經改寫過了。但仍非全稿，卻又在袁中郎的朋友圈中傳播著。又傳
抄了十年之後，方有刻本出現。卻又在沈德符《萬曆野獲編》的文辭
中，暗藏了不少微妙的答案。所以我以「艷段」來處理它。

三

　　《金瓶梅》的明代刻本，傳乎今世者只有兩種，一是十卷本；一
是廿卷本，即今人習稱之「萬曆本」（十卷）與「崇禎本」（二十卷）。

　　第一種刻本（十卷本），自民國二十一年「萬曆本」被發現之後，
研究者無不認為廿卷本是十卷本的後改本，筆者向亦如此認定。客歲

（1988^{編按1}）十月，在港與梅節先生聊天，梅先生向我提出十卷本與廿卷本乃傳抄時代的兩種不同底本。當時一聽，不禁發愣。竟一時不能接納這個說法。梅先生近數年來，從事該書版本的校勘，業已完成了一部正本清源的標準本《金瓶梅詞話》，已由香港星海文化出版公司印行了。此一問題，乃梅先生從事校勘時所發現。那天（一九八七年十月二十三日）午後，我們談了五小時有奇，他搬出校勘時的紀錄，一一指出了他發現到的證據。而我，也提出了廿卷本源自十卷本的證據，乃第三十九回的「鈞」字誤為「釣」字，廿卷本之誤，竟與十卷之誤是一脈相承，怎能說是淵自兩種「底本」呢？但梅先生在詳細校勘過程中發現的證據，我也無法否定。

由港歸來，我便段段落落的比對這兩種版本的相關問題，終於在第五十三回五十四回這兩回中發現到這些問題。特別是第五十四回，顯然的，這兩種版本（十卷本與廿卷本）的內容，有了顯著的不同。可以基之證明廿卷本的這一回，不是根據十卷本來的。十卷本的內容豐贍，人物言談與容止生動，二十卷則稍遜，且篇幅亦少。二十卷刻於崇禎，有崇禎皇帝的避諱字「檢」刻為「簡」字可證，乃十卷本之後的刻本，已有明證。那麼，或可基此認定廿卷本付梓時，所據底本已非全貌，而十卷本的版已毀，且手中十卷本的存書缺這兩回。在此情形之下，遂不得已而據上下文的情節，以及大家夥談過十卷本的印象，湊成了這兩回（特別是第五十四回）。

不過，廿卷本是改寫過的，不惟第一回全部改寫一過，原十卷本中的戲曲、證詩等等，卻也刪的刪，改的改，已非十卷本的原貌矣！再來對證沈德符《萬曆野獲編》的說詞，堪可證明《金瓶梅》在

後期傳抄時代，就有了兩種不同的改寫底本。崇禎本的梓行，之所以編為廿卷本，亦可能有心別於十卷本。實際上，十卷本與廿卷本的分卷，不同處也祇在於五回一卷與十回一卷之分別而已。

四

　　正由於今見之兩種《金瓶梅》刻本，全是在後期傳抄時代就改寫過的，因而我們探究作者是誰？又怎能不分段來說。認真分來，應分成三個階段來說，第一階段是初期傳抄本的作者是誰？（即袁中郎於萬曆二十四年（1596）見到的那一稿本），第二階段是後期傳抄本的改寫者，第三階段是付梓者的改纂者。這是明代出版界的風尚，出版者最喜改纂他要出版的作品。

　　從今見之兩種明代《金瓶梅》刻本來說，我們已經有了一件直接證明作者是誰的證據，那就是十卷本第五十六回中的〈別頭巾〉詩文。此一詩文尚見於天啟間刊行之《開卷一笑》與《繡谷春容》（《繡谷春容》刪去詩）。此一詩文在《開卷一笑》中，刻有作者筆名「一衲道人」，屠隆之別號也。上海復旦大學的黃霖，最先提出作者屠隆說，這數年來，我一直在此「說」上進行鑽探，認為此說最為正確。我已尋出屠隆可能寫作《金瓶梅》諷喻明神宗的創作動機[2]，此一寫作動機，在所有提出的《金瓶梅》作者說的推想中，除了屠隆，別人全未具備。何況，十卷本第五十六回中的〈別頭巾〉詩文，證據又是如此的直接而肯定，其他諸說，何人有此鐵證耶？

　　還有湯顯祖在屠隆病中寫出的十首充滿了嘲笑的絕句，卻也是出乎常情的作為。湯顯祖在明代士人羣中，是一位不納妾不冶遊的正

---

[2]　見拙著：〈屠龍的罷官及雕蟲罪尤〉，《金瓶梅原貌探索》，頁415。

人君子，與屠隆、袁宏道這班朋友的浪漫生活，恰恰相反。屠隆於萬曆十二年（1584）罷官後，一直賣文為活，且不時出遊，奔波於在位文士間，晚年編寫戲曲，且自組戲班出堂會於仕紳家。雖不十分貪酒，卻十分好色，戲班伶優，亦家伎焉。如從湯臨川這十首絕句的嘲笑詞語觀之，可以獲知屠緯真死狀甚慘，癉瘍痛楚，端賴家人唸唱佛經止之。後人說屠氏死於梅毒，基此詩而言也。但在我看來，湯氏之在老友屠氏臨終前，未嘗作詩以慰，死後也不曾寫一言片語悼唁，竟寫出笑語以嘲之，似非指屠之好色，或惱其遺孽《金瓶梅》也哉！是以詩有「涕睡機關一線安，業緣無定轉何難？」及「雄風病骨因何起？懺悔心隨雲雨飛。」又有句云：「不知一種無名恨，也向蓮花品內消？」斯所謂「無名恨」得非指屠隆之罷官銜恨於上而創作《金瓶梅》洩恨未成，臨終尚賴唸佛消痛，豈非孽乎！

五

　　另有〈欣欣子〉與〈東吳弄珠客〉這兩篇序文，多年以來，卻也牽羈了不少糾結。去年八月臺北舉行明代小說戲曲國際研究會（中央圖書業辦），我曾提出一篇論文〈馮夢龍與金瓶梅〉文中列出證言，認為「欣欣子」與「東吳弄珠客」都是馮夢龍的化名。今春，香港友人梅節先生影印一份陳毓羆作〈金瓶梅抄本的流傳付刻與作者問題〉一文，竟與我的看法一致，真格是「不約而同」、「不期而遇」。儘管各人論點不同，此一看法則一。至感欣慰於吾道之不孤也。

　　馮夢龍極可能也是一位《金瓶梅》後期傳抄本的改寫人之一，這兩種刻本（十卷本與廿卷本）也可能全是馮夢龍主持梓行的。化名「欣欣子」作的序文，已透露了刻本《金瓶梅》與抄本《金瓶梅》的差異。我在《金瓶梅原貌探索》中已提出了，如「離別之機，將興憔

悴之容，必見者所不能免也；折梅逢驛使，尺素寄魚書，所不能無
也；患難迫切之中，顛沛流離之頃，所不能脫也。」這些情節，均未
見於這兩種刻本。得非暗示刻本之情節，已非原稿本之內容乎？這些
暗示，研究者，焉能忽之！

　　總之，今見之兩種《金瓶梅》刻本，全是改寫本，已非初期抄本
的內容。可以說是極為肯定的事實。袁氏兄弟計畫了《金瓶梅》後期
抄本的整合與修纂，在歷史演變過程中，也脈絡分明。馮夢龍主持了
兩種刻本的梓行，也事理清楚。這些，我都在最後一章（放隊詞）〈馮
夢龍與《金瓶梅》〉中分析出來了[3]。堪以證明我與陳毓羆先生的此
一看法是極為正確的。不過，陳先的結論與我不同。也許他讀了我的
這些論述，會從事修正他的誤點。或者，糾正我的誤點。

六

　　明年六月，大陸將在徐州舉行《金瓶梅》研討會第一屆國際會
議。所以特先寫出這部書，提早送請學生書局付梓，希望早些日子出
版，早些日子送到大陸所有研究《金瓶梅》的學者與作家手上，便於
大家有一段充分的時間來批駁我的意見，或贊同我的看法。

　　學術討論，講究的是學理。不是政治，要求的是千士之諾諾的
多數「是」字，所謂得眾也。學術則訴之理則，如千士之諾諾的理則
是「非」，一士之諤諤為「是」，則千士之諾諾的「非」，亦難敵一士
之諤諤的「是」也。

　　再說，學術立論，要有歷史為基礎。如無歷史為基的論點，雖
高上雲霄，亦海市蜃樓耳，經不起太陽光的。考據之論，論在有據，

3　此文與去年我在明代小說戲曲國際研究會上提出的論文不同，我又重寫過了。

研判推論，亦必須依據；據之所憑依乃本源，如無本源，據無憑矣！

　　深切盼望賢者教我，真盼我這部書能遇上法家，提出證據判我？「拆屋還地」。果爾，則我願再尋基地重建，雖心愧面慚，亦敬謝之焉！

　　　　　　　　魏子雲（民國七十七年〔1988年〕七月七月）

艷段^{編按1}

《萬曆野獲編》卷二十五「金瓶梅解說」

一　《觴政》與《金瓶梅》

袁中郎《觴政》以《金瓶梅》配《水滸傳》為外典，予恨未得見。

1　袁宏道字中郎，又號石公。生於隆慶二年（1568）卒於萬曆三十八年（1610），湖廣公安人。萬曆二十年（1592）進士，曾任吳縣令，禮部郎中。文倡性靈說，昆仲三人，均有文名，世有公安派之稱。

2　《觴政》，袁宏道作品之一，乃飲酒應用之酒令。其〈掌故〉一則，云：「……傳奇則《水滸傳》、《金瓶梅》等為逸典。不熟此典者，保面甕腸，非飲徒也。」此文附有〈酒評〉於後，題時為「丁未夏日」，萬曆三十五年（1607）也，推想《觴政》一文，約寫於萬曆三十四年前後。〈酒評〉乃後補。（往者，余斷之寫於萬曆三十五年前後¹）另有《寶顏堂祕笈》本之《觴政》未附〈酒評〉，卻

編按1　《金學卷》對註解的編輯，多採現代編輯法為之，與先生的註解行文略有不同。

編按2　註1的內容，本置入正文裡，以（）區別之；《金學卷》在編輯過程中，則以置入註解示之。

1　參閱拙作：〈袁中郎觴政之作〉，《金瓶梅探原》，頁97。^{編按2}

有「荷葉山樵」跋，題時為萬曆「甲辰閏九月[2]」。早〈酒評〉三年。然從袁中郎尺牘視之，凡題及《觴政》者，率多在萬曆三十七年前後[3]。

3　大可怪者，袁中郎以《金瓶梅》配《水滸傳》為逸典，寫入《觴政》時，手中尚無《金瓶梅》全稿，休說是出版品。何以竟會把一部所見不全的抄本《金瓶梅》寫入酒令？還說：「不熟此典者，保面甕腸，非酒徒也。」難怪屠本畯《山林經濟籍》說：「如石公而存是書，不為託之空言也；否則，石公未免保面甕腸。」蓋亦責袁宏道之斯文不當，亦疑其無《金瓶梅》全本，竟何以有此說耶？

誠然，袁氏所見，《金瓶梅》只是抄本，且非全帙。如何能希求酒徒去熟此典？想來，得非蓄有全書而有付之剞劂之籌謀也耶？

二　《金瓶梅》全本在誰家

丙午，遇中郎京邸，問曾有全帙否？曰：第睹數卷，甚奇快。

今惟麻城劉涎白承禧家有全本，蓋從其妻家徐文貞錄得者。

1　袁宏道（中郎）辭吳縣令後，曾閒散數年[4]。於萬曆二十九年（1601）在家鄉築柳浪湖邅居六年後，於萬曆三十四年（丙午）秋始入京候選。沈說之「丙午遇中郎京邸」，蓋指此時也。當在秋後。

2　這時的沈德符，是國子監的「例監」（捐得的太學生）。從語詞來

2　按《寶顏堂秘笈》初刻於萬曆三十四年（1606）刻竣於泰昌元年：分正集、續集、廣集、彙集、普集等。《觴政》在續集，其刻成當在萬曆三十四年以後。此「荷葉山樵」之跋文，未知何人？何以書為「甲辰閏九月」？是否有誤，待考。

3　拙作：〈袁中郎觴政之作〉，《金瓶梅探原》。

4　袁宏道（中郎）於萬曆二十五年（1597）春辭吳縣令，曾至真州小住，再去京補官，二十八年（1600）冬，又辭官歸隱。兄宗道故世，中郎在家隱居自築之柳浪湖六年，至三十四年（1606）秋，方始出京，再補官。三十八年（1610）九月卒。

看，沈德符似與袁中郎是好友，但在袁氏三兄弟的詩文集中，竟無一字及於沈德符。強拉名人為契友好相知，乃人性本質，且不論它。然沈氏僅從《觴政》一文述及《金瓶梅》的片言碎語，似不致有否全帙之問？且從《觴政》文意看，應認為袁中郎讀過全本，否則，怎會冒冒然寫入《觴政》？因此我們可以推想沈氏的此問？乃明知袁中郎無全本而故問。遂在行文上引出了下語：「第睹數卷，甚奇快！」祇讀了數卷就被其中之「奇」，暢快得「甚」了，方始回答說：「今惟麻城劉涎白承禧家有全家，蓋從其妻家徐文貞錄得者。」語氣極為肯定，可以推想袁中郎已讀了全本。麻城乃公安近鄰也，且麻城劉家亦宦門，劉承禧之父劉守有曾任錦衣衛都指揮使，劉承禧也官到錦衣指揮，與袁家向有往還[5]。劉家有《金瓶梅》全本，袁氏兄弟讀到，應是可能的。

3　徐文貞乃徐階諡號，曾任大學士[6]，劉承禧是徐階曾孫婿。是以袁中郎說徐是劉的妻家。（旅美學人馬泰來撰有〈麻城劉家與金瓶梅〉）一文刊《中華文史論叢》一九八二年第一輯）徐家又是從何得來？未有答案。但這一段話，卻明示了《金瓶梅》全本的來源。來自麻城劉家。

（麻城劉家與浙江鄞縣屠隆，有義人之交[7]。）

三　袁氏兄弟有《金瓶梅》全本乎

5　麻城劉守有以祖廕入仕，萬曆十二年（1584）任錦衣衛僉書掌衛事，屠隆因故罷官，狼狽出京。家小染病，劉守有為之照顧，且以正義為之鳴不平。屠隆稱之為「義人」。（見屠隆之《白榆集》、《栖真館集》）。

6　徐階（1503-1583）松江華亭人，曾任大學士，與嚴嵩同時在朝執政。

7　麻城劉守有以祖廕入仕，萬曆十二年（1584）任錦衣衛僉書掌衛事，屠隆因故罷官，狼狽出京。家小染病，劉守有為之照顧，且以正義為之鳴不平。屠隆稱之為「義人」。（見屠隆之《白榆集》、《栖真館集》）。

又三年，小脩上公車，已攜有其書，因與借抄挈歸。

1　這裡說的「又三年」，當是萬曆三十七年（1609）。不錯，此年己
　　酉，明年庚戌有春闈，袁中道（小脩）先期赴京依兄（宏道），準
　　備明年春闈之試，沈德符是太學生，也在都城，應有晤面的機
　　會。袁中道携有《金瓶梅》全抄本，因與借抄，也是可能的。問題
　　是袁中道（小脩）在萬曆四十二年（1614）八月寫日記《遊居柿錄》
　　時，尚說他「從中郎真州，見此書之半。」未說他讀到全本。按袁
　　小脩「從中郎真州」的時間，在萬曆二十五、六年間（不少人考證
　　過了）。袁宏道（中郎）卒於萬曆三十八年（1610）九月，袁小脩
　　在萬曆四十二年八月日記中說他還祇是從中郎真州時，見過《金瓶
　　梅》一部份，沈德符又怎能在萬曆三十七年向袁小脩抄得《金瓶梅》
　　全本？可以想知沈氏《萬曆野獲編》的此一說詞之不確。

2　再說，謝肇淛寫於《小草齋文集》中之〈金瓶梅跋〉也說他向袁中
　　郎抄來的《金瓶梅》只有「其十三」[8]。據多數人推論，認為謝氏
　　此文寫於萬曆四十四年（1616）前後[9]。尤足以證明袁氏兄弟在萬
　　曆四十二年前後，手中尚無《金瓶梅》全本。益發確定沈說《萬曆
　　野獲編》之讕言矣。

8　見〔明〕謝肇淛：《小草齋文集》，卷二十四。崇禎五年刻。

9　參閱旅美學人馬泰來〈諸城丘家與金瓶梅〉一文：「在四十一年至四十四年，謝肇
　　淛並不在北京。因此丘志充和謝肇淛相熟，並借予《金瓶梅》抄本，只可以是萬曆
　　四十四年（1616）初創萬曆四十六年（1618）七月，謝肇淛離北京往雲南以前三年
　　間之事。」那麼，謝氏此文應寫在抄得丘之「十五」《金瓶梅》稿後而寫，可能時
　　在天啟初矣！

四　有陋儒補以入刻，未幾時而吳中懸之國門矣！

吳友馮猶龍見之驚喜，慫慂書坊以重價購刻。馬仲良時榷吳關，亦勸予應梓人之求，可以療飢。予曰：此等書必遂有人板行，但一刻則家傳戶到，壞人心術，他日閻羅究詰始禍，何辭置對，吾豈以刀錐博泥犁哉？仲良大以為然，遂固篋之。未幾時，而吳中懸之門矣。然原本實少五十三回至五十七回，遍覓不得，有陋儒補以入刻，無論膚淺鄙俚，時作吳語，即前後血脈，亦絕不貫串，一見知其贗作矣。

1　這段話是緊接著上句：「因與借抄挈歸」來的，吳晗、鄭振鐸、魯迅等人，之所以判定《金瓶梅》初版於萬曆三十八年（1610），就是依據此一文句的連貫語意來的。如不是尋到了「馬仲良司榷吳關」的時間，是萬曆四十一年到四十二年。試問，我們僅從沈氏這段話的行文語意說，誰也不能判定「吳友馮猶龍見之驚喜，慫慂書坊以重價購刻。馬仲良時榷吳關，亦勸予應梓人之求，可以療飢[10]。」這時是萬曆四十一、二年的事；距離沈德符在京城向袁小脩抄得全本「挈歸」已四年有奇矣！

2　顯然的，沈德符《萬曆野獲編》的這些話，幾乎句句都隱藏著暗示。我們如從「暗示」去尋求問題，那麼，馮夢龍的「見之驚喜」與「慫慂書坊以重價購刻」又何止是暗示？簡直是明示馮夢龍是「慫慂書坊以重價購刻」的人物。馬仲良的「亦勸予應梓人之求，可以療飢。」更是加強了上句馮夢龍之「慫慂書坊以重價購刻」的事，必然會產生。何以？此等書之深為書坊青睞也。既有人願以「重價購刻」，自可想知此書之多麼會有銷路。

10　馮夢龍與馬仲良的這些說詞，是否確有其事？今所能見者，悉為《萬曆野獲編》片面之詞。尤其馬仲良，其所遺《鈔遠堂集》，經查亦無隻字及乎此事，且亦未題《金瓶梅》。

3 可是沈德符不願意出售，理由是：「此等書必遂有人板行，一刻則
　家傳戶到，壞人心術。他日閻羅究結始禍，何辭以對？予豈以刀
　錐博犁泥哉[11]！」仲良大以為然。遂固篋之。這番話更是鮮明的明
　示。所以我們能從這番話，體會到《金瓶梅》這部書，之所以傳抄
　了二十年沒有刻本，乃有其現實社會需求以外的原因。所以「此等
　書必遂有人板行，一刻則家傳戶到。」乃指的是萬曆四十五年
　（1617）以後的《金瓶梅》，當然是我判斷的那個改寫本了（即今
　見的《金瓶梅詞話》），不可能是初期傳抄（萬曆二十四年間）的
　那部未寫完的《金瓶梅》。若是同一部，當是不可能在萬曆那個淫
　風暑靡的時代，竟無書坊「以重價購刻」的。儘管社會上多的是沈
　德符這樣的深怕「壞人心術」又怕死後閻羅王會「究詰始禍」招致
　下地獄的人，卻也免不了還有人不怕「以刀錐博犁泥」。那時，社
　會上已有不少比《金瓶梅》更淫穢的書籍倡行，都市上出售淫書淫
　畫淫器的商店，全是公開的呢[12]！自不是沈德符「固篋之」就能阻
　礙是書之梓行的。想來，《金瓶梅》一書之遲遲無人梓行，除了阻
　礙於政治因素，曷得再有他因？所以改寫後的《金瓶梅》，「未幾
　時而吳中懸之國門矣」！

4 又說：「原書實少五十三回至五十七回，遍覓不得，有陋儒補以入
　刻。無論膚淺鄙俚，時作吳語，即前後血脈，亦絕不貫串，一見
　知其贗作矣！」此一問題，我曾寫有專文[13]，曾對照了「《金瓶梅
　詞話》，證明不能與沈氏此說印證。今又比勘廿卷本「崇禎本」，

11　「犁泥」一詞，意為舌發狂辭，當下犁舌之獄。犁，舌耕也，泥，喻地獄也。《剪
　　燈新話》〈令狐生冥夢錄〉：「敢為狂辭，誑我官府，合付犁舌獄。」

12　明佚名者著《如夢錄》，《街市紀》第六記有開封市衢有淫店七家，公開售賣春畫
　　及淫事用物。（1984年8月河南中州古籍出版社鉛字印行本）。

13　拙作：〈論沈德符「有陋儒以入刻」之金瓶梅五回〉，《金瓶梅審探》。

竟發現崇本之五十三、四兩回，確有補寫現象。這麼一來，則沈氏此話中的「有陋儒補以入刻」的「陋儒」，指的是改寫廿卷本者呢？還是十卷本？更需要吾人去一一探討推論。

至於「吳語」我已說過多次，全書各回都能尋得，非僅圍於五十三至五十七之五回也。

5 若是等情，益發證明了沈氏《萬曆野獲編》的這番話，乃明示或暗示的說辭，無從以史實來作契對的。奉請賢者三思之焉！

五　聞此為嘉靖間大名士手筆

聞此為嘉靖間大名士手筆，指斥時事，如蔡京父子，則指分宜，林靈素則指陶仲文，朱勔則指陸炳，其他各有所屬云。

1 最早刻出的十卷本《金瓶梅詞話》，其中明明有一篇〈別頭巾文〉（在五十六回）。在《開卷一笑》中是託名屠隆（一衲道人）的作品（也許是屠隆的遊戲之作）。沈德符寫此文時，怎能不知？按《開卷一笑》梓行於萬曆末天啟初，沈氏的這篇論《金瓶梅》，寫於天啟以後，不可能沒有見到《開卷一笑》。此文偏說「聞此為嘉靖間大名士手筆」，得非言此而意彼乎？可以說是故指岔途。多年以來，不是導入了不少人在這條岔道上走了冤枉路嗎！

2 關於下說的「指斥時事」，自是合乎《金瓶梅》的內容的。至於說蔡京父子指「分宜」（嚴嵩父子），林靈素指「陶仲文」，朱勔指「陸炳」。則《金瓶梅》並無足夠的故事與情節來「指斥」其「時事」。尤其是林靈素，始終未登場，如何與陶仲文比況？就是朱勔，也僅在第七十回代天子視牲回來，寫了一段這位太尉的威風氣勢，亞賽天子而已。這副威赫之勢，嘉靖朝的陸炳，何嘗具有？也是比況不上的。「其他各有所屬」之說，如以之與第一回的入話，第七十一回的一年兩冬至等隱喻作「時事」之「指斥」，則誠有「所

屬」[14]耳。

六　《玉嬌李》的問題

中郎又云，尚有名《玉嬌李》者，亦出此名士手，與前書各設報應因果。武大後世化為淫夫，上烝下報，潘金蓮亦作河間婦，終以極刑，西門慶則駭憨男子，坐視妻妾外遇，以見輪廻不爽。中郎亦耳剽，未之見也。去年抵輦下，從丘工部六區志充得寓目焉。僅首卷耳，而穢黷百端，背倫滅理，幾不忍讀。其帝則稱完顏大定，而貴溪分宜相構亦暗寓焉。至嘉靖辛丑庶常諸公，則直書姓名，尤可駭怪，因棄置不復再展，然筆鋒恣橫酣暢，似尤勝《金瓶梅》。

1　如照沈德符《萬曆野獲編》的這一記述，堪知《玉嬌李》乃《金瓶梅》的續書，而且是報復《金瓶梅》者。一如《水滸傳》之有《蕩寇志》（所謂：《後水滸傳》）；《紅樓夢》之有《紅樓圓夢》等等。若是情形，往往是後人好事或出版者承其前書餘緒，以謀蠅利的行為，不大可能是一人自作正反之說的「亦出此名士手」，說「中郎亦耳剽，未之見也。」

2　可是，沈德符說他在京城丘工部六區處，見到了這部《玉嬌李》，僅閱了首卷，就見到了「穢黷百端，背倫滅理，幾不忍讀。」像這麼一部「穢黷百端」的小說，居然在萬曆朝沒有傳抄開來？「此等書」居然「無人板行」？卻也很難令人相信有這麼一部小說。

3　「其帝則稱完顏大定」，當是以元朝為背景的。「而貴溪分宜相

14　《金瓶梅詞話》第一回，寫劉邦寵戚夫人有廢嫡立庶的入話等，第七十一回寫朱太尉代天子視牲回朝，其威勢賽過天子，意其「所屬」之「時事」，或非指大臣也。

構[15]，亦暗寓焉。」萬曆朝的人，寫小說諷喻前朝嘉靖間的時事，亦不致受到政治上的麻煩。在明代，新君登極後，為前朝翻案還其清白又加追封的事，多的是。儘管「嘉靖辛丑[16]諸公，則直書其名。」也不至於受到政治的干擾。縱然有政治干擾事件，明代的史書或野史，亦當有記述。憾然未之見也。所以我推想此所謂《玉嬌李》也者，極可能是袁中郎等人曾經計畫中的一部《金瓶梅》續書。後來，未成事實。沈德符《萬曆野獲編》特在此傅塗一筆，以壯（狀）所聞而已。

（不過，斯乃我個人的推想。）

七　此書不知落何所

丘旋出守去，此書不知落何所。

1　最妙的便是文末的這一句，竟說他在丘工部處讀到《玉嬌李》這部書之後不久，丘就出京到外地做官去了。於是「此書不知落何所」？怪哉！藏書人只是到京城以外的地方作官去了，離開京官的職務而已，怎的會說「此書不知落何所」呢？但一查史實，此一問題的笑案有了。

2　按「丘工部六區」，名志充，字六區，山東諸城人。萬曆三十一年（1602）舉人，庚戌（三十八年）科會士（未參加殿試），癸丑（四十一年）進士。曾任工部主事、郎中，萬曆四十七年（1619）外放河南汝寧府知府，翌年到任。後來外任磁州兵備副使，四川監軍

15　「貴溪」指夏言，江西貴谿人，「分宜」指嚴嵩，江西分宜人，同時在嘉靖朝堂問政，夏言居首輔嚴嵩暗中構陷之。此一史實，賦寓於萬曆朝之小說，自亦無礙焉！

16　此所謂「嘉靖辛丑諸公」，蓋亦指貴溪、分宜相構事。辛丑，嘉靖二十年（1541）也。是年八月罷夏言，十月夏言再入閣，（郭武定獄死。）

副使，湖廣副使，分守荊西道。再升河南按察使、山西右布政使，可以說官運亨通。但卻於天啟七年（1627）因行賄謀京堂，為東廠查悉，逮鎮撫司論罪，判死刑；崇禎五年棄市[17]。

當我們瞭然於丘志充的史策，自可洞然明悉沈氏《萬曆野獲編》這句「丘旋出守去，此書不知落何所」的語意安在矣！原來丘志充六區犯了法，判了死刑，所以沈氏感慨的說：「此書不知落何所」？

3 雖然，沈德符《萬曆野獲編》的這則論及《金瓶梅》的文件，未注寫作的年月日時，但從「丘旋出守去」的時間「萬曆四十七年下半年至萬曆四十八年上半年」，來推想上句「去年抵輦下」，在「丘工部六區」處讀到《玉嬌李》的時間，最早也不會上踰萬曆四十七年底。蓋此語必須說在丘之離京後也。至於沈氏《萬曆野獲編》這篇文章的完成（或經改寫處）時間，可能在丘氏棄市後。最早的寫作時間，似亦不會上踰於於天啟七年。蓋丘之犯法逮下鎮撫司受審，乃天啟七年事。案成死刑，則當在崇禎。是以我推想沈氏《萬曆野獲編》此文之寫成時日，按在丘氏棄市後，較比合乎事理。不是嗎？

4 沈德符《萬曆野獲編》這篇短文，從文辭上來看，可以說是辭清意順，從語意上看，便會發現到多有詭詐之處，即我上論者也。若再從史實之據，來進行探討，就會見到沈德符《萬曆野獲編》設了不少暗門，尚有賴智慧之鑰去一扇扇的開啟。我總感於沈德符《萬曆野獲編》的這一文件，隱藏了不少的暗示。尤其是《金瓶梅》的作者是誰？亦寶藏其中也。

5 我還懷疑這一文件非沈德符所作呢。

編按1　註17，馬泰來之文已移入《外編》，《金學卷》刪之

17　參閱美國學人馬泰來寫〈麻城丘家與金瓶梅〉一文，原刊於《中華文史論叢》第一輯（1982年），今附錄於拙作：《小說金瓶梅》（臺北市：臺灣學生書局，1988年）頁315-328。[編按1]

《金瓶梅》的抄本[編按1]

　　《金瓶梅》一書，自從袁宏道（中郎）於萬曆二十四年（1596）冬，開始在一封給董其昌的信中傳揚開來，卻未在社會上流傳。是否曾在文友之間傳抄？至今尚無史料可證。直到萬曆三十四年（1606）方再傳出它的消息。

　　傳出此一消息的人士，仍舊是袁宏道（中郎），他把《金瓶梅》一書，寫在他的作品《觴政》文中；以之配《水滸傳》為「逸典」。作為酒場甲令。

　　何以《金瓶梅》一書問世十年，竟然在社會上無聲無息？直到十年後方又傳出它的行蹤？

　　這些，全是問題，需要一一審探究竟。這些，牽連到的問題，細究起來，可是太多了。諸如：稿本的傳抄，與此有關；刻本的底本，與此有關；成書的年代，與此有關；全稿的問題，與此有關；作者的問題，更是與此有關。

　　所以，本書在論及《金瓶梅》的作者問題之時，首先要討論的，應是此一傳抄問題；此一問題，尚無人去深入探討呢！

　　由於此一問題，之間有著十年時間的空白，在討論此一問題時，不得不分作兩個階段來立說。一是初期抄本。一是後期抄本。

編按1　本文存有手稿，典藏於國家圖書館特藏文獻組。此文與手稿大幅不同，編輯研
　　　　判應是先生後來的改寫之作。

一　初期抄本

儘管明代論及《金瓶梅》的人士，都詬病於該書的淫穢部分，認為「決當焚之」或付之「坑灰」，但明朝並無淫穢文字或畫圖，干犯公禁的歷史紀錄。相反的售賣淫事的「淫店」，則林立於都市。

明崇禎年間，一位佚名的人士，寫了一本《如夢錄》，紀述汴州的人文里巷等等，其中〈街市紀〉（第六），則記有「淫店」數家，校注者孔憲易先生說：

> 書中記淫店者，凡七處。俱在鐘樓南北，省最高官署左右。
> 且寫明售賣「廣東人事、房中技術等淫事用之藥物、器具各
> 色。此種店肆居然設在巡撫、布政、按察、都指揮諸署附
> 近，而省大吏置若罔聞，足證明代上層淫靡之風[1]。

像這種晚明歷史上無可抹煞的社會現實，試想，《金瓶梅》這樣內容的小說，可能在問世之後，十年之間，只有袁宏道兄弟手上，未曾流入其他人士手中嗎？要不然，怎的竟會在這十年的漫長歲月裏，到如今還沒有發現其他的人士，題到《金瓶梅》三字？（在萬曆二十四年（1596）到萬曆三十四年（1606）這整整十年間，卻祇有袁宏道（中郎）寫給董其昌（思白）的一封信，談到《金瓶梅》。）

想來，這麼一件具有歷史因素的問題，從事《金瓶梅》研究的人士，怎能不去考量？怎能不去探索？

自從袁宏道傳出《金瓶梅》一書之後，十年之間，竟無第二位當代人士再題到《金瓶梅》。（直到今天，我們還沒有發現第二人題到《金瓶梅》的資料。）

---

[1]　摘錄一九八四年八月河南中州古籍出版社出版之《如夢錄》本。

　　從晚明的歷史來看，《金瓶梅》之未能廣事傳抄，尤其是它問世十年來，竟無第二人說到它，並不是由於它內容的淫穢問題。已有史實的紀錄證明，明朝不禁淫書不禁淫畫。

　　那麼，此一問題，應是什麼原因呢？

　　在我以為，除了政治的歷史因素，我們很難尋到其他足以形成此一問題（問世後的十年間，便無聲無息）的原因。所以我推想最早問世的《金瓶梅》抄本，是一部關乎政治諷喻的小說；諷喻的對象極可能是他們的「今上」。這一點，袁宏道的信上文辭，已經說明了：「伏枕略觀，雲霞滿紙，勝枚生〈七發〉多矣！」

　　所謂「雲霞滿紙」，蓋指的是文辭上的隱喻，有高超微妙的文辭如雲霞之布乎天也。勝過枚乘的〈七發〉一文，更是明白指出枚乘的〈七發〉一文便是一篇關乎政治的散文賦，所謂「〈七發〉」，歷述七事以發楚王子的政治心疾。〈七發〉文在《昭明文選》，毋庸細述的了。

　　問題是，這最早傳出的《金瓶梅》抄本，其內容是不是我們今天還能讀到的這部《金瓶梅詞話》或崇禎本《繡像批評金瓶梅》？此一問題，如從歷史因素去推想，不可能是。

　　何以？「此等書必遂有人板行」也。（《萬曆野獲編》語）

　　此一初期的抄本《金瓶梅》，竟然在傳揚出來之後，漫漫十年間，再無別人題到它，即可以基此認定袁宏道最早讀到的抄本《金瓶梅》，不可能是今見之《金瓶梅詞話》或崇禎本《金瓶梅》。（袁中道（小脩）記在《遊居柿錄》中的話，另文再予研判推論。）

　　至於今之《金瓶梅詞話》與崇禎本《金瓶梅》，乃兩部不同的改寫本，應是肯定的。然而它們與最早的抄本《金瓶梅》，究有多少同異之處，可就很難說了。總之，在《金瓶梅詞話》中，還殘餘不少有關政治諷喻的痕跡。我與黃霖兩人，在這方面已耗去了不少心力。遺

憾的是，某些人士為了保護自己的權威，強不承認而已。

正由於初期抄本《金瓶梅》，是一部諷喻今上有關宮闈事件的說部，故而傳揚出後，便無人再敢題起。甚而最初傳揚出的《金瓶梅》一事，不惟無人再予說起，反而企圖來掩飾《金瓶梅》一書，是有關于政治諷喻的內容呢！所以有了《觴政》這一酒令的引發，跟著，從萬曆三十四年（1606）的《觴政》之後，談論《金瓶梅》的文字，便一篇繼一篇出現了。

（除了袁宏道於萬曆二十四年寫給董其昌的信，首先說到《金瓶梅》，其餘所有論及《金瓶梅》的文章，寫作的時間，都在萬曆三十四年之後，足以為證焉！）^{編按1}

二 後期抄本

何以，《金瓶梅》在萬曆二十四年（1596）冬被袁宏道用文字傳揚出來之後，竟一直無聲無息的整整十年，到了萬曆三十四年（1606），方始再由袁宏道的《觴政》，傳出了它的消息？從此纔有人跟著談論到它？推想起來，委實有個微妙的問題，涵泳在這漫漫十年的歲月裏。

這個微妙的問題，可從袁宏道寫給董其昌那封信上的一句話尋求答案。「《金瓶梅》從何處得來？」袁宏道的這句問話，迄今還沒有答案。真的沒有答案嗎？似不可能。董其昌總有來處。如以情理推想，此一答案，袁宏道必然是得到了的。不僅此一答案得到了，可能連作者是誰，也知道了。

當袁宏道知道了《金瓶梅》的作者是誰？再一印證那「雲霞滿紙」

編按1 本文存有手稿，典藏於國家圖書館特藏文獻組。文辭略有增刪。

的喻意，以及且「勝枚生〈七發〉多矣」的《金瓶梅》，自能豁然於作者寫作《金瓶梅》的動機。（原來是諷喻今上的），敢再事張揚嗎？此一推想，似是《金瓶梅》初期抄本之遲遲十年間，無人敢再論及的原因。除了這一原因，還有別的更合適的原因，來解釋此一問題嗎？此一問題，我們可以從明代各家論《金瓶梅》的文辭中，蠡測出一些蹟象出來。

（1）袁宏道（中郎）的《觴政》

萬曆二十四年冬，袁宏道寫給董其昌的信，說到《金瓶梅》，一下筆便問：「《金瓶梅》從何處得來？」但此問的下文，便是《觴政》之作：

> 傳奇則《水滸傳》、《金瓶梅》為逸典。不熟此典者，保面甕腸，非飲徒也。

《觴政》一文，作於萬曆三十四年秋抵京之後，到翌年夏之間。這時，《金瓶梅》尚在文人手上傳抄，並無刻本。袁宏道居然把《金瓶梅》與《水滸傳》並列寫入酒令。兼且說：「不熟此典者，保面甕腸，非飲徒也。」這話豈非強人所難？書未梓行，他自己也無全本，如何能熟此典？（在我想來，這時的袁宏道，已在暗示《金瓶梅》將有刻本矣！豈非已在計畫改寫付刻事乎？）

（2）屠本畯（田叔）的〈觴政跋〉

> 不審古今名飲者，曾見石公所稱逸典否？

屠本畯的《觴政》跋文，開頭就問古今名飲者，有未見過袁石公（宏道）所稱的「逸典」（《金瓶梅》）？跟著又說：「按《金瓶梅》流傳海內甚少」，此語便明指袁石公「所稱」的「逸典」，古今各飲

者，未必能讀到。

屠本畯也未讀到《金瓶梅》全本，他說：

> 書帙與《水滸》相埒。相傳嘉靖時，有人為陸都督誣奏，朝廷
> 籍其家。其人沈冤，托之《金瓶梅》。王大司寇鳳洲先生家藏
> 全書，今已散失。往年予過金壇，王太史宇泰出此，云以重
> 賞購抄本二帙。予讀之，語句宛似羅貫中筆。復從王徵君百
> 穀家，又見抄本二帙，恨不得睹其全。

屠氏只讀了四帙，不知共有幾回。其他說詞，全是聽來的，所
謂「相傳」也。不過，最後兩句，則頗含深意：

> 如石公而存是書，不為託之空言也。否則，石公未免保面甕
> 腸。

這話則已指出袁宏道的《觴政》，竟把《金瓶梅》寫入了酒令之不當。
若是自己連此書的全本也無有，那就是「託之空言」，則自己也未必
能「熟此典」，豈不是袁宏道自己亦「保面甕腸」耶？

可以說，屠本畯的這篇《觴政》跋文，卻也暗示了袁石公之尚無
《金瓶梅》全本，更寫了一句「按《金瓶梅》流傳海內甚少」，暗示
了《金瓶梅》的全稿，可能不會再有，遂責袁宏道之《觴政》把《金
瓶梅》寫入酒令，作為「逸典」之不當。從行文觀之內函，得非若是
乎！

（3）沈德符（景倩）《萬曆野獲編》的論《金瓶梅》

> 袁中郎《觴政》以《金瓶梅》配《水滸傳》為外典，予恨未得
> 見。丙午（萬曆三十四年）遇中郎京邸，問：「曾有全帙否？」
> 曰：「今惟麻城劉涎白承禧家有全本，蓋從其妻家徐文貞錄得

　　者。」……

　　這時（萬曆三十四年）袁氏尚無全本，但卻透露了《金瓶梅》已有全本的消息，全本在麻城劉承禧家。（暗示了《金瓶梅》與麻城劉家有淵源。）

　　又三年，小脩上公車，已攜有其書，因與借抄挈歸。

算來，「又三年」自是萬曆三十七年（1609）。

　　在此，可不必問此一抄本是否真的從袁小脩抄來？但沈德符卻說明了他已有了《金瓶梅》的全本。又說：

　　吳友馮夢龍見之驚喜，慫恿書坊以重價購刻；馬仲良時榷吳關，亦勸予應梓人之求，可以療飢。予曰：「此等書必遂有人板行，但一刻則家傳戶到，壞人心術，他日閻羅究結始禍，何辭以對？吾豈以刀錐博泥犁哉！」仲良大以為然，遂固篋之。未幾時，而吳中懸之國門矣！

沈德符的這段話，說明了這時「吳中懸之國門」的《金瓶梅》，不是他從袁氏兄弟手上抄來的底本。這話卻也暗示了《金瓶梅》的傳抄本，來源並非祇是他與袁氏兄弟這一條路線。又說：

　　然原本實少五十三回至五十七回，遍尋不得，有陋儒補以入刻，無論膚淺鄙俚，時作吳語，即前後血脈，亦絕不貫串，一見知其贋作矣！

這段話，說明了「吳中」的這一刻本，與他手上的這一刻本不同。他們手上的這一部抄本，缺五十三至五十七回五回。刻本的這五回，則是「陋儒補以入刻」的，有文辭上的「膚淺鄙俚」與「時作吳語」及

「前後血脈」之「絕不貫串」等情事。

　　此一問題，究竟指的是《金瓶梅詞話》呢？還是《新刻繡像批評金瓶梅》（崇禎本）？此處暫不討論，留待另文，再來細說。我們在此只拿這段話，說明一件事，「吳中懸之吳門」的這一部《金瓶梅》刻本，並非他們手上的抄本。

　　更說明了，「吳中」的這一刻本，與他們手中的抄本，有不同之處。文中所說，可能祇是其一而已。（當然，沈德符的這番話，沙及的問題甚夥，此處祇論抄本，不便橫生枝節其他。）

（4）謝肇淛（在杭）的〈金瓶梅跋〉

　　謝肇淛的〈金瓶梅跋〉（《小草齋文集》）論及他手中抄本時，曾說：

> 書凡數百萬言，為卷二十，始末不過數年事耳。

謝氏的這句話，說明了他手中的抄本是廿卷本。

　　謝氏的抄本，來自兩處，一是「於中（袁宏道）得其十三」，二是「於丘諸城（丘志充）得其十五」。由此看來，袁氏兄弟以及沈德符、丘志充、謝肇淛等人手上的抄本，全是廿卷本。

　　那麼，「吳中懸之國門」的刻本，底本是不是廿卷本？業已說明矣！此一問題，應向刻本去尋求。總之，《金瓶梅》在後期傳抄時，已有兩種不同的底本。

《金瓶梅》的刻本

　　說起來，《金瓶梅》的刻本，並不複襍。連同清康熙年間的張竹坡評批本，也不過三種；且竹坡本的底本乃明之「崇禎本」（《新刻繡像批評金瓶梅》）。實際上，若以小說的內容來說，卻只有兩種：《新刻金瓶梅詞話》、《新刻繡像批評金瓶梅》，這兩種刻本，在內容上，頗多不同之處。

　　由於前者《金瓶梅詞話》有東吳弄珠客書于萬曆四十五年（丁巳）季冬的序文，故習稱之為「萬曆本」。後者《新刻繡像批評金瓶梅》，因有崇禎間新安刻工之插圖，鄭振鐸寫〈談金瓶梅詞話〉時，斷之為「崇禎本」。一直習稱至今。（實際上，確是崇禎本），雖然版本祇有這兩種，但光是這兩種版本所糾葛出的問題，卻相當的複什。可以說比《紅樓夢》的版本，還要葛藤得多。

　　譬如《新刻金瓶梅詞話》是十卷本，（十回一卷，百回十卷。）《新刻繡像批評金瓶梅》是廿卷本，（五回一卷，百回二十卷。）這種卷帙不同的編幀，在版本學上說，大多僅有別於編幀，涉乎內容，關乎作者等問題者則尠，然而《金瓶梅》一書的十卷與廿卷本之別，卻糾葛了不少有關內容與作者等枝節問題。此一問題，非常值得我們探討。

一　十卷本與二十卷本的問題

（一）十卷本（《新刻金瓶梅詞話》）

該書首葉題〈金瓶梅詞話序〉一篇。計五葉有半葉。六行十二字，作序者為「欣欣子」（刻體字）。次為〈廿公跋〉一葉，五行十二字（寫體字）。再次為〈東吳弄珠客序〉於「金閶道中」的〈金瓶梅序〉兩葉，七行十四字（寫體字）。前題「新刻金瓶梅詞話」。

另，前置辭兩種，各四闋，計三葉，八行十六字，刻體字。再後是目錄，半葉十一行二十四字，與正文同，計十葉。卷首題：「新刻金瓶梅詞話」。

本書十回一卷，計十卷，各卷首題「新刻金瓶梅詞話」。頁心題「金瓶梅詞話」。上白魚尾，下刻回數及頁碼。此書存世者，今見祇有三部又殘卷二十三回。

一存臺北故宮博物院，一存日本日光山輪王志慈眼堂，一存日本德山毛利氏棲息堂。另一殘本二十三回存日本京都大學。

存世各本，業經版本學家考訂清楚，乃同一木板所刻印，僅有日本德山毛利家藏本之第五回，末葉有九行異辭，足以證明該刻曾印過兩次。（再印時有一板塊損壞，乃循上下文補以入刻者。）

正由於此刻有東吳弄珠客書予萬曆丁巳（四十五）季冬的敘文，是以向被稱之為「萬曆本」。但此一刻本之終究刻于何年？至今尚有異說。這些異說，也是問題的枝節。需要在此提出論說。

1　十卷本是第二次刻本說

認為該本（有欣欣子與東吳弄珠客序者）是第二次刻本者，先後有兩說。

　　一是鄭振鐸在其所寫〈談金瓶梅詞話〉一文中的說法[1]。他的理由是根據沈德符《萬曆野獲編》的文章立說的。若是依照《萬曆野獲編》的話，《金瓶梅》在萬曆三十八年就出版了。即沈說「吳中懸之國門」的那一部，今已不見。今見的這一部是北方刻本。就是東吳弄珠客序于萬曆丁巳（四十五）的這一部。（鄭氏此說與他斷定《金瓶梅》初版於萬曆三十八年的那一本是南方刻本。）

　　二是今人大陸劉輝先生在其所寫〈金瓶梅版本考〉[2]一文中的說法。他也認為今見之《金瓶梅詞話》是第二次刻本。與鄭振鐸的說法不同處有二：一是今見之十卷本乃「翻刻」，翻刻於萬曆四十七年，二是這一翻刻本的原刻本，刻于萬曆四十五年，即沈德符《萬曆野獲編》文中的那部「未幾時而吳中懸之國門」者。理由是今見之《金瓶梅詞話》有「新刻」二字，且有「欣欣子」敘。明朝人，無人題到〈欣欣子序〉，足證此本是第二次刻本。〈欣欣子序〉是第二次翻刻補進去的。

　　這兩人的說法，都涉及沈德符的那句：「吳中懸之國門矣」的話。同時，劉輝的說法，還涉及「欣欣子」。但此問題，還有另一種類似而不同的說法。

2　十卷本刻於二十卷本之後說

　　香港友人梅節先生，從事校勘《金瓶梅詞話》，首先發現到它與所謂「崇禎本」，乃是從兩個不同的傳抄底本而來。他說：

　　　　當二十卷本風行一時，書林人士見有利可圖，乃梓行十卷本

1　鄭振鐸：〈談金瓶梅詞話〉，《文學》第1卷第1期（1933年7月）。

2　劉輝：〈金瓶梅版本考〉，《金瓶梅成書與版本研究》（瀋陽市：遼寧人民出版社，1986年）。

《金瓶梅詞話》。為了招徠讀者，除錄入二十卷本之弄珠客
敘、廿公跋外，另撰欣欣子序，作為公關手段。十卷本《新刻
金瓶梅詞話》雖更接近說話底本，它的刊行卻在二十卷本之
後。……[3]

梅節先生的這番話，指出《金瓶梅》一書，在傳抄時代就有兩種
不同的底本，確是一大創見。這一創見，從謝肇淛之〈金瓶梅跋〉文
中的「為卷廿」一語，即可證實。梅節先生在從事校點時，獲得了此
一問題的悟及而提出，將為《金瓶梅》的研究，再開新局，其功大
焉！

不過，梅先生認為十卷本《新刻金瓶梅詞話》的梓行，後於廿卷
本《新刻繡像批評金瓶梅》，其所據理由只是援於明代人論及《金瓶
梅》者，無人題到「欣欣子」與「蘭陵笑笑生」的情事。

此一問題，以及劉輝先生的今之《新刻金瓶梅詞話》是第二次刻
本，刻于萬曆四十七年等說，究竟誰的說法為是呢？在我看來，劉、
梅兩家的說法，都有問題。

我們不妨去據理推繹之。

3 劉、梅兩家之說的問題

先說劉輝先生的「十卷本是第二次刻本說」之何以不能成立？

一、「新刻」一詞，並非舊刻之對。在版本學上說，「重刻」方
是舊有刻本之重行雕版印刷之對。一般說，凡加上「新刻」一詞的
書，只是向讀者說明這書是新刻的，不是舊版重行刷印。在明朝的出
版界，用舊版改頭換面當新刻發行者，太多了。是以有些出版者，往

3　梅節校點：《金瓶梅詞話全校本》（香港：星海文化出版有限公司，1987年）前言
　　（二）。

往加上「新刻」二字。

　　二、《金瓶梅》一書，篇帙皇鉅，全書踰千板（全葉），其梓行不惟耗資大，且非一年半載可成書。劉輝先生既然認為沈德符《萬曆野獲編》文中的「吳中懸之國門」的那一部，刻于萬曆丁巳（四十五）季冬。抵萬曆四十七年，為時不過二載。也就足以說明在《金瓶梅詞話》初版未久，另一家即據新出版之這部十卷本「翻刻」了。從情實去推想，這說法是不可能的。

　　要知道古時的「翻刻」，不是今天的「翻印」，可以照相製版，送上印刷機，不日竣事。古時的「翻刻」，刻工是同樣的，必須一刀一刀的雕出字來。

　　那麼劉輝先生的推論如果是對的，足以證明《金瓶梅》一書，在當時是搶手貨，未兩年，就有另一家「翻刻」了。說來，我又不禁要問：既然「新刻」，又何必去「翻刻」呢？何不自立行款，自設新樣？

　　再說，何以至今所見之十卷本《新刻金瓶梅詞話》，祇有一種刻本？如照劉輝先生的想法，此一十卷本之《金瓶梅詞話》，傳世者，似乎不會是僅此一種。此一問題，我後面再論。

　　再說梅節先生的「十卷本刻於廿卷本之後說」。

　　如今，我們業已肯定廿卷本《新刻繡像批評金瓶梅》是崇禎年間的刻本。那麼，梅先生的此一說法如果是對的，則十卷本《新刻金瓶梅詞話》，最早也得刻於崇禎間。崇禎的歷史紀年，一共只有十六年零三個月有十九日。在崇禎的這十六、七年間，遍地烽煙。廿卷本的四種，全刻於崇禎年間，再有一種十卷本加入行列，也是大有可能的。但卻有一問題，存乎十卷本中，那就是這個十卷本，沒有避諱字。

　　按明代之有避皇帝名諱的規定，始於天啟。刻板應避帝名的法

令，頒於天啟元年[4]，大凡明朝天啟三年以後的刻本，天啟帝名「由校」之「校」字，率多刻為「較」字，或「挍」字。（刻為「較」者多）。到了崇禎，則避「檢」為「簡」。有時，把「校閱」改為「參閱」，也是避開「校」字的刻法。但在十卷本《新刻《金瓶梅》（詞話）》中，則既未避「校」字，也未避「檢」字。

所以，我們把這部十卷本（《新刻金瓶梅詞話》）的梓行時間，放在崇禎年間，便很難有人認同了。能把它放到清初的順治年間嗎？不見得會有人同意這部十卷本（《新刻金瓶梅詞話》）是清朝刻本。

還有另一個問題，沈德符《萬曆野獲編》的那句「未幾時而吳中懸之國門矣」的話。我們在論及傳抄本時，即已肯定沈德符手中的抄本，與謝肇淛一樣，都是向袁中郎抄來。謝肇淛說了，是廿卷本（為卷二十）。

但從沈德符《萬曆野獲編》的這句話之語氣，以及後面說到的「原書實缺五十三回至五十七回，遍覓不得，有陋儒補以入刻，無論膚淺鄙俚，時作吳語，即前後血脈亦絕不貫串，一見知其贋作矣！」也都說明了《金瓶梅》的最早刻本，先於他們手上的廿卷本。

試想，這一部「吳中懸之國門」的《金瓶梅》，如果不是我們今見的這部十卷本「新刻金瓶梅詞話」，是不是在這部十卷本之前，還有一部刻本呢？此一問題，早年的鄭振鐸等人，以及今之劉輝，都是這樣懷疑的。

除非，我們可以肯定在這一今見的這部十卷本《新刻金瓶梅詞話》之前，還另有一部「吳中」刻本，否則，我們沒有理由可以說這部十卷本（《新刻金瓶梅詞話》）是廿卷本之後的刻本。

另外，還有一個問題呢？

4　李清志：《古書版本鑑定研究》（臺北市：文史哲出版社，1986年）。

　　所有明代論及《金瓶梅》的人士，無人曾在萬曆四十五年（1617）之前見過《金瓶梅》刻本。那麼，在這部刊有東吳弄珠客書于萬曆丁巳（四十五）季冬序文的《金瓶梅詞話》之前，再有一部刻本《金瓶梅》的設想，可就很難成立了。在沒有獲得新的證據，來證明萬曆四十五年（1617）以前，還有一部《金瓶梅》刻本，我們應該承認今之十卷本《新刻金瓶梅詞話》，就是《金瓶梅》的初刻本。

（二）二十卷本（《新刻繡像批評金瓶梅》）

　　該刻共有四種刻本，前已述及。我國藏有兩種：北京首都圖書館藏（原孔德學校藏本）、北京大學圖書館藏（原馬廉藏本）。日本藏有兩種：東京內閣文庫藏、奈良天理圖書館藏。

　　存世之廿卷本《新刻繡像批評金瓶梅》，今見者僅上列之四種。但如以行款論，卻只有兩種。「北京首都圖書館」本與日本「內閣文庫」本同。

　　該刻封面題「新刻繡像批評原本《金瓶梅》」，正文半葉十一行，行二十八字。首〈東吳弄珠客序〉，次〈廿公跋〉。圖百零一幅（五十葉又半葉）。版心上題「金瓶梅」，中為某卷某回，下為頁碼，無魚尾。有眉評，行批。

　　五回一卷，每卷首刻「新刻繡像批評金瓶梅卷之？」每卷五回連續，不另起頁。無欣欣子序。此刻與日本內閣文庫本同。（內閣文庫本失去圖及序跋。）

　　「北京大學圖書館本」與日本「天理圖書館本」同。亦題稱「新刻繡像批評金瓶梅」。正文半頁十行，行二十二字。圖百葉，計二百幅。版心刻「金瓶梅」，中為第某回，下頁碼，無魚尾。（天理本東吳弄珠客序五行十字。）亦五回一卷，但每回均另起頁。無欣欣子

敘。其他敘同。（天理缺廿公跋）此刻與日本天理圖書館本同。

　　上列四種廿卷本，彼此間的相異處，在眉批的行款上分別。日本內閣本的眉批，是三字一行。不知北京首都圖書館本之眉批行款是怎樣的？劉輝先生的〈金瓶梅版本考〉，不曾說到這一部分。不知是同？還是異？

　　日本天理本的眉批，是四字一行，北京大學圖書館藏本，則是兩字一行。足可證明是兩種不同的刻本。詳細的情形，尚須比對校勘後，方能肯定說辭。

　　不過，從劉輝先生影印在《金瓶梅成書與版本研究》[5]上的「北京圖書」藏本來看，字跡極其漫漶，或是日本內閣本的同版後印。如果眉批的行款同，那就是了。果爾，則崇禎本《金瓶梅》，祇有三種傳世。

　　至於日本版本學家長澤規矩也，根據日本內閣文庫本之字體來看，疑該本為天啟中的南京刻本，以及大陸學人劉輝先生之根據「北京首都圖書館」本附圖，在最後一幅圖之空頁上，發現了「回道人」（李漁）的題辭，遂據以推斷該本（崇禎本）乃清初李漁（笠翁）寫定等語，當可由該各刻本第九十五回中之避崇禎帝名諱的「簡」字（吳巡檢刻為吳巡簡），肯定該各刻本，乃「崇禎本」，應是毋須爭論的事實。

　　然而，此一廿卷本，卻仍糾纏著不少問題。首先，應去探尋這兩種刻本的底本來處？

5　劉輝：《金瓶梅成書與版本研究》（瀋陽市：遼寧人民出版社，1986年）。

1 兩種刻本的底本何來

雖然，我們在論傳抄本時，即已說明且肯定了在傳抄時代，就有了兩種不同的底本。這兩種底本，是怎樣形成的呢？在一開始傳抄，就有兩種底本嗎？

在開始傳抄時，就有兩種底本，似不可能。因為在開始傳抄被袁宏道傳揚出來之後，整整十年無聲無息。自不可能在初期時代就有了兩種不同底本；我認為不可能。

那麼，傳抄時代的《金瓶梅》，有了兩種不同的底本，應是從後期的傳抄時代開始的。換言之，從萬曆丙午（三十四）年（1606）以後纔開始的。

何以《金瓶梅》在後期（萬曆三十四年）傳抄的時代，就有了兩種不同的底本呢？顯然的，有了兩種不同底本的原因，自是有人在從事改寫過了。也許，在後期傳抄時，兩種不同的底本，已是兩種改寫本。換言之，十卷本與廿卷本，全是改寫本。均有所不同於初期的傳抄本。

從這兩種（十卷、二十卷）底本內容來看，它們確有太多不同之處。只要一經比對，便會斬然地發現，這兩種底本，委實是由兩種意見不同的人，根據同一底本改寫成的。

從傳抄者的言談中，我們業已清楚的蠡知，廿卷本是由沈德符打從袁宏道、董其昌這一條路來的；謝肇淛也是打從這條路來的。這一條路的底本，是廿卷本。

另一條路呢？根據沈德符《萬曆野獲編》引述袁宏道（中郎）的話：「今惟麻城劉涎白承禧家有全本，蓋從其妻家徐文貞錄得者。」因而我們不禁要去推想，那另一底本的來源，可能是麻城劉家吧？

除此之外，還傳說王世貞（元美）家有全本。麻城劉家，太倉王

家，他們兩家若是真的都有《金瓶梅》的全本，他們又是從那裏來的呢？今見之十卷本（《新刻金瓶梅詞話》），是不是打從他們兩家的這條路而來呢？

推想起來，此一底本來自麻城劉家，可能性較大，已有人疑設到了。

大陸學人陳毓羆先生近作〈金瓶梅的傳抄付刻及作者新探〉[6]一文曾作此推想。他認為劉家的這個底本，是由馮夢龍從劉家獲得付刻的。此一推想，我表示同意，留待後文再論。

這裏，我們需要追究的，是劉家的底本何來？

雖然，沈德符《萬曆野獲編》引述袁宏道的話，說是劉家的《金瓶梅》全稿，錄自華亭徐家。但這話沒有答案。然而，我們卻能在明代人士論及《金瓶梅》的語意暗示中，獲得一些線索。那就是最早透露出當時（萬曆三十五、六年前後）有了《金瓶梅》全本的人家，只有兩家，一是麻城劉家，二是太倉王家。

何以當時獲有《金瓶梅》全本的人家，只有這兩家？一在麻城。一在太倉。此一問題，只要一問這兩家的主人是誰？便可獲知梗概。

按麻城劉家是劉守有與劉承禧父子。這父子二人都在錦衣衛任職，劉守有於萬曆初年即任職錦衣衛（以祖蔭襲錦衣千戶），在萬曆八年（1580）即是錦衣衛僉書，十一年掌衛事，十二年以後升任都指揮，深受萬曆皇帝寵信。於萬曆十六年（1589）罷官。劉承禧以武舉入選錦衣千戶，（一說是蔭職）後升指揮，與父同時罷官。太倉王家乃王世貞、世懋兄弟，這二人比劉守有父子的名氣要大，且是傳說了數百年的《金瓶梅》一書的作者。似乎不必再費辭了。

今者，我們認為《金瓶梅》的作者是鄞人屠隆。

6　陳毓羆：〈金瓶梅的傳抄付刻及作者新探〉，《湖北師院學報》第3期（1986年）。

　　按屠隆乃萬曆五年（1577）進士，任穎上（今安徽屬）青浦（今江蘇屬）縣令，遷禮部主事，未一年因事於萬曆十二年（1584）罷官。時劉守有在錦衣衛掌衛事，對屠隆罷官之同情，以及屠罷官後之照顧，屠隆視為義人。（這些事實，載於屠之《白榆集》與《栖真館集》）。情誼之篤，堪以管鮑視之。

　　至於太倉王氏兄弟，也是屠隆在官七年間交契的朋友。情誼之篤，亦范張雞黍也。

　　我們把話說到這裏，當可悟及明代論及《金瓶梅》之把「全本」指在麻城劉家與太倉王家的暗示，蓋暗示《金瓶梅》的作者，乃這兩家的好友屠隆也。

　　否則，何以直指這兩家？照此過程說來，麻城劉家與太倉王家的《金瓶梅》底本，應是「十卷本」；即陳毓羆先生推想到的，由馮夢龍借出（或購來）付刻的《金瓶梅詞話》。廿卷本就是沈德符、謝肇淛以及袁氏兄弟等人手上的那一部。

　　這樣說來，傳抄時代的兩種抄本，也就是今見之十卷本《新刻金瓶梅詞話》與廿卷本《新刻繡像批評金瓶梅》。豈非涇渭分明了嗎？

　　當然，這其間還隱藏了不少問題，尚待進一步一一剖析。

2 二十卷本與十卷本的異同

　　由於廿卷本與十卷本的底本不同，自然內容也有異。從故事上說，它們全是西門慶為主線的故事。這一點是相同的。從情節上說，卻有小部分的差異。這情事，可以從兩種刻本的回目上，看得出來。

　　本文不打算詳細辨析此一部分，只從大處來說好了。（兩本情節異趣部分，需要專文析論。）

　　十卷本第一回的「景陽岡武松打虎」，廿卷本則是「西門慶熱結十兄弟」；當然，十卷本第一回的楔子「劉邦寵戚夫人有廢嫡立庶之

意，以及項羽這位英雄也難捨虞姬而自吻烏山」的說辭，也刪去了。證詞〈眼兒媚〉也更換了。其他，所有十卷本各回的前後證詩，廿卷本也大都更換了。十卷本中的戲曲與小唱等等，廿卷本也大多刪除了。

　　像這等兩種刻本的不同情事，似乎不是原作者形成的，應是改寫造成的。所以我推想當袁宏道（中郎）寫《觴政》一文時，改寫《金瓶梅》的計畫，已完成了，（也許改寫完成，或將要改寫完成了。）

　　那麼，今見之這兩種刻本（十卷本與廿卷本），是不是後期傳抄時代的原始底本呢？似乎不是。推想廿卷本在付梓之前，曾參酌十卷本的刻本，又加過一番工夫。也許，二十卷的底本在付刻時，仍有欠缺，不得不以十卷本予以抵補。

　　第三十九回的「鈞語」誤刻為「釣語」，就是證據。

　　十卷本第三十四回，寫韓道國的老婆王六兒與小叔通奸，被好事的年輕人赤裸裸的提到，打算送到縣府究辦。韓道國知道了，跑到東家主西門慶面前，跪求幫忙，要求送個帖兒關說了他們。於是小說上這樣寫道：

> 西門慶教玳安：「你外邊快叫個答應的班頭來。」不一時叫了個穿青衣的節級來，在旁邊伺候。西門慶叫進前吩咐：「你去牛皮街韓夥計處，問是那牌那舖地方？對那保甲說：「就稱是我的鈞語，吩咐把王氏即刻放了。查出那幾個光棍名字來，改了報帖，明日早，解提刑院我衙門裏聽審。」那節級應諾，領了言語出門。

　　到了第三十九回，又有了「鈞語」二字。可是這一回寫西門慶玉皇廟打醮，官哥寄名在吳道官那裏。在施行打醮之前，吳道官著他第二個徒弟應春。送了一份「天地疏」到西門家。西門慶便接待這位吳

道官的徒弟應春進來，書上這樣寫著：

> 那道士頭戴小帽，身穿青衿直掇，下邊履鞋淨襪。謙遜數
> 次，方纔把椅兒挪到旁，另坐下。西門慶喚茶來吃了（道士）
> 說道：「老爺有甚鈞語吩咐？」……

可是手民卻把「鈞」字刻成了「釣」字。這情形，顯然是手民之誤。
但在「崇幀本」的《金瓶梅》，如日本內閣藏本，天理圖書館藏本，
全誤刻為「釣」字。

　　這一點，卻足以證明「崇禎本」（廿卷本《新刻繡像批該金瓶梅》）
的底本，是從《金瓶梅詞話》而來。（不知北平的兩部藏本，是否如
此？）

　　謝肇淛的〈金瓶梅跋〉中有：「於袁中郎得其十三，於丘都城得
其十五，稍為釐正，而闕所未備，以俟他日。」可見他們手上的廿卷
本，只有十之八。他們的十之八，決非一至八十回，可能是斷續缺
少。也許這第三十九回，正是缺少的「十二」之一。付梓時以十卷本
的刻本照補入進去的。這樣推想，應是事理的情實。另外，還有沈德
符《萬曆野獲編》說的那五回：

> 原本實少五十三回至五十七回，遍覓不得，有陋儒補以入
> 刻。無論膚淺鄙俚，時作吳語，即前後血脈，亦絕不貫串，
> 一見知其贗作矣！

　　那麼，今見之刻本「十卷本」（《新刻金瓶梅詞話》）及「廿卷本」
（《新刻繡像批評金瓶梅》），其中的這五回，有無沈氏說的這種情形
呢？（此一問題，有不少人耗費了精力研究，已寫出不少論文了，惜
乎全為沈氏《野獲編》的話作註腳，強作詮釋，是以迄今未有明確的
結論。）下面，我們來看這五回。

（1）五十三回

A 回目

十卷本：吳月娘承歡求子息　李瓶兒酬願保兒童

廿卷本：潘金蓮驚散幽歡　吳月娘拜求子息

B 證詩

十卷本：人生有子萬事足　身後無兒總是空
　　　　產下龍媒須保護　欲求麟種貴陰功
　　　　禱神且急酬心愿　服藥還教暖子宮
　　　　父母好將人事盡　其間造化聽蒼穹

廿卷本：小院閒階玉砌，牆隈半簇蘭芽。一庭萱草石榴花，多
　　　　子宜男愛插。休使風吹雨打，老天好為藏遮。莫教變作
　　　　杜鵑花，粉褪紅消香罷。（應天長）

C 篇幅

十卷本：全文計十八頁缺八行，（每頁五百二十八字，半頁十一
行，行二十四字，全頁合計如此數。）本回合計字數約占篇幅九千四
百字光景。

廿卷本：全文計六頁少六行。每頁六百一十六字（半頁十一行，
行二十八，全頁合計如此數。）本回合計字數約占篇幅三千五百餘
字。（較十卷少四千餘字。）

D 內容

十卷本：一下筆從吳月娘寫起。寫吳月娘與李嬌兒等一般人混
了一場，不耐煩了，便回房去睡，醒時約有更次，又差小玉去問官哥
兒還哭不哭？寫月娘關心官哥，過了一夜，又差小玉去問官哥睡眠如
何？又親自跑了去看。回房的時候，在路上偷聽到照壁後潘金蓮與孟

玉樓說她的閒話，說她自己沒有生養，去巴結有兒子的李瓶兒為「呵卵脬」。因而氣得發昏，又不便發作，遂回去悶坐在房內，掩上房門連午飯也不吃了。因而取出姑子給她配製的孕子藥物，打開封袋，看了又看，想了又想，只盼皇天給造成丈夫明天壬子日進房的機會。下面，方始寫到西門慶到劉太監莊上去赴宴的事。共三頁半的篇幅，約一千六百字。

廿卷本：則一開始就寫西門慶到劉太監莊上赴黃、安二主事之席。上述十卷本中的有關吳月娘的描寫，全沒有。

十卷本：四月二十三日（壬子日）這天，西門慶起身，叫書童來寫了謝帖，應伯爵便來了，來向西門慶題李三、黃四的借銀事，有一頁半的篇幅（約八百字）然後纔是西門慶進吳月娘房來，完成壬子日的孕子大事。

廿卷本：缺少應伯爵為李三、黃四借銀事。

十卷本：西門慶在吳月娘房中宿了一夜之後，又到潘金蓮房裏打情了一番，再去李瓶兒房裏去看官哥，官哥又在發燒，正商量要找劉婆來，官哥卻又抽起筋來。連忙去請施灼龜來，折騰了一陣，又請劉婆子來，再折騰了一陣。再找錢痰火來，又折騰了一陣。後面又寫陳經濟趁機跑到後邊與潘金蓮胡纏，又寫各位婦女在各處的玩笑，寫陳經濟看著錢痰火收拾工具法器，以及其他家庭間的生活瑣碎。再就是西門慶送禮物到廟裏謝道士，應伯爵賺了中錢，要請西門慶吃飯。鋪張了約有六頁篇幅，計三千餘字。

廿卷本：寫西門慶在吳月娘房中宿了一夜（壬子日）之後，再題及李三、黃四借銀事，但祇幾句就帶過了。（西門慶未答應。）下寫應伯爵建議西門慶應為了官哥的病，多做些善事。要請西門慶與常時節去頑耍一日。下面便寫請來的王姑子作佛事。疏略多了。在十卷本中，還寫有西門慶腰痛的事。這是頗重要的一筆，廿卷本都沒有。

（2）五十四回

A 回目

十卷本：應伯爵郊遊會諸友　任醫官豪家看病症

廿卷本：應伯爵隔花戲金釧　任醫官垂帳診瓶兒

B 證詩

十卷本：來日陰晴未可商　常言極樂起憂惶

浪遊年少耽紅陌　薄命嬌娥怨綠窗

乍入杏村沽美酒　還泛橘井問奇方

人生多少悲歡事　幾度春風幾度霜

廿卷本：美酒斗十千，更對花前。芳樽肯放手中間。起舞酹花花不語，似解人憐。

不醉莫言還，請看指間已飄零，一片嬋娟，花落明年猶自好，可惜朱顏。（浪淘沙）

C 篇幅

十卷本：全文計十四頁又五行，每頁五百二十字，（半頁十一行，行二十四字，全頁合計如此數。）本回占篇幅約計字數七千四百餘字。

廿卷本：全文計八頁，每頁六百一六字，（半頁十一行，行二十八字，全頁合計如此數。）本回占篇幅約合字數四千九百二十八字。（比十卷本竟少二千餘字）。

D 內容

十卷本：一開始寫西門慶等人到應伯爵家付宴，許多食用，全由西門家搬送過去。拜兄弟們先在應家，然後再到劉太監莊上，這幾

位拜兄弟們吃酒猜枚，還有小唱與粉頭們，在一起嘲笑玩樂。大家散後，西門慶回家，知李瓶兒身子不適，遂請來任太醫為李瓶兒診病。

　　廿卷本：在情節上，寫的雖也是西門慶應應伯爵的邀請，到城外二十里的內相花園遊玩，但所寫內容，則與十卷本大不相同，尤其是這幾位拜兄弟的玩樂情形，諸如吃酒行令，講故事，全不一樣。祇有應伯爵隔花戲金釧的這一情節類同，以及後來的請任太醫為李瓶兒看病，情節類似。仔細對照起來廿卷本的這一回是重新寫過了的。可能是只憑舊本讀後的記憶補寫上去的。

　　以情理推繹，十卷本的拜兄弟玩樂，寫得較比情實生動，且如論人物刻畫的筆墨，也高過廿卷本甚多。廿卷本的這一第五十四回，可能是補以入刻的呢！從頭到尾，故事雖一，情節的賦敘與進行過程，卻大不相同了。尤其筆墨之技，遜於十卷本甚多。

（3）五十五回

A 回目

　　十卷本：西門慶東京慶壽旦　　苗員外揚州送歌童
　　廿卷本：西門慶兩番慶壽旦　　苗員外一諾送歌童

B 證詩

　　十卷本：千歲蟠桃帶露携　　携來黃閣祝期頤
　　　　　　八仙下降稱觴日　　七鳳團花織錦時
　　　　　　六合五溪輪賀軸　　四夷三島獻珍奇
　　　　　　羲和莫遣兩丸速　　願壽中朝帝者詩
　　廿卷本：師表方眷遇，魚水君臣。須信從來少，寶運當千住辰
　　　　　　餘，五嵩嶽誕生元老，帝遣阜安宗社，人仰雍容廊廟。
　　　　　　願歲歲共祝眉壽，壽比北高。（喜遷鶯後）

C 篇幅

十卷本：全文共十五頁，（缺五行）每頁五百二十八字，（半頁十一行，行二十四字，全頁合計如此數。）本回占篇幅合計字數約七千八百餘字。

廿卷本：全文共十頁有十行，每頁六百一十六字（半頁十一行，行二十八字，全頁合計如此數。）本回占篇幅約合字數六千四百字。（較之十卷本，約少一千四百字。）

D 內容

開頭與結尾，十卷本與廿卷本同。所不同的是廿卷本刪去了潘金蓮贊賞歌童的話。其他，廿卷本則刪去（一）十卷本十頁反面第九行、第十行起（卻為何今日閃的小的們……）到第十一頁第一行到第八行的前三字，合共二百一十八字，全刪了。（二）第十一頁反面第三行到第八行，也刪改了。（三）第十三頁反面第五行末字起到最後，不但兩個歌童的唱詞全刪了，結尾也改了。顯然是改正了十卷本的情節不相接，以及累贅之處。

（4）五十六回

A 回目

十卷本：西門慶周濟常時節　　應伯爵舉薦水秀才
廿卷本：西門慶捐金助朋友　　常時節得鈔傲妻兒

B 證詩

十卷本：斗積黃金侈素封　　蘧蘧莊蝶夢魂中
　　　　曾聞郿塢光難駐　　不道銅山運可窮

　　　　此日分贏推鮑子　　當年沈水笑龐公

　　　　悠悠末路誰知己　　惟有夫君尚古風

廿卷本：清河豪士天下奇　　意氣相投山河移

　　　　齊人不惜千金諾　　狂飲寧辭百夜期

　　　　雕盤綺食會眾客　　吳歌趙舞香風吹

　　　　堂中亦有三千士　　他日酬恩知是誰

C　篇幅

　　十卷本：全文十一頁（缺四行），每頁五百二十八字（半頁十一行，行二十四字，全頁合計如此數。）本回占篇幅十一頁，合計約為五千七百餘字。

　　廿卷本：全文七頁（缺二行），每頁六百一六字，（半頁十一行，行二十八字，全頁合計如此數。）本回占篇幅七頁（缺二行）合計約為四千二百餘字。（比十卷本少約一千三百字。）

D　內容

　　十卷本：有一篇〈祭頭巾文〉及七言詩十句。

　　廿卷本：則刪去了這一部分。同時，還刪去了十卷本第五頁正面的七言證詩八句（第二行至第五行）。又刪去了第一頁正面第七行（正文開始）至第十一行及反面第一行至第三行。（該廿卷本第五十六回的正文開始，乃行十卷本第一頁反面第四行起。）此後又刪了（一）第一頁反面第十行第十五字起到第二頁第二行第一、二字止。（二）第二頁反面第一行第六字起到第十行第二十二字，也刪了。（三）第三頁第四行第五字到第五行第八字，也刪了。（四）同頁第六行第十一字到第二十二字，也刪了。（五）第九頁正面第六行第七字起，一直到最後，也刪的刪，改的改了。如刪去的第九版反面第二

行第十七字起到第六行第五字，還有同頁第八行第十一字到第十行第
八字，卻刪得前言不搭後語了。（這些問題，當以專題校勘論之，此
處不多費辭。）

（5）五十七回

A 回目

　　十卷本：道長老募修永福寺　　薛姑子勸捨陀羅經
　　廿卷本：開緣簿千金喜捨　　　戲雕欄一笑回嗔

B 證詩

　　十卷本：本性員明道自通　　翻身跳出網羅中
　　　　　　修成禪那非容易　　煉就無生豈俗同
　　　　　　清濁幾番隨運轉　　關門數仞任西東
　　　　　　逍遙萬億年無計　　一點神光永注空
　　廿卷本：野寺根石壁　　諸龕遍崔巍　　前佛不復辨
　　　　　　石身一莓苔　　惟有古殿存　　世尊亦塵埃
　　　　　　如聞龍象泣　　足令信者哀　　公為領兵徒
　　　　　　咄嗟檀施開　　吾知多羅樹　　卻倚蓮花臺
　　　　　　諸天必歡喜　　鬼物無嫌猜

C 篇幅

　　十卷本：全文十三頁（缺二行），（每頁五百二十八字。每半頁
十一行，行二十四字，全頁合計如上數。）本回合計字數約六千八百
餘字。

　　廿卷本：全文九頁（缺七行），（每頁只有一六字，每半頁十一
行，行二十八字，全頁合計如上數。）本回合計字數約占篇幅五千四
頁餘字。（少於十卷本一千四百字。）

D 內容

　　十卷本：所寫與回目所書的內容相同。

　　廿卷本：頭尾悉同十卷本。結尾約略把十卷本上的吃酒等描寫文辭刪去（約五行），連證詩也採用了第一、二兩句：「秋月春花隨處有，賞心樂事此時同。」未錄入的最後兩句是：「百年若不千場醉，碌碌營營總是空。」其他，還把第十頁反面的兩首嘲諷尼姑的歌詞，刪去了第一首，僅錄第二首。又第十一頁反面第六行第七字起至第十二頁正面第五行第二十一字，全部刪了。

　　那麼，從上列的五十三回至五十七回的大略比勘，我們可以從之獲得以下幾點結論：

　　第一，無論十卷本或廿卷本，都有改寫的痕迹。這種改寫的痕迹。卻又不祇這五回如此，其他九十五回，十卷本與廿卷本，全有這種情形。如從廿卷本第一、二回的改寫情形，以及全書各回的小唱與戲曲的刪去。再從回目與證詩（詞）的更換或改寫等情觀之。足以證明廿卷本之梓行，在十卷本之後，應是事實。

　　第二，至於沈說「有陋儒補以入刻」的這句話，更是無法來印證這五回。無論十卷本或廿卷本，都印證不止。因為今之《金瓶梅》十卷本與廿卷本，都有「前後血脈絕不貫串」的痕迹，（十卷本更有甚焉），至於這五回，更是看不出十卷本有補寫的情形，倒是廿卷本的五十四回，看去則是全部與十卷本不同，恰像是補寫過的。可以說這一回的從頭到尾，祇有大體上的情節與十卷本同。雖然故事也是回目上指示的那些事，西門慶拜兄弟幾人到郊外劉太監莊上去宴樂，帶著小廝，備了酒筵，還有唱的妓家人等。玩樂的情形，雖也大致與十卷本類同，但玩樂的細節，則全不一樣。僅有一點兩點是相同的。如應伯爵用扇把打金釧兒的頭及用樹枝打擾金釧小便等，看得出是依據讀

後的印象來補寫的。似非錄自十卷本。

（此一問題，我們不禁要問：廿卷本既梓行在十卷本之後，何以不依據十卷本？答案應是廿卷本付梓時，這一回（五十四回）業已補寫好了。想必這第五十四回，也是謝肇淛說的（缺所未備）的十分之二的一部分，卻也默默補寫成了，這麼看來，沈德符《萬曆野獲編》的那句：「原書實缺五十三至五十七回，遍覓不得，有陋儒補以入刻」的話，雖不能全部印證，卻也符合了這番話的暗示。）

第三，最值得注意的是十卷本第五十六回的〈別頭巾〉詩文，到了廿卷本便刪去了。此一〈別頭巾文〉，幾是決定《金瓶梅詞話》一書的成書關鍵。廿卷本居然刪去了它，大有文章也。此一問題，後文還要一再討論到呢！

總之，從這五回來看，顯然的，廿卷本梓行在後，它是與十卷本略有不同的一個底本。在付梓時，曾經參閱過十卷本的刻本，欠缺的以十卷本之有，予以補入付梓。情形大概如此。

二　二十卷本何以無〈欣欣子序文〉

傳今之兩種《金瓶梅》刻本（十卷本與廿卷本），所說故事雖一，同是西門慶身家興衰的故事，但內容賦敘的情節，卻有頗多差異。認真說起來，應以專題專書論之，非本文論述主旨。若以涉及這兩種刻本的許多爭論問題來說，應以廿卷本之無有欣欣子序文一事，最為重要。

欣欣子的敘文，刻在十卷本，且幀之簡端。廿卷本則獨缺此一敘文。

正因為廿卷本（《新刻繡像批評金瓶梅》）沒有刻入欣欣子序文，因而引發《金瓶梅》的研究者，產生了兩種推論：一是大陸方面劉輝

先生的《金瓶梅詞話》有兩次刻本，（一）沈德符與薛岡二人文中說到的那一部，刻于萬曆四十五年（1617），（二）今見之《新刻金瓶梅詞話》。（他先說還有第三次刻本—日本德山毛利家的那一本，該文見〈金瓶梅版本考〉，但印在《金瓶梅成書與版本研究》一書中，卻又改了。改為此本與他說的「第二次刻本」，誰分先後。未（再明說是第三次刻本。）二是香港友人梅節先生，推論今見之《金瓶梅詞話》是廿卷本（《新刻繡像批評金瓶梅》）之後的刻本。）

　　這些推論的立說根據，都是由於廿卷本（《新刻繡像批評金瓶梅》）沒有刻入欣欣子序文。廿卷本之何以無欣欣子序文？

　　所有明代人論及《金瓶梅》的人士，又何以無任何人題到「欣欣子」或「蘭陵笑笑生」？甚而是欣欣子敘中的一言片語，也無人說及？此一情實，想來委實令人難解。關于此一問題，我們應先探尋明代人論及《金瓶梅》的時間—論《金瓶梅》等文字的寫作時間。

（一）袁宏道（中郎）語

　　袁宏道寫給董其昌的那封信，時間是萬曆二十四年（1596）十月間，不必論矣！《觴政》作于萬曆三十四年秋至三十五年夏，最早也不會踰萬曆三十二年。均有實證，也不必論矣！

　　至於袁宏道寫給謝肇淛（在杭）的那封追索《金瓶梅》的信，我已考證它是一篇偽託的贗作[7]。且未關繫本文推論，似亦不必論矣！

　　今者，不得不在此略題一筆。

7　拙作：《金瓶梅審探》。

（二）屠本畯（田叔）語

屠本畯的《觴政》跋文，寫於何時呢？此一問題，大陸劉輝先生考證最為清楚。他見到了刻有《觴政》跋文的屠編《山林經濟籍》，有證可以確定該書編成於萬曆三十六年（1608）。所以劉輝先生推論屠本畯的《觴政》跋文，最遲不會遲於萬曆三十六年。

此說應是正確的。《觴政》跋文，自不應說到欣欣子序文。

（三）袁中道（小脩）語

袁中道論《金瓶梅》的文字，寫在萬曆四十二年（1614）八月，（日記《遊居柿錄》）。這時，小脩尚未見到全部抄本，休說是刻本了。

（但小脩卻在透露了他最早知有《金瓶梅》這部小說的消息。據大陸陳毓羆考證，此時當在萬曆二十三年（1595）前後[8]。）

（四）謝肇淛（在杭）語

謝肇淛的《金瓶梅》跋文，寫於何時呢？

大陸劉輝先生訂為「萬曆四十四年（1616）說」[9]。

另一在美學人馬泰來先生，推想謝氏的〈金瓶梅跋文〉（《小草齋文集》），作於萬曆四十四年至四十六年之間。蓋丘志充（諸城人）是萬曆四十一年進士，任工部主事，與謝同事。謝於萬曆四十一年七

8　陳毓羆：〈金瓶梅的傳抄付刻及作者問題新探〉，《臺北師範學報》第三期（1986年9月）。

9　屠本畯：〈山林經濟籍與金瓶梅〉，收入劉歡《金瓶梅成書與版本研究》。

月中至四十四年初，治河張秋，約在該四十四年（1616）返京，任工部屯田郎中，四十六年（1618）七月又奉調雲南。推想謝肇淛向丘諸城志充取得《金瓶梅》抄本的時間，約在萬曆四十四年至四十六年之間。但此問題，大陸學人顧國熙則另有異議。

近讀顧國熙先生大作〈丘諸城是誰？〉[10]一文，卻說這位「丘諸城」不是丘志充，應是丘雲慷。謝獲得《金瓶梅》抄本，應在萬曆三十三年（1605）前後。

此兩說法，都說明了謝肇淛手中無《金瓶梅》全稿紀錄，且寫作〈金瓶梅跋文〉的時間下限，不會下越於萬曆四十六年（1618）。可以說，在謝肇淛的文獻上，尚無見到《金瓶梅》的紀錄。

（五）李日華（君實）語

李日華在萬曆四十三年（1615）十一月初五日的日記《味水軒日記》卷七上，記有他讀到沈德符藏《金瓶梅》稿本的事。未說是殘卷，亦未說是刻本。

可以說，這時的李日華尚未見到刻本。

（六）沈德符（景倩）語

《萬曆野獲篇》論《金瓶梅》的話，嚮者多認為寫於萬曆三十七年（1609）或四十七年（1619）年間。最早說《金瓶梅》初版於萬曆三十八年（1610）者，如魯迅、吳晗、鄭振鐸等人，即持此說。當大家獲知馬仲良（之駿）「司榷吳關」之「時」，乃萬曆四十一年至四

---

[10] 顧國熙：〈丘諸城是誰？〉，《徐州師範學院學報》第三期（1987年）。

十二年，又改為作於萬曆四十七年（1619）說。劉輝先生又下推一年，到萬曆四十八年（1620）。而我卻認為沈德符《萬曆野獲編》這番話，可能寫在崇禎初年。

　　按該文末句云：「丘旋出守去，此書《玉嬌李》不知落何所？」按丘志充調河南汝寧知府，時在萬曆四十七年三月，抵任則在翌年（1620）間。後來，丘升任到山西右布政，因賄案被逮下獄，時為天啟七年（1627）。以刑論死，崇禎五年（1632）棄市。

　　那麼，如據此史實論之，則沈氏的這句「丘旋出守去，此書不知落何所？」顯然指的是丘已刑戮，此一藏書，落到誰家？無從蠡知了。

　　試想，若不是知道了丘志充已判死刑或已棄市，怎會說出：「丘旋出守去，此書不知落何所」的決定語氣。丘出守河南，乃升任知府。此書《玉嬌李》縱未隨身帶去，也會留在家中或京中寓所。怎會說「此書不知落何所」？祇有知道丘已因案被判死刑，或已棄市，始會說出這樣的話來。所以我認為沈德符《萬曆野獲編》的這番話，寫作的時間，上限是天啟七年（1627）下限則是崇禎五年（1632）。

　　我推想，要說沈德符在寫此文時，尚未見到「欣欣子」的敘文，是不可能的事。

（七）薛岡（千仞）語

　　薛岡的《天爵堂筆餘》，論及《金瓶梅》一書時，說他曾在京城文吉士處見到不全抄本，迨二十年後，方始讀到刻本。

　　如果薛岡筆下的「文吉士」，確為陝西三水的文在茲，則可確定他在萬曆二十九年（1601）見到抄本。二十年後見到刻本，則為萬曆四十八年（1620），正好是《金瓶梅詞話》梓出的時期（萬曆丁巳（四

十五）季冬）。但薛岡看到的刻本，竟無欣欣子敘文。遂因而有劉輝與梅節兩位先生的推說。（一說十卷本是第二次刻本，一說刻于廿卷本後。）

　　關于此一問題，我推想薛岡筆下的「文吉士」，不是文在茲，應是文翔鳳。

　　按文鳳翔也是陝西三水人，文在茲之姪，文在中之子。萬曆三十八年進士。雖說文翔鳳並未當選庶吉士，稱之為「文吉士」，或是薛岡的尊稱詞。（在文翔鳳中進士後尚未派職的這段日子。）若是，則薛岡見到的《金瓶梅》刻本，乃崇禎刻本，崇禎本無欣欣子序文。

　　再說，在薛岡《天爵堂集》及《筆餘》，有與文翔鳳往還詩文及書牘，且兩相情誼至厚。薛岡曾把習舉子業的兒子，託付給文翔鳳管教，以期下一秋闈之試，有望得中。卻無與文在茲的往還文字。所以，我在此一推論。

　　若是此一推論為是，則薛岡所見之《金瓶梅》刻本，乃崇禎本（《新刻繡像批評金瓶梅》）也。

（八）張岱（宗子）語

　　張岱的《陶庵夢憶》，寫有論及《金瓶梅》一文（不繫園），時間是崇禎七年，也未題到版本什麼，只說座中友人楊與民以北調說《金瓶梅》令人絕倒已耳。

　　無可作為本文立說之語。不必論矣！

　　他如《三遂平妖傳》〈序文〉、《魏忠賢小說斥奸書》〈凡例〉，雖也題到《金瓶梅》，亦無助於本文立論。在此悉不費辭。

　　根據以上所錄，祇有沈德符與薛岡二人，明說他們看到刻本，（張岱、張譽、崢霄主人均未談到《金瓶梅》內容，無從據以立說，

此處不列入討論。）卻不能肯定他們看到的刻本，是今見之《新刻金瓶梅詞話》？還是魯迅、吳晗，鄭振鐸文中的「吳中刻本」？還是劉輝文中的「第一次刻本」？像薛岡，我則推想他看到的刻本，是崇禎本。

　　諸如這些問題，今尚未有確證來肯定諸說之是否？但有一點，是大家不曾推想到的，那就是這些位論及《金瓶梅》的人士，究竟有幾位，是應該看到《金瓶梅》刻本的？而且，連崇禎間刻本，都應看到的人士，也大有人在。何以竟無人再題起呢？

　　袁宏道死得早（卒於萬曆三十八年九月），不用說了。他弟弟小脩（中道）則卒於天啟三年（1623）。不可能沒有見到《金瓶梅》刻本。謝肇淛卒於天啟四年（1624）歲杪。他在天啟元年調往雲南，邊關道阻，或未見到刻本。但屠本畯卒於崇禎間，李日華卒於崇禎八年（1635），沈德符卒於崇禎十五年（1642），薛岡也卒於崇禎末。

　　如從他們的卒年來說，刻有「欣欣子序文」的十卷本《金瓶梅詞話》，袁中道（小脩）屠本畯（田叔），不可能沒有見到。謝肇淛雖遠在雲南、廣西，他那「闕所未備以俟他日」的期待之情，也不可能不知《金瓶梅》已有刻本梓行。若依據劉輝先生的說法，《金瓶梅》的第一次刻本，在萬曆四十五年（1617）就發行了。這時的謝肇淛正在工部任職，焉能不知。他以他的《小草齋文集》編成於天啟，卻也未加附言，仍舊是「闕所未備以俟他日」？從情理上看，是說不過去的。

　　屠本畯更應該看到刻有「欣欣子敘文」的刻本，他生活到崇禎年間。何以他沒有再題《金瓶梅》的事？

　　無論如何說，沈德符沒有題到「欣欣子」？沒有題到「蘭陵笑笑生」？似乎不是沒有見到刻有「欣欣子敘文」的《金瓶梅詞話》。從他那段話給後人造成「誤解」之一次又一次─如魯迅、吳晗、鄭振鐸

等大家，誤斷《金瓶梅》初版於萬曆三十八年（1610），即由沈氏這段話造成；再如今之劉輝，再斷《金瓶梅詞話》有兩次刻本（先說三次），也是由沈氏這段話起因的。他如吾友梅節先生，判斷有欣欣子序文的《金瓶梅詞話》後刻于《新刻繡像批評金瓶梅》（崇禎本），也是由於沈德符不曾說到欣欣子而產生的。足可證明沈氏《萬曆野獲編》的這段話，隱藏了不少問題。無論是抄本或刻本，他的話都暗示了不少值得我們探究的線索。所以我把它當作「艷段」來看。

譬如「五十三回至五十七回」的「陋儒補以入刻」的問題，近數年來，已誤導了不少人被帶上眼罩，捧去上套步入磨道，轉遊了不少不少冤枉圈子，白白浪費了不少不少時間了。還有這句「丘旋出守去，此書不知落何所」的話，也隱藏了許多暗示。前面，我已說到了。

從情理來看，明代論及《金瓶梅》的人士，不可能沒有人看到欣欣子的序文，只是隱而不言而已。為什麼他們知而不言？我的推論已寫在《金瓶梅的問世與演變》中了。

《金瓶梅》原是一部政治諷喻的小說，關乎萬曆當朝的宮闈事件。故從萬曆二十三、四年間問世部份稿本之後，竟遲遲十年再有傳抄的消息。（所以我把《金瓶梅》的抄本，分成初期與後期。）

我推想萬曆三十四年（1610）再傳抄時，《金瓶梅》的內容，已是改寫本了。要不然，怎會有兩種不同的底本？十卷本是最早梓行的刻本，應無問題。

沈德符《萬曆野獲編》的那句「未幾時而吳中懸之國門矣」的話，就是證據。因為他手上的稿本是廿卷本。從今之十卷本新刻《金瓶梅詞話》來看，仍殘存著政治諷喻的餘韻。（如第一回）

以時間推演，這部刻有〈欣欣子序〉的十卷本，出版的時間當在天啟初年。湊巧遇上了天啟詔修《三朝要典》（梃擊、紅丸、移宮等

三案），懼怕惹上政治的麻煩，會導致滅族之禍。因而這個刻本便隱
藏起了。待天啟瞬焉而逝（不過七年），於是廿卷本繼而續刻。凡十
卷本之有所涉乎政治諷喻嫌疑者，全刪除了。「闕所未備」的「十
二」，也據十卷本補上了。想來，十卷本與廿卷本，就是這麼形成
的。當然，廿卷本不必刻入欣欣子序文。

《金瓶梅》的成書年代

　　如從歷史的因素來說，《金瓶梅》乃萬曆二十年以後的作品，應是不爭之論。吳晗的〈金瓶梅的著作時代及其社會背景〉[1]、鄭振鐸的〈談金瓶梅詞話〉[2]兩文，判斷《金瓶梅》應是萬曆中期的作品，雖所提證據，當不夠充實，然所指路向，則是正確的。

　　今天，我們獲得的研究史料，可以說是更多了。足以肯定《金瓶梅》一書，無論初期抄本，或晚期刻本，它們的底本，委實沒有確切的證據或充分的理由，把《金瓶梅》的作者，推論到嘉靖間去。我們人人知道《金瓶梅》早問世的年月，是萬曆二十三、四年（1595、6）間，最早的刻本不能上越於萬曆四十五年（1617）。這些史實，乃「徵於色、發於聲」的昭然。[3]

　　凡是從事《金瓶梅》一書的研究者，無不嫻熟於《萬曆野獲編》的那段話，其中的這句「此等書必遂有人板行，一刻則家傳戶到。」沈德符的這句話，正是嘉、隆、萬這一時代的社會史實；換言之，這三朝正是小說盛行的時代。試想，像《金瓶梅》這樣的書，正是那個淫縱的時代所需要的書。鄭振鐸在距今五十年前就說過了。他說：「此書如果作於嘉靖間，則當早已『懸之國門』；不待萬曆之末。此

編按1　註1的內容，本置入正文裡，以（）區別之；《金學卷》在編輯過程中，則以
　　　　置入註解示之。

1　吳晗：〈金瓶梅的著作時代及其社會背景〉，《文學季刊》創刊號（1934年1月）。編按1
2　鄭振鐸：〈談金瓶梅詞話〉，《文學》第1卷第1期（1933年7月）。
3　在沒有獲得新史料，可以否定這些史實的今天，若說此書是嘉靖年間的作品，則不
　　易徵信也。

等書非可終秘者[4]。」可見鄭振鐸先生的立論,也是以歷史因素為基點的。

　　所以我要說:「如從歷史的因素來說,《金瓶梅》乃萬曆二十年以後的作品,應是不爭之論。」

　　雖說,此一成書年代的論說,筆者已耗去筆墨百萬言以上。且率多從今見之最早刻本《金瓶梅詞話》的情節上,去縷出證據立論的。首先證出了十卷本《金瓶梅詞話》是改寫本。這一點,應是不能否定的事實。所以,我們論斷《金瓶梅》的成書年代,事實上應分作兩個階段去探索立說,按即《新刻金瓶梅詞話》(十卷本)與《新刻繡像批評金瓶梅》(廿卷本)之成書,為後一階段,其以前傳抄本之成書,則是前一階段。這一點,也是不能否定的事實。

　　那麼,我們論斷《金瓶梅》的成書年代,勢須打從抄本與刻本兩個階段,來進行演繹與推論。

一　抄本的成書年代

　　《金瓶梅》一書的抄本,在傳抄過程中,也有初期與後期之別,前已論及矣!

　　斯一初期、後期之別,應以萬曆丙午(三十四年)之《觴政》為分界線。換言之,袁宏道未作《觴政》以前之《金瓶梅》,乃初期抄本,寫成《觴政》以後之《金瓶梅》,乃後期抄本。

　　茲分別論之。

4　同前註。

（一）初期抄本

　　我們知道《金瓶梅》最早出現於萬曆二十四年（1596）冬，首由吳縣令袁宏道傳播出來。如從史料看，至今尚未發現比袁宏道更早的文字紀錄題到《金瓶梅》。

　　袁宏道見到的《金瓶梅》稿本，從董其昌得來。那麼，董其昌從何處得來？迄今尚無實據可以獲知。不過，根據袁中道的日記《遊居柿錄》所記，他早在其兄宏道未讀到《金瓶梅》之前，即在董其昌聽到了這部小說的嘉譽了。他說：「往晤董太史思白，共話小說之佳者。思白曰：『近有一小說名《金瓶梅》，極佳。』余私識之。後從中郎真州，見此書之半。」

　　關於此一問題，大陸學人陳毓羆先生作〈金瓶梅抄本的流傳付刻與作者問題新探〉[5]一文，考證袁中道「往晤董太史思白共話小說之佳者」的時間，當在萬曆二十二年秋至二十三年四月底。

　　（按董其昌是萬曆十七年（1589）進士，選庶吉士，散館任編修，控任皇長子常洛的講官。袁宏道是萬曆二十年（1584）進士。其兄宗道亦任東宮講官，與董同事。袁中道首次隨其兄宏道晉京，是萬曆二十二年秋，後袁宏道選任吳縣令，於二十三年二月初六日離京。中道則於該年四月底離京，到大同巡撫梅國楨處作客。以此推想袁中道（小脩）晤及董其昌太史，共話小說之佳者，當在這段時間。）

　　再從袁宏道（中郎）寫給董其昌的信中語言，有「《金瓶梅》從何處得來」語，足徵以前不曾聽到董說到《金瓶梅》一書。或可據此推想袁中道見到董太史談到《金瓶梅》，當在聽曆二十三年二月至四

5　陳毓羆：〈金瓶梅抄本的流傳付刻與作者問題新探〉，《河北師範學院學報》第三期（1986年9月）

月這段時間。

　　據乎此，縱以此一時間論，則《金瓶梅》之被人傳說，已早於袁宏道得到抄本一年有餘矣！再說，董其昌既然早袁宏道一年前，即已讀到了《金瓶梅》抄本，且說：「決當焚之」。可徵此一小說之問世時間，最遲亦在萬曆二十三年歲初。

　　（可是，在袁宏道寫於萬曆二十四年冬的寄董思白函之前，何以竟無人論及呢？尤其是董其昌，窮其所有作品居然無一字說及。）

　　說來，《金瓶梅》的初期抄本，成書的時間，應在萬曆二十二、三年間。

　　（根據謝肇淛的〈金瓶梅跋〉（《小草齋文集》卷二十四），袁氏兄弟手頭的抄本，只有十之三。）

　　前章已經說到，《金瓶梅》的初期抄本，自萬曆二十四年，由袁宏道的信函傳出之後，綿綿十年，無聲無闃。

　　（自萬曆二十四年冬到萬曆三十四年秋，整整十年，除了袁宏道寫給董其昌的這一封信，其他尚未見到有任何人說到《金瓶梅》。）

　　袁氏兄弟說他們只得到抄本一半。謝肇淛說他「於中郎得其十三。」再根據沈德符說，袁宏道在萬曆三十四年（1606）秋，尚未見到全本。

　　那麼，《金瓶梅》的初期抄本，是不是十年之間，祇有袁宏道抄得的那樣多呢？至今，我們尚未見到明確的文獻，來作此一問題的答案。

　　尤其是，袁宏道信上問董其昌的那句話：「《金瓶梅》從何處得來？」至今，也無人獲得肯定的下文。

　　從《金瓶梅》之被董其昌說到，再由袁宏道向董其昌抄得其「半」，竟然踰於十年的歲月，失去了《金瓶梅》的蹤跡。卻又突然在萬曆三十四年秋，傳出了《金瓶梅》已有「全本」的消息。且被袁

宏道把它配《水滸傳》為「逸典」，寫入《觴政》作為酒場甲令。這情事，委實令我感到蹊蹺。因而我想，在我下筆來判定《金瓶梅》的成書年代，又怎敢武斷的說：「《金瓶梅》成書於萬曆三十四年」呢？

　　依據我們今天所能掌握到的史料來說，我只能說：「《金瓶梅》的初期不全抄本，其成書當在萬曆二十二年前後。」至於作者曾否在這以後的十年歲月裡，完成了《金瓶梅》全書？尚無文獻足以徵之也。

（二）後期抄本

　　雖說《金瓶梅》一書的抄本，自萬曆二十四年（1596）冬，由董其昌傳抄到袁宏道手中之後，綿綿十年有奇，無有踪跡。然而，我們卻不能說在這十年之間，《金瓶梅》的原作者，沒有再繼續寫下去。但又何以綿綿十年沒有下文？若以明代當時那個社會的歷史因素來推斷，此一問題，必是牽涉了政治因素。像《金瓶梅》（今見之刻本）這類的書，正是明代那個社會所需要的，「此等書必遂有人板行」也。傳抄出來之後，十年之間，除了袁宏道這封信（刻於《錦帆集》卷四，萬曆三十六年梓行）說到，他則無人題起。到了萬曆三十四年秋，袁宏道竟又把這部小說配《水滸》為「逸典」，寫入了酒場甲令。這情事，豈不是說明了袁宏道已讀到全本了？難怪屠本畯於萬曆三十五年寫《觴政》跋時，要說：「……如石公（袁宏道號）而存是書，不為託之空言也。否則，石公未免保面甕腸。」蓋懷疑袁宏道之未必有《金瓶梅》全書也。

　　（我推想屠本畯必然知情袁宏道作《觴政》時，《金瓶梅》配《水滸傳》為酒場甲令，「未免」也是「保面甕腸」。非飲徒也。文義似乎知道《金瓶梅》無全書。）

　　若從此一事實來推想，則《金瓶梅》之後期抄本，其成書非出原作者手。譬如沈德符《萬曆野獲編》說的，他在「丙午」遇中郎（袁宏道）京邸，中郎即告訴他誰家有全本？即以現有明代人論及《金瓶梅》的史料來看，亦足以肯定沈德符《萬曆野獲編》這番話，乃「託之空言」，絕非事實。袁中道（小脩）的日記《遊居柿錄》，謝肇淛（在杭）的〈金瓶梅跋〉，已否定之矣！（縱非託之空言，想必暗示《金瓶梅》已改寫完成。）

　　在袁宏道寫《觴政》的時候，《金瓶梅》尚未梓行（無刻本公開流行），且無全本在傳抄。袁宏道怎能如此熱衷於此書，要把它寫入酒令？像袁宏道這麼一位在學界、政界，都饒肖名望的人，何以要抱一部他還未曾讀過全書的小說，寫入酒令作為典則？想來，斯乃出乎常情的事。它似乎蘊藏著一些問題，有待我們探討。

　　依據斯一事實推想，我從中析出以下幾個問題。

1　何以初期本問世後十年來無有踪跡

　　此一問題，我認為袁宏道寫給董其昌的那封信上的這句話：「伏枕披閱，雲霞滿紙，勝枚生〈七發〉多矣！」就是明確的答案。（此一答案，十多年來，我已論之又論，說之又說。）

　　袁宏道的這句話，業已明白指出，他從董其昌那裡得來的《金瓶梅》抄本，寫的是有關臣僚諷諫君王的政治小說，否則，安能以枚乘的〈七發〉喻之？

　　枚乘的〈七發〉，見之《昭明文選》。它是一篇以楚王子有心病，而門客舉出七事一一發之。一直說到第五，「將為太子訓騏驥之馬，駕飛軨之輿，乘牡駿之乘；右夏服之勁箭，左烏號之彤弓……淘陽氣，蕩春心，逐狡獸，集輕禽，極犬馬之才，困野獸之足，窮相御之智巧，……」於是見太子方有陽氣現於眉宇之間，再進而說到「兵車

雷運，旅旗偃蹇。」以至「白刃磑磑，矛戟交錯，收穫掌功，賞賜金
帛。」太子之病，有起色矣！再進而說到「將為太子奏方術之士，使
之論天下之釋理，理萬物之是非，孔老觀覽，孟子持籌而算之，萬不
失一。」於是太子據几起，曰：「渙乎若一」。涊然汗出，霍然病已。
可見袁宏道之以枚叔〈七發〉來比況《金瓶梅》，我們自可據以蠡知
初期抄本《金瓶梅》，乃有關政治諷喻的小說。其諷喻的對象，必是
當今天子。所謂「雲霞滿紙」，蓋指隱喻也。這一點，應是無可爭議
的事實。

　　那麼，初期抄本的《金瓶梅》，既是一部涉及當今天子之政治諷
喻小說，怎敢明目張膽的傳抄呢？

　　何況，《金瓶梅》之傳抄，始終都在士大夫手中遞解著。這一
點，也足以證明《金瓶梅》問世後，竟然綿綿十年歲月，而了無踪跡
的原因，正由於它是一部諷喻當今天子的政治小說，怎敢張揚呢！

　　當然，袁宏道信上問董其昌的那句話：「《金瓶梅》從何處得
來？」也一定有了下文。卻也正由於他們知道了《金瓶梅》的作者是
誰？而大家纔共同保密起來。後期抄本的再傳於十年後，自亦基是而
生。

　　這樣推論起來，袁宏道的《觴政》之作，也都有了說詞的理則
了。改寫《金瓶梅》也。

2 推論袁宏道的《觴政》之作

　　袁宏道之所以把《金瓶梅》配《水滸傳》為「逸典」，寫入《觴政》
作為酒場甲令，可以說，即已肯定了他已獲得了《金瓶梅》抄本的全
書；要不然，就是袁氏兄弟要使《金瓶梅》成其全書。並且計畫付梓
了吧？

　　此一問題，雖有其弟袁中道（小脩）寫於萬曆四十二年八月的日

記，說明了他們弟兄祇有「此書之半」[6]更有謝肇淛的後於袁中道寫的〈金瓶梅跋〉[7]也證明了袁氏兄弟手中尚無全本，但卻無法遮掩《觴政》之以《金瓶梅》《水滸傳》為「逸典」的業已有了「全本」的明示。那就是，沒有見到全本，怎可與《水滸傳》相題並論。我們只要根據斯一事理，即可以肯定的說：「袁宏道寫《觴政》時，他們手中應有全本。」改寫的也算。這一點，沈德符《萬曆野獲編》也明言了。

第一，萬曆丙午（二十四年）秋，袁宏道首先透露了《金瓶梅》的全本在麻城劉延禧家；向華亭徐文貞（階）家抄來的。

第二，《金瓶梅》首由袁宏道以文字張揚出來。誰家有全本，也首由袁宏道的口中透露出來。（我們相信沈德符的話，就應如此推論。沈的這番話，悉由《觴政》說起。）基此看來，又怎能不以袁宏道的《觴政》為起點。

事實上，袁宏道的《觴政》，確是探索《金瓶梅》有了全本的起點。沈德符《萬曆野獲編》的話，就是以《觴政》為起點的。

根據沈德符《萬曆野獲編》的說法，他於萬曆三十四年秋，在京城見到袁宏道，問起他《觴政》中題到的《金瓶梅》，袁宏道就透露了誰家有該書全本的消息。這年秋天；袁宏道方由他家鄉公安抵京接任禮部武選司郎中。麻城劉家，不惟是袁同鄉，劉延禧也是袁時相往還的友人。如果沈德符《萬曆野獲編》所記，全係事實，不是偽託，則袁宏道答說他尚未見到全本，當是虛蛇的託詞。可是沈德符《萬曆野獲編》又說，他在三年後，便在京城向袁中道抄得了《金瓶梅》全本。亦呼應了袁家之有全本也。

沈德符《萬曆野獲編》的這些話，若係事實，則遠宏道兄弟，可

6　見〔明〕袁小脩：《遊居柿錄》，第989則。
7　見〔明〕袁中道：《小草齋文集》，卷二十四。

能在家鄉隱居柳浪湖的時期，（三十二、三年間）即已有了《金瓶梅》全本了。

我們若以沈德符《萬曆野獲編》的話作為事實，自可這樣推論，這樣推論若是正確的，那麼，袁中道的日記《遊居柿錄》，謝肇淛的〈金瓶梅跋〉（《小草齋文集》），所言未見《金瓶梅》之全，則是飾辭矣！

（我在論及明代《金瓶梅》史料時，涉及此一問題，即說到這雙方面的說詞，必有一真一偽。到了十年後的今日，我們仍無新證據來解決此一矛盾問題。我在此之所以改以沈說為準，再作另一方向的推論，蓋亦企圖攻之異端，有意雙管齊下，望能兩端而洞穿之也。）

如從萬曆三十四年袁宏道透露出《金瓶梅》全本在麻城劉家這一點來看，自可推想，袁家如有全本，當是從麻城劉家得來的。否則，必是他們改寫的。可是，這樣推想，尚有另一事實不能符契。那就是十卷本與廿卷本的問題。

我們知道袁氏兄弟與謝肇淛等人手上的《金瓶梅》抄本，是廿卷本。（有謝肇淛〈金瓶梅跋〉為證。）今見之《金瓶梅》刻本，有十卷本《新刻金瓶梅詞話》及廿卷本《新刻繡像批金瓶梅》兩種。且十卷本梓行在前，廿卷本梓行在後。再根據沈德符《萬曆野獲編》說的，他於萬曆三十七年（1609）在京城向袁中道（小脩）抄來的《金瓶梅》全稿，馮夢龍曾慫恿書坊以重價向他購刻，另一友人也勸他高價賣給書賈。他認為此書誨淫，不宜公之世人，會下地獄的。遂固篋之。他雖未出售此一底本，卻「未幾時而吳中懸之國門矣！」這吳中懸之國門的《金瓶梅》，依據沈德符《萬曆野獲編》的話，可以確定是十卷本《新刻金瓶梅詞話》，並非他從袁中道（小脩）抄來的廿卷本。

這樣看來，袁氏兄弟手中的抄本，不應是從麻城劉家得來的

了。（如果，我們認為十卷本是來自劉家的話。）此一問題，我們再
作另一推論。

3 推論麻城劉家的《金瓶梅》之流程

　　在上一章，論到後期抄本流程的時候，傳說《金瓶梅》的全本，
一在麻城劉家，一在太倉王家。何以有此傳說？自有底因存乎其間。
所以我推想這兩家之所以首先掌有《金瓶梅》的全本，正由於這兩家
是屠隆的好友，且是屠隆的恩人。《金瓶梅》屠隆作也。遂有此暗示
的傳說。

　　那麼，我們循此綿索來推想這兩種《金瓶梅》的成書，就會獲得
其合情合理的結論。

　　按：屠隆卒於萬曆三十三年（1605）八月二十五日，享年六十四
歲。

　　想必這就是袁宏道之把《金瓶梅》寫入《觴政》，且又傳出了麻
城劉家有全本的「底因」。斯時，作者屠隆已作古矣！

　　《金瓶梅》之所以有傳抄本的初期與後期之分，造成的原因，就
在這裡；前期與後期之間的十年歲月無踪跡，答案也在這裡；袁宏道
問董其昌的「《金瓶梅》從何處得來？」其下文也在這裡。

　　（最早傳抄出的《金瓶梅》，乃有關政治諷喻的小說，袁宏道已
明言之矣！今之十卷本不還殘留著顯著的痕跡嗎？）

　　正由於《金瓶梅》在開始傳抄到士大夫手上時，其內容的政治諷
喻太濃，諷喻的對象又是今上，自無人敢於張揚。當袁宏道函詢董其
昌《金瓶梅》從何處得來？在官場上徵逐名利的董玄宰，安敢以書牘
行之文字。若以情理推想，董氏必然告知了袁氏兄弟。當袁氏獲知了
作者是誰？自也霍然於作者的寫作動機。於是大家不敢嚷嚷了。

　　迨屠隆卒後未一年，袁宏道便把《金瓶梅》配《水滸傳》寫入《觴

政》。我在前面說了，袁宏道手中如果沒有《金瓶梅》的全本，怎會如此猛浪？

雖說，根據謝肇淛的〈金瓶梅跋〉，袁氏兄弟手中僅有該書抄本「其十三」，若以情理推論，袁宏道的《觴政》委實不應寫入此一「逸典」。所以我們可以懷疑謝肇淛的「於中郎得其十三」的說法，縱非飾詞，必也陳腔。再以事實來說，袁宏道既知麻城劉家有全本，他們兄弟一定會向劉家借抄的。不可能幾二十年（抵謝氏作〈金瓶梅跋〉文）未抄得全書也。

作者既在萬曆二十二、三年間，送出《金瓶梅》前部文稿，縱然受到某些因素的阻礙，也不可能從此停筆不寫，否則，不致在十年後又傳出了有全本的消息；且寫入了酒令。自可據此推想，前期抄本與後期抄本之間的十年歲月裡，作者與他的朋友們，勢必還在暗通消息。

上述推想，應是合乎情理羅輯的。

照此想法，袁宏道的《觴政》，以及後期傳抄本在傳抄流程中的許多相同或相異的說辭，全是交措在兩期不同抄本之間的問題。

極可能，作者屠隆曾經授受了友人如董其昌、湯顯祖、袁宏道以及劉承禧等人的建言，去從事《金瓶梅》的改寫。我們知道，晚年的屠隆，醉必於戲曲，或未能專志於《金瓶梅》的改寫工作。迨其死後，朋友們手中還只是一些斷章零縑。也可能在編纂與補寫時，參予者有十卷與二十卷之不同意見。何況，從萬曆三十四年到萬曆四十五年的這十年歲月裡，不惟福王常洵的之藩（到封地洛陽去），一再藉詞拖延，且之藩的第二年五月，又發生了「梃擊」事件。（福王於萬曆四十二年三月，離京往洛陽封國，翌年五月就有一位名叫張差的男子，手持棗木棍，打入了太子常洛的宮中，又鬧得天下大譁。）這些宮闈間的政治因素，自是影響了《金瓶梅》之有了十卷本與廿卷本的

成書關鍵。且也阻礙了它之遲遲未敢梓行。

　　所以，當萬曆爺朱翊鈞於萬曆四十八年（1620）八月二十二日賓天，十卷本《金瓶梅詞話》便搶先付梓，「未幾時而吳中懸之國門矣！」

　　沈德符《萬曆野獲編》談論《金瓶梅》的話，寫於天啟七年或崇禎五年，丘志充遭受刑戮之後，前文業已說明，乃明代論及《金瓶梅》的史料，寫得較後的一篇。可以肯定的說，沈德符寫出這番話的時候，不可能沒有看到十卷本《金瓶梅詞話》的刻本。

　　我們打從此一情事來說，沈德符之所以沒有題到「欣欣子」的序文等等，顯然的，乃有所規避。（前文已說到，他如屠本畯、董其昌、李日華卒於崇禎間；謝肇淛、袁中道卒於天啟三年、四年，以去世時間論，都不可能沒有見到十卷本《金瓶梅詞話》的刻本。）

　　所以我認為明代這幾位公安圈子中的文友，在論到《金瓶梅》時，竟未一及「欣欣子」的敘文，實乃「披辭知其所蔽」，非未見也，避不說也。

　　（何以避而不說？可能與十卷本之梓而未行（銷）一事有關。此一問題，稍後再論。）

　　行文至此，我們對於《金瓶梅》之後期傳鈔本的成書，可以推繹出這麼一個論斷：

（1）作者於萬曆二十二、三年間，把初期稿本送給文友們閱覽，
　　　獲得反應後，曾接納了文友們的建言，進行改寫。

　　　（借用《水滸傳》中的西門慶與潘金蓮的故事，可能從改寫
　　　時開始的。初期的傳抄本，小說的主人物似是賈廉，不是西
　　　門慶。第十七回還殘餘著此一漏洞。尤其欣欣子序中說到的
　　　「如離別之機，將興憔悴之容，必見者所不能免也；折梅逢驛
　　　使，尺素寄魚書，所不能無也；患難迫切之中，顛沛流離之

頃，所不能脫也。」這些情節，今之刻本《金瓶梅》均無之。）

（2）從萬曆二十四年到三十四年，《金瓶梅》傳抄之十年空白，原因應是文友們的相戒保密，與建言作者的進行改寫。作者於萬曆三十三年過世時，改寫的《金瓶梅》，可能尚未完成。傳遞到文友手中的抄本，祇是一些單篇零帙。或許只有麻城劉家存有的多些。於是，袁宏道這一幫熱愛「新文學」的朋友們，便計畫把它編纂完成而梓行。《觴政》的寫入《金瓶梅》為酒令，可能是這樣誕生的。

（3）後期傳抄本之所以有了「十卷本」與「廿卷本」之別，可能就是由於這班朋友們，在計畫把《金瓶梅》的傳抄散帙，編纂成書時，彼此間有了不同意見所形成的。從沈德符《萬曆野獲編》之指摘「吳中懸之國門」的「十卷本」，有「陋儒補以入刻」一語來看，豈不是表明了「十卷本」與「廿卷本」的編纂之意見有異。（此一問題，迨論及刻本成書與付刻時，再詳細分析。）

（4）沈德符手上的《金瓶梅》抄本，曾於萬曆四十三年（1615）十一月初五日，由其侄沈明遠捧給鄉人李日華閱讀[8]。想必就是那部「缺五十三至五十七回」五回的那一部。沈說是萬曆三十七年（1609）向袁中道（小脩）抄來的，可是袁中道卻在日記中說他尚未讀到全本，（前已道及）。但基此矛盾事態推想，李日華見到的沈德符的這部《金瓶梅》藏本，應當是改寫完成的廿卷本。可以肯定的說，廿卷本的《金瓶梅》，在萬曆四十三年間，業已完成了。

（4）今見之「十卷本」（《新刻金瓶梅詞話》），有東吳弄珠客寫於

8　〔明〕李日華：《味水軒日記》，卷七。

萬曆四十五年（1617）的序文，自可想知其成書，當在萬曆
四十五年之前。但如從內容來說，則此一刻本之成書，可能
在泰昌間，梓行已在天啟矣！（此一問題，留待下文再論。）

二　刻本成書年代的實證

傳抄時代的《金瓶梅》，前後綿亙二十年，且有杳然十年歲月而
無踪無跡的情事。是以我把它區分成前期、後期兩個階段來推論。認
為後期的抄本，已是改寫本了，遂出現了兩種不同的底本。今見之兩
種《金瓶梅》刻本，也是十卷本與廿卷本。

我們從明代人士談論《金瓶梅》的史料觀之，也沒有任何信息，
可以指引出《金瓶梅》一書是萬曆以前的作品。雖然，傳抄時代的
《金瓶梅》，今已無實物可徵。這兩種刻本，亦足以資訊我們去尋求
實證，來肯定《金瓶梅》乃萬曆間的作品。

（一）十卷本《新刻金瓶梅詞話》

依據明代人論及《金瓶梅》的史料來說，「十卷本」（《新刻金瓶
梅詞話》），乃《金瓶梅》之最早刻本，且被公認此一刻本的內容，
乃最接近原著的本子。那麼，我們探討《金瓶梅》的成書，從此一刻
本的內容，去尋求實證，應是最直接的程式吧。

1　殘紅水上飄

在《金瓶梅詞話》第三十五回，書童裝旦，席上唱了四段〈玉芙
蓉〉曲牌的曲子：

殘紅水上飄，梅子枝頭小。這些時，淡了眉兒誰描？因春帶

得愁來到，春去緣何未消？人別後，山遙水遙。我為你，數
盡歸期，盡損了掠兒稍。

新荷池內翻，過雨瓊珠濺，對南薰，燕侶鶯愁心煩。啼痕略
破殘妝面，瘦對腰肢憶小蠻。從別後，千難萬難，我為你，
盼歸期，靠損了玉闌干。

東籬菊綻開，金井梧桐敗。聽南樓，塞雁聲哀傷懷。春情欲
寄梅花信，鴻雁來時人未來。從別後，音乖信乖。我為你，
恨歸期，跌綻了鳳頭鞋。

漫空柳絮飛，亂舞蜂蝶翅。嶺頭梅開了南枝。折梅須寄皇華
使，幾度停針長嘆時。從別後，朝思暮思。我為你，數歸
期，揾破了指尖兒。

這四段曲子，在沈璟編的《南詞韻選》中，選有上錄的三段，如〈殘
紅水上飄〉、〈東籬菊（艷）綻開〉、〈漫空柳絮飛〉，文句略有異辭。
〈東籬菊艷（綻）開〉一曲，異辭較多。辭為「東籬菊艷開，隔窗聞，
瀟瀟夜雨傷懷。薄情羈絆天涯外，鴻雁來時書未來。人別後，朝猜暮
猜。我為他數歸期，跌綻鳳頭鞋。」然雖有異辭，但曲牌同。足徵
《金瓶》所唱，《南詞》所選，悉為當時萬曆中葉以後，在社會上極
為流行的歌曲。

再查萬曆三十三年間，陳所聞編《南宮詞紀》卷四，也選有〈殘
紅水上飄〉一曲，上署作者為李日華。不過，《南詞韻選》記有「詞
人姓字」於扉頁，書「李日華」是「直隸吳縣人」。人每誤之為秀水
李君實，非也。

在嘉靖初葉編之《詞林摘艷》乙集，以及嘉靖中葉編之《雍熙樂
府》卷十六，均選有〈殘紅水上飄〉一曲。可是，該兩書所選之〈殘

紅水上飄〉，除首句五字同，二句三字同（青杏枝頭小），餘悉異辭。
曲牌各亦異，名之為〈南宮金索掛梧桐〉（《雍熙樂府》無「南宮」
二字）詞為：

> 殘紅水上飄，青杏枝頭小。燕子來時，綠水人家繞。天涯何
> 處無芳草，墻裡秋韆，墻外行人道。墻外行人，聽得墻裡佳
> 人笑，正是多情反被無情惱。

此曲除首句外，餘則是打從蘇東坡之〈蝶戀花〉一詞改纂而來。
與《金瓶梅》所唱，《南詞》、《雍熙》所選，非一曲也。（《北宮詞紀》
亦選此曲。作者註為「無名氏」。）

按吳縣李日華，《縣志》未傳其人。然有，《南調西廂記》一種，
在萬曆間刻本上，有梁辰魚（1521-1594）題辭，說是此一本《南調
西廂記》，乃「崔割王庾，李奪崔席。」意為此劇是崔時佩為了能使
王實甫的北劇《西廂》，利於南曲的笙笛演奏，遂改作南調。改本三
十六齣，李氏又據以增之為三十八折。所以梁辰魚說李也插上一腳，
居然宣賓奪主了。遠山堂《曲品》亦云：「此實崔時佩筆，李第較增
之。人知李之竊王，不知李之竊崔也。」從這些紀錄來看，這位吳縣
李日華，本不是什麼大家，是以萬曆間人，誤是秀水李日華（君
實）。

莊一拂編《古典戲曲存目彙考》，說這位吳縣李日華是嘉靖初
人。但從梁辰魚等人的題辭與著錄，都題到了他，這位李日華應是嘉
靖間人，當無問題。但《南詞韻選》與《南宮詞紀》所選的這幾曲〈玉
芙蓉〉，是否確為這位吳縣李日華所作？似也不必深究。然此數曲之
既未入選於《詞林摘艷》，亦未入選於《雍熙樂府》，卻入選於萬曆
間的《南詞韻選》與《南宮詞紀》，足以想知這幾段曲子的流行，當
在萬曆，不在嘉靖。

　　依據情理推想，萬曆年間的作者，把嘉靖年間出版品上的文辭，章章節節引錄到他的作品中來，乃平常事。是以《金瓶梅詞話》中有不少《詞林摘艷》與《雍熙樂府》上的劇曲。像〈殘紅水上飄〉（曲牌〈玉芙蓉〉），縱然是嘉靖年間的吳縣李日華所作，嘉靖中葉的《雍熙樂府》，既未選錄，而萬曆年間的《南詞韻選》與《南宮詞紀》，卻選錄了。所以我認為《金瓶梅詞話》之錄入了〈殘紅水上飄〉四段曲子，應是萬曆間人的手筆，乃情理也。

2　苗青謀財害主案

　　我在《金瓶梅箚記》及《金瓶梅原貌探索》兩書中，對於《金瓶梅詞話》第四十七回之苗青謀財害主案，曾作詳細論述。認為該一情節在《金瓶梅詞話》中的孤起孤落，以及苗青其人之與以後各回——如五十五回的苗員外，第六十七回的苗小湖，第八十一回的苗小湖，還有五十八回及八十一回的苗青，竟然混淆不清，幾至無法確定這三位姓苗的，有無連帶關係？像這些前後情節之不貫，人物關係之混淆，除了認定它是改寫者造成的，委實尋不出其他更允當的解釋。《金瓶梅詞話》是改寫本，這第四十七回的苗青案，也是一大證據。

　　關於苗青一案，有其故事的淵源。它的原始底本，來自何處？今尚未能查知。但在梓行於萬曆二十二年（1594）之《百家公案》，其第五十回「琴童代主伸冤」一案，故事則與苗青案雷同。

　　那麼，苗青案是否淵源《百家公案》？或《百家公案》淵源於苗青案（《金瓶梅詞話》第四十七回）？需要推究。

　　茲將兩案全文，錄之於下：

　　《百家公案》原文
　　第五十回公案　　　琴童代主人伸冤
　　（新刊京本通俗演義百家公案全傳卷之六）

一念良善說不散　　家人能報主人冤
賊徒為惡遭刑戮　　包宰志名萬古傳

話說揚州離城五十里，地名魚壚。有一人姓蔣名奇表字天
秀，家道富實，平素好善。忽日有老僧人來其家化緣，天秀
甚禮待之。僧人齋罷，天秀問云：「動問上人雲遊，從何寶剎
至此？」僧人答云：「貧僧山西大（人）氏，削髮于東京報恩
寺。因為寺東堂少一尊羅漢寶像。雲遊天下，訪得董善人則
化之。今聞長者，平昔好布施，故貧僧不辭千里而來，敬
（逕）到貴府，化此一尊佛，以重後日之緣也。」天秀喜道：
「此則小節，豈敢推託？」即令琴童入房中對妻李氏說知，取
過白金五十兩出來，付與僧人。僧人見那一綻白銀，笑道：
「不消一半，完滿得此一尊佛像，何用許多？」天秀道：「師
父休嫌少，若完羅漢寶像，以後剩者，作齋功果，普渡眾
生。」僧人見其歡喜布施，遂收了花銀，即此出門。心下忖
道：「適是施主相貌，目眶下現一道死光，當有大災。彼如此
好心，我今豈得不說他知！」即回步入見天秀道：「貧僧頗曉
麻衣之術，視君之貌，今年當有大危。何妨不出，庶或可
免。」天秀唯唯而已。僧人再三叮嚀而別。天秀入後舍見張氏
道：「化緣僧人沒話說，得故相我今年有大厄，是可笑矣。」
張氏道：「雲遊僧行，多有見識者，彼既言之。正須謹慎。時
值花朝節，怎見的：

　　園林花卉爭春妍　　柳底鶯聲弄曉情

天秀正邀妻子向後花園賞遊，天秀有一家人姓董，是個浪
子。那日，正與使女春香在後園亭子上閒草，不妨天秀前

來，到躲避不便。回（因）天秀遇見，將二人責備一番。董家人切恨在心。鑱過一月，有表兄黃美在東京為通判，有書來請天秀。天秀接書，不勝歡喜。入對張氏道：「久聞東京乃天都之地，景致所在，欲去遊覽無便。會得表兄書來相請，乘此去探望，以慰平昔之志。」張氏答道：「日前僧人道君須防有厄，不可出門。且兒子又年幼，此則莫往為善。」天秀不聽，吩咐董家人收拾行李，次日辭妻，吩咐看管門戶而別。

　　不為利名離故里　　寧知此去魂歸來

正當三月初邊天氣，天秀與董家人並琴童，行了數日，早路到河口，是一派水程。天秀討了船隻，靠晚船泊陝灣。那兩個稍子，一姓陳一姓翁，皆是不善之徒。董家人深恨日前被責之事，要一報無由。是夜密與二稍子商量。我官人箱中有白銀一百兩，行裳衣資極廣。汝二人若能謀之，將此貨物均分。陳翁二稍笑：「汝若不言，吾有此意久矣。」是夜，天秀與琴童在前倉睡，董家人在櫓後睡。將近二更，董家人叫聲：「有賊」。天秀夢中驚覺。便探頭出船外來看，被陳稍拔出利刀一下刺死，推在河裡。琴童正要走時，被翁稍一棍打落水中。三人打開箱子，取出銀子均分訖，陳翁二稍依前撐船回去。董家人將其財物走上蘇州去了。嘗言道「莫信直中直，須防人不仁。」可憐天秀平昔好善，今遭惡死。雖則是不納忠言之過，其亦大數難逃也。當下琴童被打昏迷，尚得不死。浮水上得岸來，號泣連聲，天色漸明，忽上流頭，有一漁舟下來，聽得岸上有人啼哭，撐船過來看時，卻是一十八、九歲小童，滿身是水，問其來由？琴童哭告被劫之事。漁人即帶下船，撐回家中，取衣服與他換了。乃問：「汝要回去？只同

我在此過活？」琴童道：「主人遭難，不知下落，如何回去
得？願隨公公在此。」漁翁道：「從容為你訪問劫賊是誰？又
（再）作理會。」琴童拜謝。當夜，那天秀尸首流在蘆榆港裡，
隔岸便是清河縣城，西門有一慈惠寺，正是三月十五會作齋
事，和尚出港口放水燈，見一死尸，新（鮮）血滿面，下身衣
服尚在，眾僧人道：「此必是遭劫客商，拋尸河裡，流停在
此。」內中一老僧道：「我輩當發慈悲心，將此尸埋於岸上，
亦一場好事。」眾人依其言撈其尸首埋訖。放了水燈回去。是
時包公因往濠州賑濟，事畢轉東京，經清河縣過。正行之
際，忽馬前一陣旋風處，哀號不已，拯疑怪？即差張龍隨此
風下落。張龍領旨，隨旋風而來，至岸中乃息。張龍回覆於
拯，拯留止清河縣公廨中。次日，委本縣官帶公牌前往眼
勘，扒開視之，見一死尸，宛然頭上傷一刀痕。周知縣檢視
明白，問前面是那裡？公人稟道是慈惠寺，知縣令拘僧行問
之，皆言日前因放水燈，見一尸首流停在港裡，故收埋之。
不知為何而死？知縣道：「分明是汝數人謀殺而埋於此，尚有
何說。因令將此一起僧人悞監，收于獄中。」回覆於拯。拯再
取出眼勘，各稱冤枉，不肯招承。自思既是僧人謀殺之，其
尸必丟於河裡，豈又自埋於岸上？此有可疑。因令收監眾僧
審實，將有二十餘日，尚不能決。時四月盡，聞荷花盛開，
本處士女適其時有遊船之樂。忽日，琴童與漁翁正出河口賣
魚，恰遇著翁、陳二稍在船上賞夏飲酒，特來買魚。琴童認
得是謀他主人的，即密與漁翁說知，漁翁道：「汝主人之冤雪
矣！即今包大人在清河縣斷一獄未決，留止於此，爾宜即往
報告。」琴童連忙上岸，逕到清河縣公廨中見包拯，哭告主人
被船稍謀死情由，現今賊人在船上飲酒。聽罷遂差公牌黃、

李二人隨琴童來河口，登時入船中，將翁、陳二稍提到公廳
中見拯。拯令琴童去認尸回報，哭訴正是主人。被此二賊謀
殺的尸身。拯吩咐著嚴刑勘問，翁、陳二稍見琴童在證，疑
是鬼使神差，一疑招承明白。便用長枷監于獄中，放回眾僧
人。次日，拯取出賊但原劫銀兩明白，疊成票卷，押赴市心
斬首訖。當下只未提到董家人。拯令琴童給領銀丙，用棺木
盛了尸首，帶喪回鄉埋葬。琴童拜謝自去，酧了漁翁，帶表
轉揚州不提。後來天秀之子蔣仕卿，讀書登弟，官至中書舍
人。董家人因得財本成富商，數年（後），在揚州遇盜被殺，
財本一空。

　　細讀《百家公案》這則故事，（日本蓬左文庫藏），其構成情節
的文辭，則與《金瓶梅詞話》第四十七回的苗青案，略有不同之處。
根據日本學人大塚秀高的《中國通俗小說書目》（增補本）所記，說
是《百家公案》的原本已佚，該蓬左文庫本是後刻。但大塚卻未註明
所據。但從兩者間的故事情節看，《百家公案》中的這則「琴童代主
人伸冤」的故事，頗多不能周圓。譬如後面寫到包公出現，路遇旋
風，派張龍跟隨旋風去查看，到包公判案結束。都是潦潦草草，沒有
前面的情節，結構嚴實，似是刪略過的。

　　關于此一問題，馬幼垣先生在其所寫〈明代公案小說的版本傳
統〉一文中，曾說：「……《百家公案》的編者力求創作，避免一字
不改的抄自其他集子，儘管這可能意味著得把早期的模式有技巧的加
以改寫。……」[編按1]正由於《百家公案》的故事，本來就是為了完成
一百回的趨勢，又為了各篇字數的長短齊一，遂剪裁成這樣。總而言
之，《百家公案》的故事，是改寫過的，這篇「琴童代主人伸冤」，

編按1　原書此處有註解2序號，卻無內容，《金學卷》編輯刪去註解序號。

也是改寫過的。

　　這篇「琴童代主人伸冤」的原故事，是那裡來的？今尚未能查知，但從其中所寫蔣天秀的妻子，先說是「李氏」，後又改「張氏」的這一點來看，亦可確知蓬左文庫本《百家公案》的這篇故事，不是原故事。那麼，《金瓶梅詞話》第四十七回的「苗青案」，是不是原故事呢？

　　請再看這篇「苗青謀財害主案」

苗青案《金瓶梅詞話》第四十七回原文

　　話說江南揚州廣陵城內，有一苗員外，名喚苗天秀。家有萬貫資財，頗好詩禮，年四十歲身邊無子，止有一女，尚未出嫁。其妻李氏，身染痼疾在床，家事盡托與寵妾刁氏，名喚刁七兒。原是揚州大馬頭娼妓出身，天秀用銀三百兩娶來家納為側室，寵嬖無比。忽一日有一老僧在門首化緣，自稱是東京報恩寺僧。因為室中缺少一尊鍍金銅羅漢，故雲遊在此訪善紀錄。天秀問之不吝，即施銀五十兩與那僧人。僧人道：「不消許多，一半足以完備此像。」天秀道：「吾師休嫌少，除完佛像，餘剩可作齋供。」那僧人問訊致謝。臨行向天秀說道：「員外左眼眶下有一道白氣，乃是死氣，主不出此年，當有大災殃。你有如此善緣與我，貧僧焉可不預先說與你知。今後隨有甚事，切勿出境。戒之！戒之！」言畢作辭天秀而去。那消半月，天秀偶遊後園，見其家人苗青，平日是個浪子，正與刁氏在亭側相倚私語。不意天秀卒至，躲避不及看見，不由分說，將苗青痛打一頓，誓欲逐之。苗青恐懼，轉央親隣，再三勸留得免；終是切恨在心。不期有天秀表兄黃美，原是揚州人氏，乃舉人出身，在東京開封府做通判，亦

是博學廣識之人也。一日差人寄了一封書來揚州與天秀，要
請天秀上東京，一則遊玩，二者為謀其前程。苗天秀得書，
不勝歡喜，因向其妻妾說道：「東京乃輦轂之地，景物繁華所
萃，吾心久欲遊覽，無由得便。今不期表兄書來相招，實有
以大慰平生之意。」其妻李氏便說：「前日僧人相你面上有灾
厄，囑付不可出門。且此去京都甚遠，況你家私沈重，拋下
幼子（女）病妻在家，未審此前程如何？不如勿往為善。」天
秀不聽，反加怒叱說道：「大丈夫生於天地之間，桑弧蓬矢，
不能遨遊天下，觀國之光，徒老死牖下無益矣！況吾胸中有
物，囊有餘資，何愁功名之不到手。此去表兄必有美事予
我，切勿多言。」三人于是吩咐家人苗青，收拾行李衣裝，多
打點兩箱金銀，載一船貨物，帶了兩個家童，並苗青來上東
京取功名，如拾草芥，得美職猶唾手。遺囑（囑咐）妻妾守家
值日起行。正值秋末冬初之時，從揚州馬頭上船，行了數日
到徐州洪，但見一派水光，十分險惡：

　　萬里長洪水似傾　　東流海島若雷鳴
　　滔滔雪浪令人怕　　客旅逢之誰不驚

前過地名陝灣，苗員外看見天晚，命舟人泊住船隻。也是天
數將盡，合當有事，不料搭的船隻，卻是賊船。兩個稍子皆
是不善之徒，一個姓陳，名喚陳三，一個姓翁，乃是翁八。
常言道：「不著家人，弄得家鬼。」這苗青深恨家主苗天秀日
前被責之仇，一向要報無由。口中不言，心內暗道：「不如我
如此如此這般這般，與兩個艄子做一路，拿得將家主害了性
命，推在水內，盡分其財物。我這一回去，再把病婦謀死，
這分家私連刁氏，都是我情愛（承受）的。」正是：「花枝棄

下仍藏刺，人心怎保不懷毒。」這苗青由是與兩個艄子，密密
商量說道：「我家主皮中還有一千兩金銀，二千兩緞疋，衣服
之類極廣，汝二人若能謀之，願將此物均分。」陳三、翁八笑
道：「汝若不言，我等不瞞你說，亦有此意久矣！」是夜天氣
陰黑，苗天秀與安童在中艙睡，苗青在櫓後。將近三鼓時
分，那苗青故意連叫：「有賊」。苗天秀從夢中驚醒，便探頭
出艙外觀看，被陳三手持利刀，一下刺中脖下，推在洪波蕩
裡。那安童正要走時，乞翁八一悶棍打落于水中。三人一面
在船艙內，打開箱籠，取出一應財帛金銀，并其緞貨衣服，
點數均分。二艄便說：「我哥若留此貨物，必然有犯，你是他
手下家人，載此貨物，到於市店上發賣，沒人相（不）疑！」
因此二艄盡把皮箱中一千兩金銀，並苗員外衣服之類分訖。
依前撐船回去了，這苗青另搭了船隻，載至臨清碼頭上，鈔
關上過了，裝到清河縣城外官店內御下，見了揚州故舊商
家，只說家主在後船便來也。這個苗青在店發賣貨物不提。
常言：「人便如此如此，天理未然未然！」可憐苗員外，平昔
良善，一旦遭其從僕人之害，不得好死。雖則是不納忠言之
勸，其亦大數難逃。不想安童被（翁）艄一棍打昏，雖落水
中，幸得不死。淨沒蘆港，得岸上來，在於堤邊號泣連聲。
看看天色微明之時，忽見上流有一隻漁船，撐將下來，船上
坐著個老翁頭頂箬笠身披短蓑。只聽得岸邊蘆荻深處有啼
哭，移船過來看時，卻是一個十七、八歲小廝，滿身是水。
問其始末情由，卻是揚州苗員外家童，在洪上被劫之事。這
漁翁帶下船，撐回家中，取衣服與他換了，給以飲食。因問
他：「你要回去乎？卻同我在此處過活？」安童哭道：「主人
遭難，不見下落，如何回得家去？願隨公公在此。」漁翁道：

「也罷，你且隨我在此，等我慢慢訪此賊人是誰，再作理會。」
安童拜謝公公，遂在此翁家過其日月。一日，也是合當有
事，年除歲末，漁翁忽帶安童，正出河口賣魚，正撞見陳
三、翁八在船飲酒，穿著他主人衣服，上岸來買魚。安童認
得即密與漁翁說道：「主人之冤當雪矣！」漁翁道：「如何不
具狀官司處告理，當（有）下落。」安童將情具告到巡河周守
備內，守備見沒贓證，不接狀子。又告到提刑院夏提刑見
是強盜劫殺人命等事，把狀批行了。從正月十四日差緝捕公
人，押安童下來拿人，前至新河口，把陳三、翁八獲住到
案。責問了口詞，二躺是安童在傍執證，也沒得動刑，一一
招承了。供稱下手之時，還有他家人苗青，同謀殺其家主，
分贓而去。這裡把三人監下，又差人訪拿苗青，一起定罪。
因節間放假，提刑官吏，一連兩日沒來衙門中辦事，早有衙
門首透信兒的人，悄稍報與苗青。苗青把（知道）這件事（可）
慌了。

這以下便是描寫苗青如何擺脫了這件要命的刑案。他透過了西
門慶的相好王六兒的從中關節，把所得財物張羅了一千兩銀，買通了
西門慶，只把陳三、翁八當作正犯問了斬刑殺了。安童保領在外，把
苗青放了。後來雖然安童又報告了開封通判黃美，上告到御史台前，
終于沒有把正犯苗青案審理。

《百家公案》的這篇「琴童代主人伸冤」的故事，在《金瓶梅詞
話》中，則是這樣改纂的。從兩刊的文辭異同來看，《金瓶梅詞話》
似《百家公案》之後；再向前推移，也祇能看成同時期。它們全是從
同一個原始故事來的。我們看：

（1）蔣天秀之妻的姓氏

（1）《百家公案》蔣天秀之妻，先李氏後張氏。

（2）「龍圖公案」蔣天秀之妻，統一寫為張氏。

（3）《金瓶梅詞話》苗天秀之妻，統一寫為李氏。

　　按同一人的姓氏，竟然前後不一，先寫「李氏」，後又寫為「張氏」，這種情形絕少會出於原作者之手，抄錄者或改寫者，卻有致誤的可能。或者他根據的原故事，蔣妻姓李或姓張，他準備改成另一姓氏，卻又一時忘了統一，遂產生了這種前後不一的情事。要不然就是手民誤了。後刻者再根據這個故事，自然要統一起來。《龍圖公案》乃承襲《百家公案》者，遂統一為「張氏」（此一故事，蔣妻出現五次，有四次寫為「張氏」）。《金瓶梅》則統一為「李氏」也許原故事就是李氏，《金瓶梅詞話》根據的是原故事。所以我推斷《金瓶梅詞話》也可能與《百家公案》同時代採用了這個故事。但也可能從《百家公案》而來。

（2）「稍子」、「陗子」、「艄子」

（1）《百家公案》的兩個船伕，一律寫為「稍子」（或二稍）。

（2）《龍圖公案》則先寫作「陗子」，後則一律寫為「稍子」。（或二稍）

（3）《金瓶梅詞話》則先寫作「稍子」，後則一律寫作「艄子」（或「二艄」）。

　　按《龍圖公案》這則故事的第一個「稍子」寫作「陗子」，顯然是手民之誤。其他則與《百家公案》同，一律寫作「稍子」，其他悉作「艄子」，更顯然的證明了它是從《百家公案》而來。「稍子」應為「艄子」，乃正確的寫法。何以一開始未把「稍子」改為「艄子」？自是一時疏忽所致。像這種情形，更足以說明了《金瓶梅詞話》的寫

作，在《百家公案》之後。最保守的說法，也祇能同時期，不可能在前。

其他，如「蔣天秀」改為「苗天秀」，又將「董家人」改為苗青，「使女春香」改為「側室刁氏」且為妓女出身，「責罵」改為「痛打」，悉為小說家的手段。至於《金瓶梅詞話》中的這個故事，寫得比《百家公案》要周圓充實，也足以說明《金瓶梅詞話》的寫作在後。

上論各情，都是無可置辯的事實。若以之與我在《金瓶梅的原貌探索》第八章〈苗青、苗員外、苗小湖〉[9]來作對照，可以推斷「苗青案」在《金瓶梅詞話》的情節中，當是傳抄時代之《金瓶梅》的殘餘情節之一。

如果《百家公案》之梓行於萬曆二十二年（1594）是正確的，則《金瓶梅詞話》中的「苗青案」，與《百家公案》的故事，乃源出一脈，當是無可懷疑的。那麼《金瓶梅》的寫作，其傳抄時代的手稿，當是萬曆中葉的產物。斯亦一證也。

---

[9]　拙作：〈苗青、苗員外、苗小湖〉，《金瓶梅原貌探索》。

3 〈別頭巾文〉

　　證明《金瓶梅詞話》之改寫成書，應在萬曆末的另一直接證據，當是第五十六回的〈別頭巾文〉。

　　按此篇〈別頭巾文〉，除《金瓶梅詞話》有它之外，其他尚有《開卷一笑》與《繡谷春容》二書，也刊有此文。且該二書的出版年代，都在萬曆以後，比《金瓶梅詞話》晚，最早也祇能同時。

　　（關於這兩本書的刊行問題，我寫有〈開卷一笑的版本問題〉及〈開卷一笑的編者〉二文[10]。另寫有〈繡谷春容的版本〉一文[11]。）

　　查《開卷一笑》卷九，〈太倉偷兒〉一文，有「太倉庫於萬曆中」字樣，即足以證之此書之編成，當在萬曆以後。所謂「卓吾居士李贄編集」、「一衲道人屠隆參閱」，顯是偽託。蓋李贄（卓吾）卒於萬曆三十年（1602）屠隆（一衲道人）卒於萬曆三十三年（1605），怎能編入寫有「太倉庫於萬曆中」的文章？

　　再查《繡谷春容》卷十二，選有一篇〈萬曆登極改元詔〉的文章。這「萬曆登極改元詔」一辭，當是萬曆以後人的語氣。若是萬曆間人所寫，應稱「今上」，但最低限度，也應加「皇帝」二字，寫成「萬曆皇帝登極改元詔」，安敢直稱「萬曆登極改元」？何況，《繡谷春容》的出版者「建業大中世德堂」，乃「金陵世德堂」之後枝。推想此書之板行，也在萬曆之後的天啟間。

　　另外，最容易分辨的還是三處所刊〈別頭巾文〉的文辭之改纂情形，一看就知道誰先誰後了。

10　拙作：《小說金瓶梅》，頁 229-242。
11　拙作：〈繡谷春容的版本〉，《臺灣新聞報》副刊，1987年11月12日。

（1）《開卷一笑》（〈別頭巾文〉署名「一衲道人」）

一戴頭巾心甚懼，豈知今日悞儒冠；

別人戴你三五載，偏戀吾頭三十年。

要戴烏紗求閣下，做篇詩句別尊前；

此番不是吾情薄，白髮臨期太不堪！

今秋若不登高第？踹碎冤家學種田。

維歲在大比之期，時當揭曉之候，訴我心事，告汝頭巾。

為你青雲利器望榮身，誰知今日白髮盈頭戀故人。嗟乎！憶我初戴頭巾，青青子衿，承汝枉顧，昂昂氣忻。既不許我少年早發，又不許我久屈待伸。上無公卿大夫之職，下非農工商賈之民。年年居白屋，日日走黌門。宗師案臨，膽寒心震。上司遞接，東走西奔。思良為你，一世驚驚赫赫。受了若干辛苦；算來一年四季，零零碎碎，被人賴了多少束脩銀。告狀助貧，分穀五斗，祭丁領票，支肉半斤。官府見了，不覺怒嗔；早快通稱，盡道廣文。南京路上，陪人幾次，東齋學霸，惟吾獨尊。你看我兩隻皁靴穿到底，一領藍衫剩布筋。埋頭有年，說不盡艱難悽楚。出身何日？空歷過冷淡酸辛。賺盡英雄，一生不得文章力，未沾恩命，數載猶懷霄漢心。嗟乎！哀哉頭巾，看他形狀，其實可矜！後直前橫，你是何物，七穿八洞，真是禍根。嗚呼！冲霄鳥兮未垂翅，化龍魚兮已失鱗。豈不聞，久不飛兮，一飛登雲，久不鳴兮，一鳴驚人。早求你脫胎換骨，非是我棄舊憐新。斯文名器，想是通神，從茲長別，方感洪恩。短詞薄奠，庶來其歆；理極數窮，不勝具怨。就此拜別，早早請行。

（上錄《開卷一笑》所刊文辭，如從文句辭義看，僅有文中之「思

量為你，一世驚驚赫赫」之「思量」二字的「量」字，刻為「良」字，當屬誤刻。其他可說悉無誑誤。在後印之《山中一夕話》中，已補正為「量」。）

（2）《繡谷春容》（署名闕如，題為「別儒巾文」）

（詩十句闕如）

（文中之「既不許我少年早發，又不許我久屈待伸。」則在「我」字下，少「年早」二字，句為「既不許我少發，又不許我久屈待伸。」又「官府見了，不覺怒嗔，卓快通稱，盡道廣文。」句為「官府見了，不覺起怒，卓快通稱，盡道廣文。」）

從兩書所刻文辭之異辭看來，顯然的，《開卷一笑》的文辭是正確的，《繡谷春容》的文辭有誤。蓋此文之文體，乃駢體，不惟是四六對句，且講求叶韻。如「既不許我少年早發，又不許我久屈待伸。」此乃駢句，上句八字，下句亦是八字，《繡谷春容》之「既不許我少發，又不許我久屈待伸。」少了「年早」二字，不惟上下文字駢不起來，且文義也有了缺失。顯然是《繡谷春容》錯了。再另一句「官府見了，不覺怒嗔，卓快通稱，盡道廣文。」乃叶韻句，「嗔」與「文」相叶。《繡谷春容》改為「怒起」，便無從與「廣文」二字相叶了。

這樣看來，足以證明《開卷一笑》所刻是原文，《繡谷春容》所刻，當是傳抄來的，在輾傳抄時抄漏了，抄誤了。這都說明了《繡谷春容》是後刻。

（3）《金瓶梅詞話》（無題目，從應白爵口中道出）

以之與《開卷一笑》對照，有六處異辭：

（1）「偏戀我頭三十年」，刻「偏」為「徧」。

（2）「青青子衿」，刻「衿」為「襟」。

（3）「宗師案臨，膽寒心震。」刻「寒」為「祛」，刻「震」為「驚」。

（4）「算來一年四季」，漏刻「算來」二字。

（5）「祭丁領票，支肉半斤。」刻為「祭下領支肉半斤」。

（6）「南京路上，陪人幾次；東齋學霸，惟吾獨尊。」刻為「東京路上」及「兩齋學霸」。

　　極為顯然，《金瓶梅詞話》之所以有此六處異辭，除了相同於《繡谷春容》的輾轉傳抄之誤，還有故意改的兩字。如「南京路上」改為「東京路上」，自是為遷就小說的北宋故事，遂把「南京」改為「東京」。這樣一改，「東」字則與下一句的「東」字犯重，遂改「東齋」為「兩齋」。其他各句的異辭，自是傳抄形成之異，似也不必細說的了。

　　總之，《金瓶梅詞話》的這篇文章，看來也應刻在《開卷一笑》後。再往上推想，也祇能與《開卷一笑》同時成書，似無可能是《開卷一笑》抄自《金瓶梅詞話》。光是從這一點說來，也足以證明《金瓶梅詞話》之改寫成書，時間當在萬曆末。

　　再說《開卷一笑》中的這篇〈別頭巾文〉，署名「一衲道人」。這「一衲道人」是屠隆的筆名，已經獲得證實。（我見到屠隆手書的《七言詩卷》自署「一衲道人屠隆」）。此一問題，可使我們產生兩種推想：（1）〈別頭巾文〉，乃屠隆的游戲筆墨，應是可能的。（2）縱係偽託，這位偽託的作者，必是屠隆以後的人物。屠隆卒於萬曆三十三年（1605），那麼《金瓶梅詞話》之改寫完成，當在屠隆故後，也是情實的至理。

　　有了這樣的直接證據（〈別頭巾文〉），來證明《金瓶梅詞話》是改寫本，改寫成書的時間，在萬曆末，還有什麼可爭論的呢？

4 政治諷喻已明示了《金瓶梅詞話》的成書時間

　　我說傳抄時代的《金瓶梅》原是一部有關政治諷喻的小說，如袁宏道論贊中的「雲霞滿紙，勝枚生〈七發〉多矣」以及〈欣欣子序〉中的「竊謂蘭陵笑笑生，作《金瓶梅》傳，寄意於時俗，蓋有謂也。」都是此一小說乃政治諷喻的提示。惜乎初期的抄本，佚而不見，無從以原本直接立說。好在今見之兩種改寫本（十卷本、廿卷本），尚殘存了一些政治諷喻的情節，有不少蛛絲馬跡可尋。

　　最顯著是十卷本的第一回，不惟所引錄的宋詞〈眼兒媚〉，詞人卓田所寫的「請看項籍並劉季」，「只因撞著虞姬戚氏，豪傑都休。」用不到西門慶的頭上，在入話中，敘述的劉邦寵戚夫人有廢嫡立庶未成的故事，更與《金瓶梅詞話》所寫之西門慶的身家興衰，也楔不進而話不入。這情事，自是初期傳抄時代的《金瓶梅》殘餘下來的情節。

　　（有人說，《金瓶梅詞話》的此一部分，乃錄自宋人《清平山堂話本》〈刎頸鴛鴦會〉的「入話」。我們如將兩者加以比對閱讀，雖兩者都引證了卓田這闋〈眼兒媚〉，但入話的論點，則大異。〈刎頸鴛鴦會〉以「情色」入話，堪與步非煙的故事情節協。可是《金瓶梅詞話》別錄的斯一「情色」之論，則與西門慶的故事情節不協。因為《金瓶梅詞話》的故事，有「色」而無「情」也。再說，〈刎頸鴛鴦會〉中，並無劉寵戚項戀虞的入話。蓋《金瓶梅詞話》之抄錄了〈刎頸鴛鴦會〉的此一入話部分，顯然的，有所藉也。）

　　我之所以推想此一部分之與萬曆爺朱翊鈞的寵愛鄭貴妃，萌生了廢長立幼的心意，自萬曆十四年（1576）正月鄭氏生了皇三子常洵始，便形成了此一事件。綿綿亙亙，一直到天啟登極，還鬧出了「移宮」事件，給明朝的宮闈寫成一部《三朝要典》（萬曆朝的「梃擊」，

泰昌朝的「紅丸」，天啟朝的「移宮」。）

　　（萬曆的皇長子常洛，出生於萬曆十年（1572）八月十一日，皇三子常洵，出生於萬曆十四年正月初四日。（皇二子夭折）。自皇三子出生，大臣們便上疏請封東宮，一直拖到萬曆二十九年（1601）十月，方始草草完成冊封禮。而皇三子也封了王─福王，國在洛陽。卻又拖到萬曆四十二年（1614）三月，始行離京之藩。且在萬曆三十一年（1602）又轟揚起了常洵取代常洛，入主東宮的妖書事件。鬧得天下沸騰，年餘未息。皇三子之國的第二年（1615）五月，又發生了「梃擊」事件，（一位手持棗木棍的男子，打進東宮。）萬曆四十八年（1620）七月二十二日皇帝宴駕，太子常洛登基，甫一月便因病服食紅丸駕崩，因而鬧出了「紅丸」毒死皇帝的事件。太子由校繼位，卻又發生了鄭貴妃為常洛太子選的侍妃李氏，住在正宮不讓的事。遂又發生了「移宮」事件。（楊漣、左光斗等人，逼這位李選侍移宮。）可以說在明朝的十君二百七十餘年的執政歲月中，幾無任何一朝的宮闈事件，勝過萬曆朝者。在疏請冊封東宮的十五年間，因此事而觸怒了皇帝，受到廷杖、謫官、遣戍者，接二連三也。）

　　在萬曆朝，既有人以「妖書」《憂危竑議》諷示皇三子常洵將取代皇長子常洛入主東宮，自有人諸小說來諷喻斯一事件。袁宏道的所謂「勝枚生〈七發〉多矣」與欣欣子序文中的「竊謂蘭陵笑笑生作金瓶梅傳，寄意於時俗，蓋有謂也。」若不是指的這一宮闈事件，其他還有什麼「時俗」，可以「寄意」若是深也！

　　下面，我們再說《金瓶梅詞話》中的「泰昌」隱喻。

　　按常洛自萬曆四十八年（1620）八月一日登極，九月一日便賓天。在位僅一月，史稱「一月皇帝」。

　　（常洛即位，年號「泰昌」。這一月皇帝故後，為了「泰昌」的紀元，曾經大臣廷議，一論是附於萬曆不立紀元，二論是上借父下借

子，改萬曆四十八年全年為「泰昌」元年，三論是借子不借父，自萬
曆四十八年八月一日起至十二月二十九日（該月小）止，共五閏月為
「泰昌元年」。天啟於九月六日登極，詔改明年為天啟元年。泰昌登
極時，亦曾詔改明年，為泰昌元年。）

　　在《金瓶梅詞話》第七十回，寫到西門慶升任了正千戶。於是
「東京本衛經歷司，差人行照會到，曉諭各省提刑官員知悉，火速赴
京，趕冬至令節，見朝引奏謝恩，毋得違誤，取罪不便。」（三、四
頁）這西門慶與夏提刑，便打點了一番，兩家有二十餘人跟從，十一
月十二日起早，前往東京。

　　小說雖未寫明西門慶何日抵京，但可從抵京後的停留時日推算
出來。

（1）先說，西門慶抵京

　　西門慶抵京當天，住在夏提刑安排的崔中書家。（第一晚）

　　第二天，去拜蔡太師，蔡太師不在家，代聖上去主持新建上清
寶籙宮的奉安牌匾去了，要到午後纔散。到家後，還要到鄭皇親家吃
酒，告訴他們等不的。

> ……西門慶因問：「親家，俺們幾時見朝？」翟謙道：「親家，
> 你同不得夏大人。夏大人如今京堂官，不在此例。你與本衛
> 新陞的副千戶，何太監侄兒何永壽，他便貼刑，你便掌刑，
> 與他作同僚了。他先謝了恩，只等著你見朝引奏畢，一同好
> 領箚付。你凡事只會他去。」夏提刑聽了，一聲兒不言語。西
> 門慶道：「請問親家，你曉的，我還等冬至郊天回來見朝，如
> 何？」翟謙道：「親家，你等不的。冬至，聖上郊天回來，那
> 日天下官員，上表朝賀畢，還要排慶成宴，你們怎等的？不

如你今日先到鴻臚寺報了名，明日早朝謝了恩。直到那日堂
上官引奏畢，領箚付起身就是了。」西門慶謝道：「蒙親家指
教，何以克當？」……（第五頁反第六頁正）

此後，西門慶在京，便一切依照翟謙的這一段話，作為行動的程序。
這天，西門慶與夏龍溪告辭了翟管家，回到崔府，便差賁四到鴻臚寺
報了名。仍在崔中書家住下。（第二晚）

　　第三天，西門慶與夏提刑一同去上朝謝恩。不想只在午門前，
便謝了恩出來了。剛轉過西闕門，便遇見了何老太監等他。請到直房
敘話，不過是聯絡西門慶照顧他侄子。因為何老太監的侄子何永壽，
派任清河提刑所作了西門慶的貼刑，已經謝過恩了，專等西門慶謝過
恩，一同引奏當堂，見禮領箚付上任。所以西門慶告辭出了朝門，便
到兵部拜官，遞履歷手本繳箚付。遇見夏提刑，已改穿指揮服色了。
（又順便託西門慶伺機為他處理清河縣的房屋。）回到崔中書家，知
何千戶前來投帖備禮拜過，遂也具禮帖，飯後將往何家回拜。在何家
相商，「咱每幾時與本主老爺見禮領箚付？」西門慶答說：「依著舍
親（翟管家）說，咱們先衛主宅中進了禮，然後大朝引奏，還在本衙
門到堂，同眾領箚付。」何千戶道：「既是長官如此說，咱們明日早
備禮進了吧。」於是二人商定禮數，約定明早在太尉宅前取齊。這
天，西門慶由何家告辭出來，仍舊回到崔中書府上，再住一晚。（第
三晚）

　　第四天一大早，西門慶與何永壽便到太尉府進禮，等候大朝引
奏。（這裡寫朱太尉視牲回來，一路上的威風，以及「大朝引奏」的
盛況，不像個太尉，儼然天子也。）完後，西門慶與何永壽騎馬回
寓。走到大街，何千戶一面先差人去回何老太監話，一面邀請西門慶
到他家一飯。西門慶固辭不成，遂一同到了何家。老太監出來接待，

又是酒飯，又是家樂，吹打歌唱，直到上燈。雖經打發了廚役並吹打
各邑人等的賞賜，卻也辭身不得。因為明天還要一同參謁兵科，好領
箚付掛號，何太監便堅要西門慶住到他家來。這天晚上，西門慶不但
把行李由崔中書家搬到何太監家，還為夏千戶清河的房屋，轉讓給何
千戶，當晚就辦了交割的手續。西門慶道：「今日晚了，待的明日也
罷了。」何太監則說：「到五更我進去了。（上朝去了）明日大朝，
今日不如先交與他銀子，就了事而已。」於是西門慶問道：「明日甚
時駕出？」何太監道：「子（午字誤刻）時駕出到壇，三更鼓祭了。
寅正一刻，就回到宮裡，擺了膳，就出來設朝陞大殿，又朝賀天下。
諸司都上表拜冬。次日，文武百官吃慶成宴。你仍是外任官，大朝引
奏過，就沒你們事了。……」這裡業已寫明，明天就是冬至日。也就
是說，西門慶抵京後的第五天，就是冬至日了。這天晚上，西門慶住
在何太監家。晚上還夢見了李瓶兒。（第四晚）

　　第五天，起身吃了早飯，西門慶與何永壽便冠冕起來，僕從跟
隨，進內參見兵科。出來後，何千戶回家，西門慶便到相國寺拜智雲
長老。再到崔中書家拜辭夏提刑，又談定了交房的時間，再回到何千
戶家，轉告了夏提刑騰出房屋的時間，吃了中飯，翟管家送禮（下
程）來，西門慶又為王經的姐姐（嫁給翟管家為妾的韓愛姐）料理一
些禮物事。西門慶又寫帖拜謝崔中書。夏提刑又來回拜。就這樣，又
過了一天，這天，又在何家住了一晚。（第五晚）

　　（上錄在何家又多住的這一晚，似是改寫者故意重複出來的，恰
似這部小說的「編年」，在情節演進過程中，故意重復了一年，這裡
也故意重復了一天。我們看這一回所寫第四天（西門慶抵京後的第四
天）晚上，西門慶與何老太監的對話，不是已經說明了「明天」就是
冬至日嗎？老太監告訴西門慶，他明天五更就要上朝了，而且說明
「明日大朝」。西門慶問「明日甚時駕出？」何老太監告訴西門慶說：

「子時駕出到壇三更鼓祭了，寅正一刻，就回到宮裡，擺了膳，就出來設朝陞大殿，又朝賀天下。諸司都上表拜冬。次日，文武百官慶成宴。……」（七十一回第八頁）按說，西門慶在何家住了第一晚——抵京後的第四晚，第二天就是冬至節了。可是西門慶在何家住了第一晚，第二天起身，並未一早上朝賀冬，反而吃了早飯後，又與何千戶冠冕起來，再到兵科參見。又科理了一些一己酬酢之事，再住了一晚，方是冬至日。豈不是故意重複了一天？）

第五天，「起五更與何千戶一行人，跟隨進朝，先到待漏院候時，等的開了東華門進入。」（第七十一回第十三頁正面）。這裡纔寫到冬至節朝中拜冬的情況。西門慶與何千戶上朝拜冬完畢，本應再到太尉府拜冬，朱太尉轉道去蔡爺李爺宅內拜冬去了。眾官散後，西門慶與何千戶回到家中，又過了一夕。（應為第五晚）

第六天，（次日）衙中領了箚付，同眾科中掛了號，打點殘裝，收拾行李，與何千戶一同起身。何太監晚夕置酒餞行，囑付何千戶，凡事請教西門大人，休要自專，差了禮數。（應為第六晚）

（如以情理說，西門慶住到何千戶家，主要的原因，就是為了便於與何千戶二人一同上朝引奏，正像翟謙說的：「你們是外官，大朝引奏過，就沒你們事了。」所以，我們如按程序看，西門慶住到何千戶家的第一晚，應是冬節的前夕，還有西門慶動問「明日甚時駕出」的問語。等到大朝引奏完了，冬節的拜冬禮也過了。餘下的時間，方是西門慶在京城來作辭行答謝的工作。那麼，前面寫的那些「參見兵科」、「相國寺拜慈雲長老」、「崔中書家拜辭夏提刑」（談謄房時間事）、「拜謝崔中書」、「夏提刑回拜」、「為王經料理他姐姐禮物事」，都應寫在西門慶「上朝引奏」完後的兩天時間裡。在冬至這天引奏過了，西門慶又在何家住了兩晚。光是打點行裝，用不了這多時間。想來，也許錯簡了。而我，卻認為是改寫者的故意，有意錯綜了「泰

昌」元年的隱喻也。）

（2）再說，西門慶的離京

西門慶的此次離京日期，是十一月十一日。

這一點，在小說的情節上，業已寫得明明白白。（寫在七十一回第十六頁正面第九行。）這個離京的日期，可真是微妙極了。

前面（第七十回第四頁正面第九行）業已寫得清清楚楚，西門慶與夏提刑兩家，由清河起身晉京的日子，是十一月十二日。通常，由清河到東京，行程要半個月。西門慶在京城又停留了六天，按事實，西門慶離京日應在十一月三十日前後。如今，這小說竟寫著西門慶離京的日子是「十一月十一日」。豈不是透著「微妙」嗎？

按天啟元年（1621）的冬至，是十一月初九日。西門慶在冬至日的當晚，住在何太監家，第二天又住了一晚纔離京。離京的日子是十一月十日，豈不是指明了這年的冬至日是十一月初九嗎。

還有一點，西門慶此番晉京的抵京日，小說並未寫明，祇寫明在清河起身的日子是十一月十二日。半個月的行程，應該是十一月二十六日抵京。可是，他們這次晉京，朝命是冬至令節以前到達。我們看西門慶抵京的活動，並不祇是謝恩、大朝引奏，還得繳交舊職的箚付。領取新職的箚付。太師府、太尉府都得拜謁。所以他們到京中住了四晚，方是冬至日——大朝引奏的日子。所以他們於十一月十二日離開清河，為了早日到達京城，曾經「晝夜趕行」，可以推想他們早兩天到達，可能是十一月二十四日抵京。

關于西門慶抵京日之應為十一月二十四日，寫在第七十二回的情節，卻有明喻。寫明了西門慶等人於十一月十一日由東京起身，十一月二十三日到達了沂水縣八角鎮，第二天（十一月二十四日）到家。豈不是明喻了西門慶抵京的日子，也是十一月二十四日嗎。

　　他們十一月二十四日抵京，在京中住了四晚的第五天，就是冬至日，乃十一月二十八日。正巧泰昌元年的冬至日是十一月二十八日。

　　這麼看來，《金瓶梅詞話》這兩回（第七十、七十一回）所隱喻的一年兩冬至，乃同情「泰昌」朱常洛這個在位僅一月的皇帝紀年也。

　　說來，《金瓶梅詞話》的改寫成書，當在「泰昌」與「天啟」之兩個元年間。

　　若是的苦心安排，能以巧合觀之而穿鑿附會駁之嗎！

（二）二十卷本《新刻繡像批評金瓶梅》

　　如從這部廿卷本《新刻繡像批評金瓶梅》之刻有崇禎皇帝的避諱字來說，它的出版時間在十卷本《新刻金瓶梅詞話》之後，應是不爭之論。但從謝肇淛《小草齋文集》、沈德符《萬曆野獲編》的說辭來說，《金瓶梅》在傳抄時代，即有了「十卷本」與「廿卷本」之別；前章已述之。至於這兩種傳抄本的成書，來自同一作者？或有後人介入？雖很難推論，然從今見之兩種刻本的內容上，仍能尋得一些分曉。

1 第一回

　　廿卷本的第一回，與十卷本大不相同，是徹底改寫過的。前章論傳抄本時已述及。

　　這兩種刻本，雖所編卷帙不同，一作十卷一作二十卷，但兩種刻本的內容與情節，則仍為一百回。廿卷本雖有刪節，如與《水滸傳》或《三遂平妖傳》比起來，還說不上有「繁」、「簡」之別。蓋

二十卷的字數，短於十卷本，不過三兩萬言。

　　如十卷本中的戲曲與小唱，廿卷本刪去了不少。他如第八十四回的「宋公明義釋清風寨」這段故事也刪去了，算得是「割掉贅瘤」（鄭振鐸語）。但像第一回這樣徹底改寫過的情形，其他各回尚無有。更有不少各回前後的證詩，十之九都全部更換過了。若是情形，似乎不是鄭振鐸（〈談金瓶梅詞話〉）所意想的「也不過為便於一般讀者計」而進行改寫的。顯然的，廿卷本的改寫，有其重要的目的。

　　關於此一問題，我曾寫專文論及，認為十卷本《金瓶梅詞話》第一回的入話（以劉邦寵戚夫人有廢嫡立庶意）按到《金瓶梅》的頭上，乃是「一頂王冠」，戴不到西門慶頭上去的[12]。我想，正由於此一原因，廿卷本把它徹底改寫過了。

　　從謝肇淛的《小草齋文集》與沈德符的《萬曆野獲編》論及《金瓶梅》的文辭來看，我們確實知道袁氏兄弟及謝、沈等人手上的《金瓶梅》抄本，是廿卷本。至於這一「為卷二十」的說辭，如於初期傳抄？還是始於後期（萬曆三十四年以後）傳抄？今雖缺少文獻可徵，但如從初期傳抄到後期傳抄，之間竟有十年有奇的空宕而無聲無闃的這一情況，來作推想，這「為卷二十」的產生，可能非初期傳抄時代所曾有，或許是在這「十年有奇的空宕」裡，改寫而成的。

　　香港的學人梅節先生從事這兩種刻本的校勘，發現這兩種刻本來自兩種不同的底本。益發可以使我們認定廿卷本《新刻繡像批評金瓶梅》，雖梓行在後，改寫則可能在十卷本《新刻金瓶梅詞話》之前。梅節先生懷疑廿卷本梓行在十卷本之前？答案可能在此。

12　參閱拙作：〈金瓶梅頭上的王冠〉，收入靜宜文理學院中國古典小說研究中心編：《中國古典小說研究專集》（臺北市：聯經出版公司，1983年），第二本，與〈詞話本上的王冠〉，《金瓶梅的問世與演變》。

　　基乎上述演論，可以認定廿卷本的改寫完成，在十卷本之前。且十卷本還殘餘的那多有關政治諷喻的情節，就是有力的直接證據。

　　那麼，廿卷本的第一回，之所以徹底改寫過了，其目的，就是刪去「政治諷喻」；換言之，摘去那頂戴不上西門慶頭腦上的王冠。

2 第四十八回

　　當苗青案賄放之後，夏提刑便從清河縣李大人（縣令）那裡，抄得了巡按山東監察御史曾孝序的參本「邸報」，知道他們正副提刑，都被巡按大人參劾了。

　　按「邸報」一如今日的政府公報，亦稱「邸抄」（鈔）。明朝稱之為「邸報」、「邸抄」、「邸鈔」，其「邸」乃指「內閣」，由內閣抄出的上諭之謂。雖說「邸報」一辭，唐時人即稱之。據《日知錄》之〈雜事〉記「邸報」云：

> 《宋史》〈劉奉世傳〉：「先是進奏院每五日具定本報狀上樞密院，然後傳之四方，而邸吏輒先期報下，或矯入家書，以入郵置」云云。〈呂濤傳〉：「儂智高冠領南，詔奏邸，毋得輒報。」濤言：「一方有警便諸方聞之，共得為備，今意人不知，其意何也？」〈曹輔傳〉：「政和後，帝多微行，始民間猶未知。及蔡京謝表，有『輕車小輦，七賜臨幸。』自是邸報聞四方。」邸報字見於史書，蓋始於此時。

　　照此說來，十卷本的第四十八回，寫夏提刑說：「學生令人抄了個邸報在此，與長官看。」西門慶聽了，大驚失色。急接過邸報來，燈下觀看。」此處使用「邸報」二字，正合史實。蓋此時正是宋道君的政和年代。但到了廿卷本，竟把「邸報」二字改了。改為「底本」，改為「底報」矣！

讀至此，能不令人疑而問之：「為啥要改呢？」

此一問題，稍諳明史者，必知萬曆間內閣的文書，較之前朝而「邸報」四方者普遍，是以今日有《萬曆邸鈔》一書傳世，明代其他各朝均無之（無邸鈔成書傳世）。基乎此，我們當能知其改「邸」為「底」的因子矣！

實無他，有恐「投鼠忌器」也。遂改「邸報」為「底本」為「底報」。想來，也未免謹慎太過。

總之，二十回本的此一改寫，決非手民之誤，亦非抄者誤書。深恐關係上政治諷喻吧！

3　五十三回至五十七回

沈德符《萬曆野獲編》說：

> 然原本實少五十三回至五十七回，遍覓不得，有陋儒補以入
> 刻。無論膚淺鄙俚，時作吳語，即則後血脈，亦絕不貫串，
> 一見知其贗作矣！

關於這幾句話，本文的前章，也引述過了。且也是《金瓶梅》研究者，討論最多的幾句話。凡是引論這幾句話來演述問題的人，率以十卷本《新刻金瓶梅詞話》為本，尟有以廿卷本《新刻繡像批評金瓶梅》為則者。蓋大家咸認為十卷本是沈德符《萬曆野獲編》說的那部「未幾時而吳中懸之國門矣」的最早刻本。是以乏人拿廿卷本來作比勘。

自從香港學人梅節先生進行兩種刻本之校勘，打算校正出一部正而無誤的標準本，方始發現今見之兩種刻本乃來自兩種不同的底本。因而使我發生了探討此一問題的興趣。終于在進行了半年之後，不惟發現了梅先的此一看法正確，兼且發現了沈氏口中的這句「有陋儒補以入刻」的這五回，可能指的是廿卷本不是十卷本。這麼一來，

需要去討論的問題可多了。

今經粗略的比勘了這兩種刻本的情辭起結，以及內容的變動情況，歸納如下：

第一，（廿卷本）竟徹頭徹尾把十卷本的情節與內容，都改寫過的，只有第一回的前半目之「景陽岡武松打虎」，易以「西門慶熱結十兄弟」。這一部分大家均已說到了。

第二，徹頭徹尾把十卷本的情節與內容，略有刪改，又重新改寫了的，只有第五十三、五十四兩回。這一部分，不曾有人說到。（十卷本五十三回「吳月娘承歡求子息（誤刻為「媳」李瓶兒酹愿保兒童，廿卷本則易為「潘金蓮驚散幽歡，吳月娘拜求子息」。五十四回「應伯爵郊園會諸友，任醫官豪家看病症」。廿卷本則易為「應伯爵隔花戲金釧，任醫官垂帳診瓶兒。」）

第三，僅僅刪去了結尾的情節，祇有第八十四回的「宋公明義釋清風寨」這一部分。大家也都說到了。

其他，如刪去頭尾的贅辭（跳出情節以外的閒話）以及證詩者，也有許多回，還有刪去十卷本中的詩詞、劇曲、小唱等情者，也有許多回。大都與情節無損，不礙本文立論，這裡都不列舉了。

祇有第五十六回的〈別頭巾文〉，廿卷本刪除了。卻有關本文立論，我們會特別論說這一問題。

總之，廿卷本的故事與情節，與十卷本頗有差異之處，勘來卻祇有首回及五十三、五十四兩回，再加上第五十六回的〈別頭巾文〉，本文需要推論，茲一一述之。（第一回早已論之又論，此處不贅。）

4　專論第五十三回

（1）十卷本

　　按十卷本第五十三回所寫情節，計有（一）銜接上一回潘金蓮代李瓶兒看孩子，卻丟下孩子跑到山子洞去與陳經濟幽會，被貓兒諕著了，哭個不停，又打冷戰。吳月娘到李瓶兒房裡去探望官哥好些沒有？回房時經過照壁，竟聽見照壁後潘金蓮與孟玉樓說她巴結李瓶兒，沒有杰氣，自己沒的養，偏去強遭魂的呵卵脬。月娘聽了，氣得回房後偷偷兒悶聲哭泣。因而引發起吳月娘取出王姑子為她整治的妊子藥物出來，端祥又端祥，祈禱又祈禱，對天長歎說：「若吳氏明日壬子日，服了薛姑子藥便得種子，承繼西門香火，不使我做無祀的鬼，感謝皇天不盡了。」下面再話頭一轉，轉到上一回西門慶到劉太監莊上，赴黃主事的宴約。（二）由此一西門慶到劉太監莊上宴飲的話題，再銜接上昨日陳經濟與潘金蓮不曾在山子洞得手，再寫到今天他們得到了這個西門慶不在家的機會，於是到了黃昏時，又跑到捲棚後幽會去了。下面便寫到陳經濟第一次得手，二人都達到目的了。繼著寫西門慶由劉太監莊上回家，醉醺醺的跑入吳月娘房中，吳月娘為了明天纔是壬子日，藉詞不願留他。西門慶便轉到潘金蓮房中，雖寫了一段閨房之趣，卻也不忘與潘、陳的淫縱呼應上。跟著便是一夜過了，次日即是壬子日。寫月娘一早起身梳洗後的服藥情形，西門慶又來探望，疑心吳月娘昨晚生他的氣。於是應伯爵來，替李三、黃四借銀。完了這件事，又是安主事收到禮物後的謝帖，一一處理完後，已是掌燈時分。下面便寫西門慶到月娘房內宿了一晚，翌日早，潘金蓮見了西門慶還奚落一番。這一回的上半情節「吳月娘承歡求子息」，至此便結束了。再一轉便是這一回的下半情節「李瓶兒酧愿保兒童」。（三）自從吳月娘聽了潘金蓮背後說她巴結有孩子的李瓶兒，

已兩日不去探望李瓶兒，李瓶兒就跑來說官哥日夜啼哭打冷戰不住。吳月娘就要李瓶兒自作擺布，早些料理好孩子。許許願，敬敬神。於是「李瓶兒酹願保兒童」的情節便開始了。先是請施灼龜來，折騰了半天，再請劉婆子來，說是讀著了，要收驚，又折騰了半天。再到城隍廟謝土，又折騰了一些時候。最後，又找了錢痰火來再折騰了半天。到了第二天西門慶又冠帶起來，挑起豬羊到廟裡去謝神。因為應伯爵替李三、黃四借錢，得了中人錢，應允請客。遂前來邀請西門慶等弟兄們去聚一聚。引出下一回「應白爵郊園會諸友」。

（2）二十卷本

按廿卷本第五十三回所寫情節，銜接上一回的事，只有一句：「話說陳敬濟與潘金蓮不曾得手，悵快不題。」下面便寫西門慶赴黃、安二主事宴。他不在家，陳經濟與潘金蓮遂有這一幽會的空隙。情節同於十卷本，但乏十卷本的寫實生動。跟著寫西門慶由劉太監莊上回來，到月娘房中，月娘藉詞不留他，再到金蓮房，閨情同於十卷本，但不如十卷本寫的真實而生動。再下面便寫到吳月娘求子息的情節。雖也寫有黃安二主事的回拜，（十卷本無回拜事，只是書童送來二位主事收到禮後的謝帖），應伯爵雖然來了，卻未寫替李三、黃四借款事。再下面寫到西門慶到月娘房中住了一夜。第二天，吳月娘還為西門慶備了羊羔美酒與補腎之物，吃了後再上衙門。衙門回來，到李瓶兒房裡去看官哥，談到還願的事，叫代安去喊王姑子來，為官哥做些好事。應伯爵常時節來，這纔談到借銀子的事。（只不過三言兩話，也未借給。）應伯爵請西門慶吃飯。王姑子到來，西門慶告訴王姑子找她來，要做些什麼事。一要酬報佛恩，二要消灾延壽。王姑子便告訴西門慶「先拜（印）卷藥師經，再印造兩卷陀羅經。又附帶央及王姑子為李瓶兒在疏意裡邊帶一句，這一回，就這樣結束了。

5 專論第五十四回

(1) 十卷本

　　這一回的情節，十卷本處理的極為簡單而扼要。除了一下筆寫了一句「西門慶在金蓮房裡起身」，下面便寫「應伯爵郊園會諸友」，一直寫到第十頁，書童趕來，報告「六娘身子不好的緊」，方始結束了這一上半的回目。再下面，便寫西門慶上馬回家，到了李瓶兒房裡，疼得至為苦楚。遂馬上著人去請任醫官，以下的四頁篇幅，所寫全是任醫官看病與取藥的情形。情節完全符合回目的「任醫官豪家看病症」。（這一回的情節雖不周折，內容則極為豐富。尤其是上半段的「園遊會」，更是情趣橫生。這一點，我們後面再論。）

(2) 二十卷本

　　一開頭寫王姑子和李瓶兒、吳月娘商量起經的事。原教陳經濟來跟去禮拜禮拜。陳經濟知道明天西門慶要去門外花園吃酒，推說爹已留他店裡照管。吳月娘遂改派了書童。下面便寫西門慶吩咐了郊外飲酒的事。第二天一大早，便乘轎到觀音庵王姑子那裡做「起經」的事。回來，應伯爵等人已來邀請，便一同到城外一個內相花園去飲酒。也像十卷本一樣，寫大家一起吃酒行令聽歌說笑等玩樂情形。酒令、笑話，都與十卷本所寫不同。祇有應伯爵戲弄妓女韓金釧撒尿濕了褲腰的情節相同。在此插寫了陳經濟與潘金蓮的約會未能成功，被小玉出來進去的那一趟給驚散了。於是下面便寫西門慶辭身回家，到李瓶兒房裡歇了。聽到李瓶兒向他訴說自從有了孩兒，身上一直不乾淨，如今飲食也不想，走動也閃肭了腿一般。於是，方始寫到請任醫官為李瓶兒看病這一情節上去。方始完成了這一回下半回目「任醫官垂帳診瓶兒。」

從兩種《金瓶梅》刻本的這兩回（五十三、五十四）內容來說，再以沈德符《萬曆野獲編》的這句「有陋儒補以入刻」的五回（五十三至五十七）作為口實，那麼，「有陋儒補以入刻」的刻本，應是廿卷本《新刻繡像批評金瓶梅》，可不是十卷本《新刻金瓶梅詞話》。蓋廿卷本的這兩回（五十三、五十四），比起十卷本來，這兩回的內容，在小說的藝術成分上，距離未免太大了。

6　綜論五十三回五十四回兩回

（1）先說第五十三回

論結構，從第一筆寫吳月娘等人混了一場，身子也有些不耐煩，逕進房去睡了。與上一回的情節銜接，一直在一折折周轉到結尾，寫到西門慶應允了應伯爵的邀請，到郊外一家花園去赴宴，引接了下一回「應伯爵郊園會諸友」。可以說無不折折周轉得嚴嚴實實，已到了風不透雨不漏的情景。本文沒有必要細說這些。就是對人物性行的塑造，現實情景的描繪，亦無不栩栩如生，景物如見。如寫吳月娘的慈母心腸：「醒時約有更次，（一覺醒來的一更天光景），又差小玉去問李瓶兒，道：『官哥沒怪哭嗎？叫奶子抱得緊緊的，拍他睡好，不要又去惹他哭了。奶子也就在炕上，吃了晚飯，沒待下來又丟放他在那裡。』李瓶兒道：『你與我謝聲大娘！道：自進了房裡，只顧呱呱的哭，打冷戰不住。而今纔住得哭，磕伏在奶子身上睡了。額上有些熱刺刺的，奶子動也不得動。停會兒我也待換他起來吃夜飯淨手哩！』那小玉進房，回覆了月娘。」再寫吳月娘無意間聽到金蓮在背地裡說他未生養，竟去巴結有了孩子的李瓶兒。晚上，獨自悶坐房裡，說道：「我沒有兒子，受人這樣懊惱！我求天拜地，也要求一個來，羞那賊淫婦的臉。」于是，走到後房文櫃梳匣內，取出王姑子整治的頭胎衣胞來，又取出薛姑子送的藥看。……」用韻文形容那妊子

藥物在吳月娘心目中艷美，真是精采極了。這些，二十卷本全沒有。

吳月娘吞食妊子藥物，兩種刻本都有描寫。這裡，不妨錄來比較一下。請看：

> ……就到後房，開（匣）取出藥來叫小玉燹起酒來，也不用粥，先吃些乾糕餅食之類。就雙手捧藥，對天禱告。先把薛姑子一丸藥用酒化開，異香觸鼻，做三兩口服完了。後見王姑子製就頭胎衣胞，雖則是做成末子，然終覺有些注疑，有些焦剌剌的氣子，難吃下口。月娘自忖道：「不吃他，不得見效；待吃他，又只管生疑。也罷，事到其間，做不得主了，只得免強吃下去罷。」先將符藥，一把罨在口內，急把酒來，大呷半碗，幾乎嘔將出來，眼都忍紅了。又連把酒過下去，喉舌間，只覺得有些膩格格的。又吃了幾口酒，就討溫茶來漱淨口，睡向床上去了。（十卷本）

> 然後箱內取出丸藥，放在桌上，又拜了四拜。禱告道：「我吳氏上靠皇天，下賴薛師父王師父這藥。仰祈保佑早生子嗣」。告畢，小玉盪的熱酒，傾在盞內。月娘接過酒盞，一手取藥調勻，西向跪倒。先將丸藥嚥下，又取末藥也服了。喉嚨內微覺有些腥氣。月娘迸著氣一口呷下，又拜了四拜。當日不出房，只在房內坐的。（二十卷本）

這兩下一點照，豈不是優劣立見？連解說都用不著了。這裡不好意思再去錄那一段色情描寫，有興趣的人，不妨將這兩種刻本，對照讀一遍，我認為也是優劣立見的。

（2）再說第五十四回

　　這一回的上半回目是「應伯爵郊園會諸友」，所以十卷本一下筆便寫「西門慶在金蓮房裡起身，就分付琴童玳安送豬蹄羊肉到應二爹家去。」這天，雖是應伯爵作東主，還是西門慶出人出東西，（佣人是西門家的，彈唱的也是西門慶的面子叫的，食物也是西門慶準備的，烘襯西門慶在幫會弟兄中的豪氣。）先寫弟兄們在應家聚會玩樂，人眾未到齊時，常時節與白來創二人下棋消遣，應伯爵要二人賭東道，於是一賭扇子一賭汗巾，應伯爵作明府。跟著謝希大吳典恩也到了，參加了棋賭，一下注常時節勝，一下注白來搶勝。寫二人下棋悔子，寫二人輸贏的風度表情，寫妓女們的調笑歌唱，寫弟兄們的笑談詼諧，讀來如身臨境身在其中。（恰似我們就在他們大家夥身邊一一看到聽到似的。）寫西門慶之不得不離開那個歡快的場合，只不過這樣輕輕一筆：「正吃得熱鬧，只見書童搶進來，到西門慶身邊，附耳低言，道：『六娘身子不好的緊。快請爹回來，馬也備在門外接了。』西門慶聽的，連忙起身告辭。……」雖然應伯爵認為這種「耳報法極不好，便待喝住。」西門慶以實情告訴他。就謝了，上馬來。」試看這種上下回目的情節轉折，夠多麼的自然。不僅此也，西門慶走後，還寫了應伯爵隔著籬笆眼用草戲弄韓金釧撒尿的淫趣。跟著寫大家笑了一番，即寫西門慶留下的琴童代應伯爵收拾家活，下舡進城，眾人謝了。然後再寫西門慶返家後的請醫官為李瓶兒看病的情節。

　　像這種處理小說情節演變的高明手法，真說得上是神理的筆墨。但到了廿卷本，這些地方，呆滯死僵得無一絲生氣矣！（這裏祇有一個缺點，寫二人下棋輸贏時，把東道物寫錯了，常時節的扇子，寫成白來創的了。）

　　廿卷本的這一回，一下筆寫過請王姑子「起經」的事，便是按下

不題，「且說西門慶和應伯爵常時節談笑多時，只見琴童來回話道：
『唱的叫了吳銀兒，有病去不得，韓金釧兒答應了，明日早去。……」
先寫第二天「起經」，再寫應伯爵常時節來請。實則，用不著再來請
的，頭一天已經說好了，何必再多此一舉。刪去了上午在應家的那場
玩樂，便逕行到郊外劉太監園中。在園中的遊樂，雖也寫得是飲酒行
令說笑聽唱，若與十卷本一比，情趣的濃淡厚薄，讀者準能感味到
的。

　　應伯爵說的幾個笑話，也不是十卷本所有的。他竟一連講了兩
個罵富人的笑話，頭一個以「賦」字諧「富」，罵富人有點「賊」形。
又講了一個西狩獲麟，孔子夜哭不止，弟子怕老師哭壞了身體，便尋
一個牯牛，滿身掛了銅錢哄他。孔子見了說：「這分明是有錢的牛，
卻怎的做得麟！」光是這一點，也就證明了這位作者不配作小說家。
像應伯爵這個幫閒而深受西門慶寵愛的人物，怎會說出這類罵西門慶
的笑話。比起十卷本的那個「吃素」的笑話，乃是因為韓金釧吃素，
方始引發應伯爵說出的來的情節，又怎能兩相比擬呢？

（3）兩回內容牽涉到的兩種刻本上的問題

　　我們從上述這兩回的兩種刻本之情節不同情況來說，再來印證
沈德符《萬曆野獲編》的那句「原本實少五十三回至五十七回，遍覓
不得，有陋儒補以入刻」的話，雖不能全部印證上，但這五十三、五
十四兩回的不同於十卷本，誠可以「陋儒補以入刻」之說論之而不必
疑。

　　此一問題，最令我不解的就是沈德符《萬曆野獲編》的這句話
（「有陋儒補以入刻的五回」），經過兩相比勘，確確實實有了其中兩
回（五十三、五十四）是改寫過的，而且改寫的不如十卷本遠甚。但
根據謝肇淛（《小草齋文集》）中的「為卷二十」這句話，堪以據而

推論出沈德符手上的《金瓶梅》是廿卷本。那麼，沈德符《萬曆野獲編》文中的「陋儒補以入刻」者，會是這部廿卷本嗎？

今見的四種廿卷本《新刻繡像批評金瓶梅》，日本內閣文庫本與天理圖書館本，都是崇禎間刻本，有文中避崇禎帝名諱字為證。（「由」字也避為「繇」）。而十卷本《新刻金瓶梅詞話》則未避崇禎或天啟二帝諱。再說，從刻本的字形、行款來看，十卷本也不像是刻在廿卷本之後的刻本。

那麼，此一問題的最合理解釋，應是十卷本刻於廿卷本之前。梓行的時間，當在泰昌、天啟間。因為遇上天啟詔修《三朝要典》，其中的政治諷喻，怕惹上麻煩，不敢發行，遂把刻本隱藏起來了。得到印本的人，也祇是參予改寫的這班人，自也隱而不言。所以明朝人沒有論及「欣欣子」與「蘭陵笑笑生」者。

7 沈德符《萬曆野獲編》的矛盾語言

關於沈德符《萬曆野獲編》說的「有陋儒補以入刻」的這五回，我們已經發現到廿卷本《新刻繡像批評金瓶梅》中的第五十三、五十四兩回，有「補以入刻」的情況。這麼一來，沈德符《萬曆野獲編》的話，與謝肇淛《小草齋文集》的話，便又產生了新發現的矛盾與衝突。

依據沈說，他手中的抄本來自袁氏兄弟，依據謝說，他手中的抄本，「於中郎（袁）得其十三，於丘諸城得其十五」，且說明「為卷二十」（乃廿卷本）。

在此先不說沈德符說他於萬曆三十七年間向袁小脩（中道）抄來的《金瓶梅》全本有所抵觸，（袁氏兄弟僅有十其三），就是此一「有陋儒補以入刻」的五回之說，也因之產生了問題。

第一，如果沈德符手中的《金瓶梅》廿卷本，缺五十三至五十七

這五回，他讀了刻本又怎能判斷出這五回是「陋儒補以入刻」的？他說的「無論膚淺鄙俚‧時作吳語，即前後血脈亦絕不貫串，一見知其贗作矣！」這些情況，也不能在廿卷本的這五回中，印證得上。如從此一說詞來看，不惟這個廿卷本非沈氏這些話所指的那個刻本，十卷本更是對照不上。雖然十卷本的五十四與五十五回之間，有重疊不契之處，卻又怎能是「陋儒」之咎，陋儒也不到陋到上一回剛寫過任醫官看過病也拿過藥煎好吃了，跟著下一回再寫任醫官又來一次，又不是再來復診。（此一問題我早已說過。）認真說來，這「陋儒補以入刻」的這句話，雖能用到廿卷本的這兩回（五十三、五十四）之補寫頭上來，但沈德符《萬曆野獲編》寫了這句話的起因，似乎另有來由。所以難與沈說印證得上。

　　第二，如對照謝肇淛《小草齋文集》、袁小脩《遊居柿錄》的話，沈德符不可能有全本。如據李日華《味水軒日記》的話，沈德符手上確實有《金瓶梅》的全本。似乎不是從袁氏兄弟抄來。從何處抄來？沒有證據，但也是推想不易的呢！有此也衹有留疑了。（屠隆與沈父沈自邠是同年進士。）

　　第三，從二十本的這兩回（五十三、五十四）所顯示的它之不同於十卷本的這兩回來看，尤足以證明《金瓶梅》在傳抄時代，就有兩種不同的底本，這部廿卷本缺第五十三、五十四兩回。至於沈德符《萬曆野獲編》說的「遍尋不得」的話，也可能有此原因。蓋廿卷本的這兩回，內容情節，確有與十卷本的這兩回不相一致之處。也足以說明在付刻時，這兩回不曾參閱過十卷本的這兩回，否則不會另行改寫。

　　第四，最難理解的一個問題，是我們可以從廿卷本的文辭上，見到它有延襲十卷本的刻本之誤刻情形，如前曾引述的第三十九回的「鈞」字誤刻為「釣」。看來，這廿卷本之付刻，似是打從十卷本的

刻本而來。難道，在廿卷本付刻時，連十卷本的刻本，也難賭其全乎？

　　第五，今已查出沈德符《萬曆野獲編》論及《金瓶梅》的這段話，其寫作的時間？若以「丘旋出守去，此書不知落何所」的語意究之，則此文當寫於天啟七年或崇禎五年。因為丘志充在山西右布政使任內，因案於天啟七年下獄，崇禎五年棄市。（前已述及。）如以此文之寫作時間來說，則凡所述及《金瓶梅》的傳抄與付刻的時間過程，可就大有問題了。

（一）沈說他於萬曆三十七年在京中向袁小脩抄得《金瓶梅》的全稿，携回家鄉。可是袁小脩寫於萬曆四十二年八月的日記《遊居柿錄》，只說他於萬曆二十五、六年間，「見此書之半」。謝肇淛寫于萬曆四十四以後的《金瓶梅》跋上說，他也不曾讀到《金瓶梅》全本。悉可證明沈說是謊言。

（二）沈說「有陋儒補以入刻」的五回（五十三—五十七），經過比勘，不能與最早刻本《新刻金瓶梅詞話》（十卷本）印證上。雖能與《新刻繡像批評金瓶梅》（廿卷本）的五十三、五十四兩回印證上，但廿卷本刻於崇禎年間，有避諱字為證。在時間上，不能與沈說之「未幾時而吳中懸之國門矣」的時間符契。

　　這樣看來，我們又怎能不認為沈氏《萬曆野獲編》的這一段話，幾乎字字語語都隱藏著暗示？就像這句：「原書實缺五十三回至五十七回，遍尋不得。有陋儒補以入刻」的話，想來，也是一句暗示。他暗示的可能就是他口中的那位「陋儒」吧？

8　有陋儒補以入刻的關鍵問題

　　我們如能撇開了沈德符《萬曆野獲編》這段話中的時間因素不

論，只從語意與尋求暗示，那麼，沈說的這五回，除了五十三、五十四兩回的情節，不同於十卷本，才藝也遠遜於十卷本，其他尚有第五十六回中的〈別頭巾文〉。雖然這篇〈別頭巾文〉並不在廿卷本，它已刪去另換了一首〈黃鶯兒〉曲牌的詞，又何嘗不是沈德符《萬曆野獲編》的暗示！

他要暗示的，就是給我們端出一根去尋找《金瓶梅》作者的綜索。那就是〈別頭巾文〉的作者其人也。

〈別頭巾文〉在十卷本《金瓶梅詞話》第五十六回，這篇文章還刻在《開卷一笑》與《繡谷春容》兩種消閒類書中。前面我們已引論過了。在此應該再予提出的，就是它在《開卷一笑》中，是一篇署有作者名字的文章，作者名叫「一衲道人」；乃屠隆的筆名，前面也已說到了。

「一衲道人」乃屠隆的別號，有他手寫的七言詩卷為證，誰也無法否認。問題是這篇〈別頭巾文〉是不是屠隆的作品呢？今雖未能見到確切的證據，但縱係偽託，也是一件可貴的證據。因為它直截了當的指出了《金瓶梅》的原作者是屠隆。

〈別頭巾文〉既是屠隆的作品，已有《開卷一笑》為證，縱係別人偽託，這位偽託的人，亦必是屠隆以後的人。屠隆卒於萬曆三十三年（1605），便足以證明十卷本《新刻金瓶梅詞話》之成書，當在萬曆末年，這話，我在前面已經說過了。

也許這篇〈別頭巾文〉是別人偽託屠隆作的，但它之刻入十卷本《金瓶梅詞話》第五十六回，偏偏的沈德符《萬曆野獲編》又說這五十三至五十七等五回，是「陋儒補以入刻」，那麼，〈別頭巾文〉也包括在「陋儒補以入刻」的範圍之內。所以我認為沈德符《萬曆野獲編》文中的這個「陋儒」，或許只是在暗示那位「補以入刻」的偽纂者吧？

　　我認為袁宏道這一夥人，全知道《金瓶梅》的原作者是屠隆，他們在屠隆卒後，就計畫改寫《金瓶梅》，在改寫過程中，就有著兩種不同的改寫意見。那就是十卷本與廿卷本之別。

　　若以性行論，馮夢龍應是站在十卷本這一邊的人物。他在萬曆四十年（1612）到四十八年（1620）之間，曾三次往還麻城，且在麻城設館授舉子業。陳毓羆先生推想他與劉承禧有所往還。劉承禧之父劉守有是屠隆的恩人，劉家的《金瓶梅》全本，可能直接由屠隆而來。「吳中懸之國門」的那一部，應是這部十卷本《金瓶梅詞話》，後來何以再刻廿卷本？可能十卷本的板已經燬了；不得不重行付梓。

　　沈德符《萬曆野獲編》的話，字字語語悉暗示也。我們如能字字從「暗示」上去推想這些問題，當可了解到許多問題的答案。其然乎！

《金瓶梅》的作者

　　有關乎《金瓶梅》一書的作者，早期的說法，多肯定為太倉王世貞（鳳洲）。自十卷本《新刻金瓶梅詞話》出現（1932），吳晗、鄭振鐸等人讀後，提出了研究論文[1]，遂否定了王世貞說。今雖仍有持此論者，終因證據薄弱，言而無力，強弩之末矣！

　　十年以還，研究《金瓶梅》者日孳，尤其比年以來，大陸方面之《金瓶梅》熱，真格是雲蒸霞煨，如鼎油沸騰，提出該書作者之新說者，叢出不窮。而其中甚囂塵上，且有千士之諾諾者，當推徐朔方先生之「李開先寫定說」（原說是李開先作，後再修訂為李開先寫定說）。余則認為此說欠缺歷史憑證，且與當時嘉、隆、萬三朝之社會現實，有所牴觸；「此等書必遂有人板行，一刻則家傳戶到」也。然有黃霖先生提出之「屠隆說」。經反覆演繹，竊以為黃氏此說，良能尋出歷史憑證為之立說，是以我支持此說。其他，固有人加以統計，立說該書之作者，排名已踰二十數。推究起來，悉無足論者，本文不費辭。

一　一衲道人與〈別頭巾文〉

　　黃霖先生之作者屠隆說的主要證據，乃〈別頭巾文〉（在十卷本）。

---

[1] 吳晗：〈金瓶梅的著作時代及其社會背景〉，《文學季刊》創刊號（1934年1月），鄭振鐸：〈談金瓶梅詞話〉，《文學》1卷1期（1933年7月）。

　　按十卷本《金瓶梅詞話》第五十六回中的〈別頭巾文〉（及詩），乃一衲道人屠隆作，有《開卷一笑》這部出版於萬曆末天啟初的類書為證。而且，我在前章已經提出比勘的證言，可以肯定《開卷一笑》中的〈別頭巾文〉乃原文，《金瓶梅詞話》中的〈別頭巾文〉乃改寫文；為使之適合《金瓶梅詞話》的歷史背景來改寫的。這一點，應是不爭之論。

　　「一衲道人」乃屠隆的別號之一，有屠隆手書的〈七言詩卷〉（附印件於文後）為證；自署「一衲道人屠隆」。這一點，更是不爭之實。

　　問題只有以下二點：

（一）這篇〈別頭巾文〉確是屠隆的作品嗎

　　此一問題的關鍵，在《開卷一笑》這部書編者身上。可是，《開卷一笑》的編者，則是「卓吾居士李贄編集」、「一衲道人屠隆參閱」，這兩人都有正確的去世年月，李贄（卓吾）卒於萬曆三十年（1602）三月，屠隆卒於萬曆三十三年（1605）八月。在《開卷一笑》卷九，有一篇〈太倉偷兒〉，文中有「萬曆中」三字，而且，「一衲道人屠隆參閱」之「參閱」二字，應為「校閱」，為避天啟帝諱，避「校」字改為「參」字。則足以證明《開卷一笑》之出版，當在天啟間。這樣看來，可證《開卷一笑》的編者與閱者，都有後人偽託之嫌。

　　不過，若說編集在前，付梓在後，也有可能。但從明朝出版的情況來說，《開卷一笑》這部的編者之署為李贄（卓吾），校閱者署名屠隆（一衲道人），顯然是偽託的。

　　如肯定《開卷一笑》的編者李卓吾與校者一衲道人屠隆，全是後人偽託，則書中（卷五）的這篇〈別頭巾文〉，是否也是偽託的呢？

　　在《開卷一笑》中，除了刻上「一衲道人屠隆參閱」的字樣，還
有「一衲道人」的〈一笑引〉及〈例〉言兩篇，文中除〈別頭巾文〉
之外，尚有〈醒迷論〉、〈勵世篇〉、〈秋蟬吟〉三篇。至今，尚無人
在屠氏其他文件中，尋得證據，證明這四篇文章，全是屠隆所作。若
說全是「偽託」，在無實證之前，誰也無法說個「不」字。

　　這樣說來，我們自不能肯定的說，〈別頭巾文〉是屠隆的作品。
但也沒有證據否定不是屠隆的作品。說它是屠隆的游戲之作，也不是
沒有可能。

（二）假如〈別頭巾文〉是偽託屠隆作的呢

　　好了，我們就認定這篇〈別頭巾文〉是偽託屠隆作的。此一偽託
者，可以肯定的對象，便是《開卷一笑》的出版者。

　　那麼《開卷一笑》的出版者是誰呢？

　　我們今天見到的《開卷一笑》的該本，全未刻上出版者的處所及
名稱。無從知悉是何處何人梓行。但我們卻能從該書的幾篇序文中，
尋得一些蛛絲馬跡，來求證這位編者是誰？

1 真與假之論

　　將認為真乎？假乎？真假各半乎？余思纏難解。第不施線索
　　之木偶耳！（《開卷一笑》〈李卓吾序文〉）

　　碗大一片赤懸神州，縱生塞滿，原屬假合。若複件件認真，
　　爭競何已？（《古今譚概》〈痴絕部序〉）

　　人但知天下事認真不得，而不知人心風俗，皆以太認真而至
　　大壞。……則又安見乎認真之必是，而取笑之必非乎？非謂

認真不如取笑也，古今來原無真可認也。……（《古今笑》〈自序〉）

試觀古錄三則真假之論，其人生觀豈不是如出一人？託李卓吾序於《開卷一笑》的真假之論，認為人生只是一個「不施線索」的「木偶」；換言之，人生本假，固無真假可認也。這與《古今譚概》序中的「赤懸神州，縱生塞滿，原屬假合」的看法，毫無二致。

所以馮夢龍在「古今笑」自序中說：「天下事認真不得，而『人心風俗』，都因為『太認真』而至大壞。」豈非勸人不要認真，凡事當作笑談可矣。他認為「古今來原無真可認也。」這番話，也與卓吾子敘《開卷一笑》的人生觀一樣。

2　談言微中

太史公曰：「談言微中。」又曰：「道在稊稗矣！」（《開卷一笑》屠隆一笑引。）

老氏云：「談言微中，可以解紛。」（《譚概》〈梅之熉序〉）

談言微中，足以解紛。（《智囊補》之〈語智部總序〉）

在馮氏編纂的文集中，有三次（只限於我見到的）引用到太史公司馬遷的這句話，亦足證這是馮夢龍行文的習慣，這話是馮氏常用的。（梅之熉雖實有其人，則序文可能出馮氏手。）

按此語乃司馬遷寫於〈滑稽列傳〉，句云：「天網恢恢，豈不大哉！談言微中，亦可以解紛。」馬遷此語，意在說明「滑稽」也是治道。曾國藩曰：「言不特於六藝有益於治世，即滑稽之談言微中，亦有裨於治道也。」此一敘引之引述太史公此語，亦在說明笑話也有談言微中的時候，於是，「笑話」也是治道了。（下云：「道在稊稗」，

則非馬遷語，老氏語矣！）

　　從上述連番引用太史公這句「談言微中」的話來看，自亦益足以證明《開卷一笑》，也是馮夢龍編的書。

3　金陵游客

　　在馮夢龍編寫的《魏忠賢小說斥奸書》之〈凡例〉第四條，寫有這麼一段話：

> 是書得自金陵游客，其自號曰：「草莽臣」，不願以姓氏見知。曾憶昔年有〈頭巾賦〉、〈三正錄〉，秀才有上御史之書，御史有拜秀才之牘，金陵固異士藪也。

　從這段話中，我們知道這位「金陵游客」自號「草莽臣」。而「草莽臣」乃馮夢龍的筆名之一。早有近代之史學家謝國楨先生著《增訂晚明史籍考》卷二十四著錄中，按語到「草莽臣」乃出於《晉書》之〈皇甫謐傳〉，馮夢龍曾取以自號，認為該「草莽臣」即馮夢龍[2]。那麼，「金陵游客」自亦是馮夢龍的筆名，應無疑問。

　　按《開卷一笑》卷二，有一篇〈娼妓述〉，下署作者名字是「金陵游客」。想必這位「金陵游客」就是馮夢龍。基乎此，也足以想知馮夢龍可能與《開卷一笑》不能沒有關係。馮夢龍在萬曆末到崇禎初，一直在經營出版事業。直到崇禎三年入貢，選任了丹徒訓導，方始步上仕途；又作了一任壽寧縣令。所以我們可以因而推想《開卷一笑》乃馮氏編集，偽託李卓吾與屠赤水者。

　　何況，馮夢龍最愛編笑譚的書，如《古今譚概》（《古今笑》）、《笑府》（《廣笑府》）等等，都是馮氏認為一笑可以忘憂，可以解紛，

2　〔明〕馮夢龍著，橘君輯編：《馮夢龍詩文》（福州市：海峽文藝出版社，1985年）。

且認為大家都笑，可使天下無事於億萬世。想來，《開卷一笑》又怎的不是馮夢龍編集者也[3]。

　　推想《開卷一笑》是馮夢龍編，雖不是證據確鑿，卻也堪以憑之認定。那麼，此一〈別頭巾文〉，縱係偽託屠隆所作，此一偽託者，亦是馮夢龍的成分最大。

　　我在前章討論到《金瓶梅》的刻本及成書年代時，業已說明兩種《金瓶梅》刻本，都是改寫本，並非「初期」傳抄時代的《金瓶梅》原本。這兩種刻本（十卷本與廿卷本）的改寫過程，都在萬曆三十三年之後。自可基而推想馮夢龍必是參與改寫《金瓶梅》的作者之一。至於馮夢龍何以要偽託屠隆是〈別頭巾文〉的作者呢？顯然的，乃有所暗示也。馮夢龍要「暗示」的，就是指出屠隆乃《金瓶梅》的原作者。

　　我在前面說了，也許〈別頭巾文〉是屠氏的遊戲之作。但無論是否是屠隆的作品，或馮夢龍等人所偽託，這篇〈別頭巾文〉都是暗示《金瓶梅》是屠隆作的直接而有力的證據。

二　屠隆可能寫作《金瓶梅》的動機

　　凡是有血有肉的作品，無不一如母親妊兒一樣，首賴父親的種子，方能與卵結合而形成生命。

　　基此來看《金瓶梅》一書之形成，可以明顯的蠡知此書的雄性種子，來自那個現實社會，（中晚明的那個現實社會便是形成《金瓶梅》一書的雄性種子）這位孕育了這部偉大說部的母親（作家），處身於那個現實社會，血液中流程了一些什麼樣的社會因子，使他感生了這

3　拙作：〈開卷一笑的編者〉，《小說金瓶梅》第十八篇，頁235-242。

部空前而曠世的傑作——《金瓶梅》？方是我們討論作者問題，首先
應去探討的一個重要關鍵。

　　基是而論，則屠隆是《金瓶梅》一書的作者，確比傳說中的任何
一位，有其可能。因為屠隆具有寫作《金瓶梅》這部小說的動機。

　　關于此一問題，我寫有〈論屠隆罷官及其雕蟲罪尤〉（屠隆可能
寫作《金瓶梅》的動機）一文，初刊於民國七十四年（1985）三月三
日至九日臺灣新聞報，附錄在拙作《金瓶梅原貌探索》第二篇，頁
415至443。竊以為有關論及屠隆可能寫作《金瓶梅》的動機，我已
在論述中，把主要的因子都一一說到了。在此，再另作扼要敘述。

（一）屠隆的罷官

　　萬曆五年（1577）丁丑科，屠隆中進士第；年已三十五歲。屠隆
弱冠為諸生，困頓名場已十五年矣！

　　及第之後，選任（安徽）潁上令，當年十一月二十六日到職，翌
年十一月改調（浙江）青浦令，十二月抵青浦就職。萬曆十年十月上
計，改調禮部儀制司主事。十一年八月就禮部職。

　　在京識世襲西寧侯宋世恩，新從秣陵（南京）「解府印還燕。」
欲脫去貂蟬氣習，以辭賦享名。遂託人向屠隆示意，願就講千秋業，
執弟子禮。屠雖力謝，卻固請以兄禮事。於是，遂訂交焉！

　　十二年（1584）的九月某日，西寧侯在家置酒張戲，大會賓客，
有詞人、縉紳，也有布衣，不下十數人；屠隆也在其中。席間，宋世
恩不時向上抵掌言談，說是屠先生肯與他宋生作通家好。異日當偕
「家弟婦」去拜屠先生的太夫人嫂夫人於堂下（屠說，此事並未施
行）。此一宴會，被屠的仇人時任刑部主事俞顯卿偵知，遂藉故上疏

糾劾屠隆與西寧侯宋世恩淫縱諸狀，以報私怨[4]。

　　疏上，於十月二十二日（甲子）「上以（俞）顯卿出位瀆奏，並屠隆、宋世恩等，該科其參看以聞。」發交刑科查報。可是，第三天（丙寅）皇上的處分令就下來了。「上削（屠）隆、（俞）顯卿籍；奪（宋）世恩祿米半年。」此一處分，《神宗實錄》且說：「禮部主事屠隆，上疏自辯並參俞顯卿；西寧侯宋世恩亦上疏自辯。於是吏科給事中齊世臣交參之。」皇上前日的諭命，尚未查報，竟然依據吏科給事中齊世臣的交參本章，就處分下來了。此一情事，若非皇上直接下的諭命，似不致這樣快捷。那麼，何以皇上會如此不問青紅皂白的把原被告，一律撤職了事？

　　據屠隆寫給張大司馬肖甫（巍）的函中說：「主上令廉訪其事，廉訪而了無實狀，乃坐某上（俞顯卿）挾仇誣陷，而坐某以詩酒放曠，兩議罷了」此言「廉訪」事，似乎不是指的吏科給事中齊世臣的交參本章。此事發生在九月間（未能查知何日），縱以上旬論，抵十月二十四日，也不過一月又半，此案便處分結束。若未夾有皇上的好惡情緒，安得如此快捷？

　　屠隆函中說他與俞顯卿的罷官罪狀，俞是「挾仇誣告」，他是「詩酒放曠」；卻又兼及「青浦（令）之政」。因而屠隆冤呼說：「上所置問疏中，污衊事爾，業廉無之，伊人之傾險。何辭而乃求他細過，令與險者同罪邪？又及青浦之政，青浦之政應罪邪？又今日是問青浦之政時邪？」

　　關于此事，誠可以「欲加之罪，何患無辭」一語論之。在帝制時代，像這類事，皇帝說了，只要不涉大政，臣下不會有人為之抗旨

---

[4]　參閱〔明〕屠隆：《白榆集》卷十一，書六，〈與張大司馬肖甫〉及〈寄王元美、元馭兩先生〉。

的。要不然，那就得你有背景；所謂「朝中有人好作官」。否則，只有徒喚負負。按俞顯卿之被罷官，十月二十二日的《實錄》已經記了，辭乃「出位瀆奏」。一位主事職務的官員，竟上疏參劾他部的主事，自是越位的行為。若是為了國家大政，當有可郁之情，竟是挾嫌私仇，處以「出位瀆奏」而罷之，尚有辭理。處屠隆以「詩酒放曠」而罷之，雖有辭理，卻所涉非其人，因而西寧侯宋世恩也罰祿米半年。

　　但何以又為之再加一道罪名？說屠隆的「詩酒放曠」曾曠廢了他青浦令的行政。遂使屠隆更加不平。他做了兩任縣令，且已上計升遷。真格是「青浦之政應罷邪？」屠氏且說他的罷官事，亦曾引起都人不平，說：「當口語陡興，舉國駭愕，縉紳臺省諸公，傾都而來，視不肖扼腕慷慨，義形於色者，何止萬口？雖武夫宿衛，閭巷小人，洶洶謹謹，無不為不肖冤。」又說：「陛辭之日，交戟外環而觀者，倏如堵城。貂璫緹騎，盡傷不肖無妄，交口而罵伊人，以虜眾共擊之，梃下如雨，公憤如此。而一夫持論，萬口爭之不能得，斯其故不可知已？豈非數哉！」（〈與王元美、元馭兩先生〉）此處所書之情，若非出乎小說家的誇張筆墨，都下人等，特別是「貂璫緹騎」，居然有這等為屠隆報不平的憤滿情緒，似已出乎常態。像這句：「而一夫持論，萬人爭之不能得」，怎能安到這麼一位中進士第甫一年而官僅刑部主事俞顯卿頭上呢？讀至此，反覆思索，不得其解？也只好引用屠隆的話：「斯其故，不可知已？豈非數哉！」

　　顯然，屠隆寫給王元美、王元馭兩先生函中的這番話，實有誇大之辭。但何以要這麼誇大其辭？或有隱情在焉！如「一夫持論，萬口爭之不能得」，捨皇帝而外，難作第二人想也。

　　還有一封寫給張質卿侍御的信，說：「……不肖某橫被仇人中傷，實為無罪污名業，蒙當事涮白，乃坐以酒過。嗟嗟！坐酒過者應

與傾險者同議邪？凶德宵人，無故而發難巇士大夫，巇之而其事實，即以其罪罪之，巇之而其事不實，則別求他細過，此何故哉？萬耳萬目，寧可盡塗？此其人必不可取，一旦以仇人不實惡口，必逐之而快乎？」益發感於屠隆心目中，有一位「必逐之而快」的人物在焉。凡能「別求他細過」、「必逐之而快」的人物，除了天子之外，便只有輔臣了。

　　按萬曆十二年十月間的內閣大臣，有余有丁、申時行、許國等。時餘有丁在病中，當年十一月已丑（七日），餘有丁便過世了。屠氏罷官於十一月間，離京不久，王錫爵與王家屏（十二月間）便入閣了。看來，屠隆筆下的這位「必逐之而快」的人物，似仍以萬曆爺為是。因為他一再疑問：「斯其故，不可知已？」如果是輔臣從中下的暗箭，「斯其故」，則不可能「不可知」？祇有天子之「必逐之而快」的因由，不可能獲知。縱能獲知，也不敢直說。這是事理。

　　萬曆爺何以討厭這麼一位小臣，主事之職，六品、七品已耳，主事之位在六部中，約等於今處長級，上有郎中、侍郎以及尚書。品不高位亦不尊，「放曠詩酒」，亦非大罪，到不了罷官。祇有皇上好惡可以隨時決定臣子的去留。這一點，屠隆當然瞭解。所以他一再冤呼，認為這是「必逐之而快」；是何原因引起？他百思不得其解。想來，但卻不能不有所蠡知。可能知而不能明言耳！

　　明萬曆爺（朱翊鈞）十歲登基，十六歲大婚。三年後某日（萬曆九年十二月間），在慈寧宮隨喜，偶幸王氏宮女，竟有孕。王氏長於帝數齡，像這類偶幸於皇帝的宮女，應是宮中常事，生了孩子，未被皇家承認，也是常事。偏偏的朱翊鈞婚後三年，僅育一女，皇太后抱孫心切，知有宮女懷孕了皇家骨肉，竟當面向兒子查問此事。兒子不承認，還查證了起居注，逼得皇帝不承認也不成。遂向兒子說：「我老了！若是育下一男，豈不是有了承繼大統的國本。母以子貴，應加

封這位懷孕的宮女了。」就是這樣，強迫朱翊鈞承認了這個孩子。果然，生下來的是位男孩，就是後來承繼了大統的朱常洛，坐了整整一月衰帝的「泰昌」。

可以說，如不是皇太后抱孫心切，這位王氏宮女生下的這個孩子，不是處死，也會交給太監抱出宮外扔了的。話再說回來，朱常洛雖做了萬曆皇帝的皇太子，又繼承了帝位。但在朱常洛三十八年的生命歲月中，堪以「坎坷一生」喻之[5]。

泰昌皇帝朱常洛的悲劇，從他在母體中開始孕育時，就開始在演出了。一直到他死後還未落幕；他的兒子朱由校還在繼承他的悲劇因子呢！（如「移宮」案有《三朝要典》及《明朝三案》可以參閱。）

當我們蠡知了朱常洛的悲劇起因，就會瞭解到朱常洛於萬曆十年八月十一日（丙寅）出生後，即不曾討得生父的歡心（她母親懷他時皇帝老子便不想承認他）。譬如萬曆爺的長女於萬曆九年十二月初四日出生後，皇帝第一次視朝即具吉服告奉先殿，且御皇極門接受百官致詞稱賀，賜三輔臣及講官等花幣有差。迨皇長子於萬曆十年八月十一日未時生，翌日晨皇帝御經筵，則未作任何表示。該日曾諭內閣持示取太倉銀二十萬兩光祿寺銀十萬兩充賞（生長女時，亦命太倉、光祿各進銀十萬兩充賞）。到了第三天，方依禮遣成國公等人祭告郊廟社稷。皇帝則御皇極殿羣臣稱賀（應由皇帝親去告廟）。萬曆十四年正月初五日（庚子）皇三子生，第二天（辛丑）即以皇三子生告奉先殿，遣駙馬侯拱宸行禮。像上錄這些記於《實錄》的史實，亦足可窺知萬曆皇帝是多麼不喜歡他這個兒子。長女出生時，「具吉服告奉先殿」，皇三子出生，第二天他就去「告奉先殿」。這位身為長子且依禮法應是承祧皇嗣的儲君，卻未去「告奉先殿」上稟於祖先，僅僅

5　拙作：〈一月皇帝的悲劇〉，《金瓶梅的問世與演變》附錄。

遣成國公等人代為祭告郊廟社稷，實乃不得已而詔告萬民者，而內心則似未視之為皇儲也。

　　若是情旨，外人如何能體會到皇帝老爺的心態，臣子憑其一腔忠忱，寫了幾篇賀辭，實乃人情之常。像屠隆的這四篇為了皇長子的誕生，擬作的賀辭，在心態上，一出於文人的本性熱誠，二出於乞懂皇上的青睞而已，怎能想到所賀者卻非皇上所喜呢。

　　按說，像屠隆這麼一位七品縣令，擬以封疆之吏，掬呈心臆忠忱，原不能觸及天子之愛憎，然如一旦涉及專案事件，則事事都會蛛聯進去。那麼，當屠隆被參，己又上疏自辯。這麼一來，屠隆的這四篇賀辭，可能會錄入考量。考量之筆，是美是刺，都不緊要。但如一旦被皇帝獲悉，像〈賀皇子誕生〉賀辭中的「臣近接邸報，恭遇萬曆十年八月十一日未時，皇第一子誕生。臣恭逢大慶，不勝欣躍。竊惟華渚流虹，大地發祥千帝曆；瑤光貫月，高天呈彩千皇圖。麟趾振振，德徵仁厚，螽斯蟄蟄，慶洽陽和。雲仍繼美，衍國家有道之長；千億宏開，實宗社無疆之福。」都是萬曆爺最不樂於聽的。總之，當萬曆爺不喜此子出生，偏有臣子多事，逾乎本分的大寫文章為賀。再加上又有人參劾這人詩酒放曠，自難免一時厭煩，下諭罷免。想來，屠隆的罷官底因，捨乎此一糾葛，其他自難再尋得更合理的解釋。

　　另外，我們還可以附錄一件歷史作為屠隆此一罷官事件的旁證。那就是萬曆十年二月原任吏科給事中的張世則，訐奏吏部尚書王國光鬻官瀆貨，賊職狼籍，乞行罷斥。王國光疏辯，謂張世則以外轉而挾私論臣，且所指臣匿賄賈各儒等人俱在可質。於是上諭留國光而怒世則挾誣。原任降一級調外任。若以此一案例來類比屠隆的罷官案，真可以說是輕重難以等量。蓋屠隆的罷官，實乃出於皇上之好惡也，至於發表的罷官理由，全是內閣為皇上尋來的，欲加之罪不能無辭也。自難怪屠隆一再冤呼：「斯其故，不可知已！」

（二）看屠隆罷官後的回響

　　若以常理來說，屠隆的罷官，雖有冤屈而又言不正理不順，不平者在當時，也只能鬧嚷一陣，三五個月過後，也就自然的煙消而雲散。反正罷了官的人已易服為民，還有什麼可以繼續鬧嚷下去的因由呢，可是，屠隆罷官五年之後，還有人為屠隆的罷官，繼續鳴不平，而且慫恿屠隆去傲效司馬遷〈報任安書〉，李陵〈與蘇武書〉，把心中的冤抑筆之於書，以昭萬世之不朽。試想，這樣的回響，可就不是俞顯卿的挾仇誣陷的單純問題了。顯然的，與當朝天子有關矣！否則，如何能扯到司馬遷之〈報任安書〉與李陵之〈與蘇武書〉呢！

　　我們看《栖真館集》中的這封信。

　　答王胤太史（年籍待考）
　　……放廢以來，五易裘褐，無一字抵長安故人。非欲引抗自高，誠穆穆憤憤，念不及此。趙奉常歸，以足下手書見遺。縈縈百千言，掩抑沈頓，情寄深遐。向無生平，何遽有此？猶憶囊出國門，祖帳如雲，傾都扼臂。逮反初服，遂絕寒暄。今數千里題械申章，相念乃屬胤昌足下，陳義一何高乎！書辭謂僕蒙詬受誣，抱此憤懣，宜如子長之報任少卿，李陵之與蘇屬國，刳腸腸於紙上，寫涕淚於毫端。黃河澎湃，五岳隱起，磊塊心跡，千載猶新。使胤昌讀之，無雲無震，不寒而栗，風蕭蕭從易水來，詎不雄豪颯爽快人哉！感足下相念之雅，誠欲衝冠投袂，作憤激不平之譚，則學道降心之謂何？欲塞充杜機，遵老氏沈嘿之旨，則又胡以仰副知己於萬一！……往者，彼夫以仇故，損摭中傷，非復人理。維時當予洞囑誣岡，顯絀其人，羣情憤然，咸持公議。道民

　　仰天一笑而掛冠，脫我今日之紅塵，還我舊時之白雲；行逡
　　松關，不減蘭省，鹿驂鶴駕，安事馬蹄；徇犬猶狺，冥鴻已
　　遠，顧何用溲制？呦呦則為知己耳！（節錄）

　　我們看，屠隆罷官，時去五年，一位職司於翰林院的官員，與
屠隆又向無生平往還，居然寫信給屠隆，作憤憤不平之語，盼屠隆效
司馬遷之報任安書，李陵之與蘇武書，「刳腹腸於紙上，寫涕淚於毫
端，」真是「何遽有此？」這封信，豈不是極為明顯的道出了屠隆的
罷官底因，非為俞某的仇口，乃當朝天子挾私恨而冤臣民也。司馬遷
的〈報任安書〉，李陵的〈與蘇武書〉，都是苦訴定罪受辱之冤，雖
未直指天子之私心剛愎，但字裏行間，實乃向天子愬怨且鳴不平。這
位王胤昌太史，書盼屠隆傚效司馬遷等作書愬怨，自然是他們業已獲
知屠隆被罷官的真正原因。他們在翰林院服務，執掌大內文書，想是
洞見了內情。所以雖已事過五年有奇，仍有激起他們不平的理由，方
始憤起內心不平，遂函知屠隆冀其一效司馬遷、李陵等。

　　那麼，激起王胤昌他們憤起內心不平的理由，是什麼呢？如從
史實看，當是基於萬曆爺的宮闈事件。這時，屠隆罷官已五年，自可
肯定王太史的這封信，寫於萬曆十七年（1589）間，這時，萬曆爺寵
鄭貴妃有廢長立幼的心意，業已昭明到臣民盡知，沸騰天下。疏請冊
立東宮而觸怒龍顏，梃杖謫官者，已有多件。試想，王胤昌寫給屠隆
的這封信，竟慫恿屠氏把「蒙詬受誣」的「憤懣」，「宜如子長之報
少卿書，李陵之報蘇屬國。刳腹腸於紙上，寫涕淚於毫端。」若不是
認為屠隆的罷官，涉及了皇長子的諸位事件，只是因為了屠隆之罷官
於「放曠詩酒」與曠廢青浦之政的「廉訪了無實狀」，怎會來慫恿一
位並不相識的已罷官吏，去傚效司馬遷之報任安書來「刳腹腸於紙
上，寫涕淚於毫端」呢？祇有涉入了皇長子的立儲事件，方能挑撥起

臣子們的這分忠於傳統　禮法的熱誠。這是情理，深盼反對此一說法的賢智之士，其三思之焉！

再說，屠隆之觸怒於龍顏，除了這四篇〈賀皇子誕生〉的擬作，正好碰上了皇上所不喜，其他全是雞毛蒜皮而風花雪月，焉能上達於聖聰？想是「賀皇子誕生」的賀辭引起，其他，屠隆這人官卑職微，且又一身書生氣，何從來有惱及天子的行為？

另外，在《栖真館集》卷十七，還有一封〈與蕭以占太史〉（名良有，萬曆八年榜眼，湖北漢陽人），的信：

> 往歲不佞被謠詠以出也，所為衝冠益孽者，殆通都矣。獨足下陳義更高，燈影幢幢，朔風漠漠，唾壺欲裂，雄劍自吼。拘于官局，恨不提章伏闕，一申子長之墳，吐霍諝之忠。贈言解衰，意氣千古。夫子蘭謫屈，登徒毀宋，自昔而然。第出詬夫之口，即事之所恆有，其究卒空理之所必無，後將何據？而當時雖舉國不平，公論沸起，獨道民若聾若瘖，都無片語。友朋有瞋目戟首相向者，僕但以醇酒關其口，竟長嘯以出國門。人以為達，不知理固應爾。丈夫於此時應揮手去，呶呶何為！今久而其事定，須大有分明，千秋萬歲後，詎遂謂曾參殺人也。貴僚王胤昌，生平未識僕面孔，題書相問，娓娓欲得僕憤懣之言為報也。若李陵之於蘇屬國，司馬遷之於任少卿，近世唐伯虎之於文待詔。感彼風霜，懸諸日月，而不知道民樂道者，與三子調不同。傾感其意，作萬言答之。乃不能得僕憤懣之言而得儵慘閒曠之語。足下試歸而取觀之，亦足以明僕之近抱矣！

我想，這時的屠隆，想已徹底明瞭了他罷官的主要原因。而他，又怎敢直說而無隱呢！所以他拒絕了朋友的建議，雖字裡行間，隻字未涉

「仇口」其他，然「李陵之於蘇屬國，司馬遷之於任少卿」，意已函泳之矣！

　　我們雖沒有讀到王、蕭兩位太史的信，僅從屠隆的覆信上，也能了解到這兩人的心意，顯然的，乃由於他們獲知了屠隆罷官之冤的底因。斯時，又正是臣子們紛紛疏請皇上冊立東宮，僵持得君臣不能和諧的時機。此二人感於屠隆乃此一宮闈事件的第一位受殃者，遂有期於屠隆效法司馬遷報任安書，「刳腹腸於紙上，寫涕淚於毫端，」可垂不朽。是以屠隆美此二人的「陳義高」。如屠隆之美蕭太史「陳義更高」說：「燈影幢幢，朔風漠漠，唾壺欲裂，雄劍自吼。」似是指的蕭太史信上說的近年來宮闈事件之隱隱約約的情形。

　　這時的屠隆，雖已是鄉野草民，儒家門徒，又怎能不憂其君？罷官後這幾年來的冊封貴妃與立儲事件，廷杖謫官者，有其同年。他蒙冤罷官的底因，自然明白了，不再是「斯其故，不可知已」的疑問，應是業已證驗了他「雕蟲一技」惹出來的罪尤之時。像屠隆這樣的有智慧有思想而又有遠見的哲人，怎會在這一點去傚效司馬遷之報任安書，來期乎己之名垂後世呢！所以，屠隆一一委婉答謝了他們。仔細想想這個問題，屠隆誠哲人也。

（三）屠隆罷官後的不平之鳴

　　在科舉時代，奔競科場幾是當時文人的求學目標，是以往還科場而皓首不息。歸有光先生中進士時，已六十歲矣。因為科舉時代的仕途，由舉人而進士，是一條最便捷的道路，中了進士，便是「禹門三級浪，平地一聲雷。」頭戴烏紗足登朝靴的官職，就要得到了。試想，科舉時代的進士及第，該是當時文人多麼需求的一件事。那麼進士得了官，居然無罪被罷，被罷的文士，該是怎樣的心情呢！將心比

心，我們任誰都是可以推想而知的吧！

　　我們在前面說到了，屠隆的罷官，是無辜的，所以他在罷官後，寫給友朋與親長的書信，充滿了冤歎的呼號。一再說：「嗟呼！上所置問疏中，污衊事爾，廉訪既無端倪，則伊人誣陷之罪偏重，何辭乃別求細過，又追論疏外前愆，文致附會，而令被誣之人與仇誣者同罷邪？又及青浦之政，青浦之政應罷邪？又今日是問青浦之政時邪？……而一夫持論，萬口爭之不能得。斯其故，不可知已？」這自是屠隆的不平之鳴。在他罷官後的一年間，這種不平的冤呼，不時在他寫給親友的書信中出現。這些書信，都在《白榆集》中，不必引錄了。

　　屠隆雖也一再向朋友說，他丟了官等於擺脫了塵網，對於「雞肋浮華，覷破已久；風塵馬蹄，良所厭苦，」終是自解之詞。息心修道之說，實亦殷中軍之咄咄書空耳。

　　到了萬曆十六、七年間（罷官後五、六年），由於皇上寵愛大興鄭氏妃，遲不立儲君，臣民連章疏請，不是不報，報亦怒責。這時，皇上的廢長立幼心態，業已明朗，天下盡瞭。當然，屠隆的罷官底因，他自然了悟乃咎由何起？雖累於「雕蟲」之辭，仍不時可在他寫給親友的書信中出現（參閱《栖真館集》），但已不再有不平的冤呼之辭。連王、蕭兩位太史的憤情激發，也盪不起一絲漣漪，真可說是修道人已得道矣！（屠隆自語）

　　當真，屠隆的這一不平之冤，良如他自己所說：「僕寥廓之夫，萬事擺落。此自得之天性，非關學道。偶遭此風波，視之若浮雲幻泡，莫不與丹元君事。一官雞肋，豈千秋長住之物乎？為恩為仇，亦是妄緣。今屏居沈寥，掩關習嬾，二六時中，著衣吃飯，都不復記憶身嘗有官從何處來，卻從何處去？伊人雖嘗貝錦，亦久忘之。即胸懷偶及，亦絕不作瞋恚想此，詎便謂已到三摩地哉！」（《白榆集》〈答

沈肩吾少宰〉）此一問題，在《栖真館集》卷十九〈奉楊太宰書〉（吏
部尚書楊巍字伯謙，海豐人，嘉靖二十六年進士）中，卻懇切說出
了。說：

> ……彼夫以疇昔私憾謠詠損撼，一旦以至不肖之名加於隆，
> 隆不能受，亦不能怒。夫裂眥濺血，髮上指冠，黃沙儵走，
> 白日陟黑，繁霜夏寒，長虹晝見。隆之意氣，自小能之，而
> 今顧不爾……蓋隆近頗得道也。

這裡說的「一旦以至不肖之名加於隆，隆不能受，亦不能怒，」
不是說明了他罷官後的心情嗎！既不能受，也不能怒！「不能受」是
因無罪而罷官，「不能怒」自是指的他已知他罷官的底因，是由於他
寫了「賀皇長子誕生」那幾篇文章，居然觸惱了皇上，藉詞罷免了
他。今雖知乎此因，也不能怒也。若一旦因此怒生，必起大波瀾，有
性命之虞矣！

又說：

> 夫平情忍辱，忘境齊物，猝而能鎮、撼而不驚者，真道所貴
> 也。以故隆聞謗之日，怡然安之；以無怒為養性，以不辯為
> 忘言。雖舉國不平，交友搤掔，而隆未嘗以一芥蒂於胸懷。
> 未嘗芥蒂者，不肖希達人之蹤，而搤掔不平者，友朋抗同仇
> 之義也。

關于這一段話，我們只要一讀《白榆集》中的那些書信，就會感於屠
隆的這些話，並非事實。上一節，我們已引述到一些了。何嘗「無
怒」？何嘗「不辯」？何嘗無「一芥蒂於胸懷」？尚能「安之」而已！
非無怒也，非不辯也，非無芥蒂也！

又說：

　　夫友朋友高義而事故（固）宜然，而隆始未敢輕以此理望明
　　公，則以與明公無生平之素也！

怪哉！既「未敢以此理（友高義）望明公」，又何必以書函明之邪？
其心態，豈非顯然有所望乎？

　　又說：

　　　　……而隆所坐，不過詩酒。詩酒之罪，隆實有之，不為枉。

可是，在此話的後面，卻又一再述說自己不善飲，每飲「不能盡柿子
大一杓，即面赤頭眩上下四方易位」。居然前言不搭後語。何以？前
言所說「詩酒之罪，隆實有之，不為枉。」乃謙抑之詞，寫到後面，
真情壓抑不住，遂又不得不愬冤矣！

　　又說：

　　　　六年之間（斯時當為萬曆十七年或十八年），寄聲日至，而不
　　　　肖又恬然安之，了無半札一言為謝。……譬之候蟲，時未至
　　　　而喑喑無聲，時至而嘒嘒不已。彼蓋無求無營而自鳴，其天
　　　　機也。

　　第一，屠隆罷官六年以來，友朋們的不平，仍在「寄聲日至」。
益可想知屠隆的罷官，並不是單純的個人之間的挾仇誣陷，乃別有他
因。若不是涉及了皇長子的冊立問題，所寫賀詞觸怒了皇上的不懌，
遂主動罷免了他，友朋們站的維護國本的心情，因而把屠隆的罷官事
件，與盧洪春、孫如法、姜應麟、雒于仁等人的遭遇，同抱不平，又
怎會在屠隆罷官的六年間，還「寄聲日至」而不息！此一事理，不是
非常明顯了嗎！

　　第二，屠隆說：「了無半札一言為謝。」卻也不是事實。在《白

榆集》的書信中，為了他的罷官，答言友朋者，何止十件？不過，尚
能「恬然安之」，未作憤懣之辭而已。（《白榆集》的詩文集，寫作時
間雖在《栖真館集》之前，但《栖真館集》則出版在前；序刻於萬曆
十八年，《白榆集》則序刻於萬曆二十八年。）

　　第三，屠隆對於友朋們的不平反應，之所以能「恬然安之」，只
是不願作望影聞聲的瞎吠，所以他以候蟲為喻，待時至而嘒嘒鳴也。

　　那麼，屠隆的內心不平之鳴，應鳴於何時呢？

　　我們再讀這封給楊太宰書的語言。又說：

> ……今日水旱沓仍，疫癘繼作，去年元元大被其毒，今歲益
> 甚。吳越之間，赤地千里，喪車四出，巷哭不絕。隆竊念主
> 上英明，總攬大臣，寬仁愛人，明良在朝，政刑脩舉，不應
> 致眚而災眚若此，此或前人鷙猛束濕之餘烈也。……

　　范文正公有言：「居廟堂之高，則憂其民，處江湖之遠，則憂其
君；是進亦憂退亦憂。」斯亦儒家人士的持身處世之道。屠隆飽讀經
書，那能脫此？是以他見及吳越災眚，便忍不住要向這位身為太宰的
大員，為大眾訴苦情，斯即「退亦憂」也。雖然信上說「主上英明」，
又說「總攬大臣寬仁愛人，明良在朝政刑脩舉」，但卻「不應致眚而
災眚若此」！這話的內函也不是極清楚的在指斥當政嗎！儘管，屠隆
為「災眚」之生，尋了一句託詞：「此或前人鷙猛束濕之餘烈也。」
把致眚的責任，推給了張江陵。我們可以想到，這話決不是屠隆的內
心話。

　　關于王胤昌太史的信，屠隆在這裡也提到了。他說：

> 頃王胤昌太史書來，欲得隆憤懣不平言吐冤人之氣，激壯士
> 之肝；長留天壤，山川生色。夫憤懣不平事，世上所有，隆

> 胸中所無。隆雖至不肖，不敢為世上所有事，不能作胸中所
> 無語，而且以寂寥幽適之辭答之耳。士大夫以尺牘遺其交
> 知，抒心寫懷，垂名流照者，在古昔則有史遷、李陵、揚
> 惲、鄒陽、江淹，在近世則有唐寅、陳昌積、盧柟，吾鄉則
> 有陳來，皆以高材發為文，沈痛悽惋，掩抑頓挫，有足悲
> 者。並不聞胸次鬱結，蒲紙侘傺，豪儁之徒，賞其悲壯，清
> 遠之士，陋其煩競。才雖高矣，量不足取也。

屠隆一再表白他不願傚效司馬遷等人之「抒寫心懷」；「以遺交知」；
雖罷官之事，乃世所不平，他則說他「胸中所無」。還說：「往託名
山著書，以規不朽。此校之一不得志猖狂婬逸從日暮途窮之計者，固
也勝之，然隆以為非上策也。」他認為像司馬遷報任安書的這種作
為，固勝日暮窮途而哭者，而他則以為「非上策」，何以？這樣作，
只是為一己的心中不平懣苦而已。

　那麼，屠隆的「上策」如何呢？顯然的，他要做個候蟲，待時至
而嘖嘖，而且是「無求無營而自鳴」。斯其所謂「鳴」之「上策」也。
　屠隆對於當前時政，也非常縈心。又說：

> 天下之事，方大集於公。隆竊思此時，國本未定，朝議多
> 端，宗室失所，邊防懈弛，吏治粉飾，官守貪污，人情傾
> 仄，俗尚浮夸，費用太繁，征求頗急，閭閻空虛，黔首痌
> 瘝。又如，以災情事，大有可虞！夫天下仳離，則治平繼
> 之，治平之後，所繼非復治平矣！

試看屠隆這一段論駡時政的語言，其所急者，何嘗是個人無罪而橫遭
免官的憤懣，迺急天下之治平，所繼非復治平也。像信中所論及的時
政之弊！不正是萬曆朝的缺失嗎。試想，屠隆如把此一憂國憂民的懷

抱，發之為文，著之竹帛，良乎！高於史遷之報任安書者多矣！

（四）屠隆待時至而「嘖嘖」的時機

　　屠隆是一位胸懷大志的作家，情操清遠的哲人，所以他能向遠
大處著想，更能壓抑了胸中的不平激清。雖說，在他的書信中，字裡
行間，仍難掩蓋他無罪而罷的不平心情。卻能安之，大是不易。當萬
曆十七、八年的時際，不惟「國本未定，朝議多端，」而且「邊防懈
弛，吏治粉飾，……」他已看到天下要起變亂了。

　　關于國本問題，上一節我們業已說到，廷杖謫官者比比矣！士
大夫上疏規諫，率多直懟皇上的寵幸措施不當。這時的常洛，已經八
九歲了，既不行冊立太子之禮，也不讓他讀書。臣民之請，總是藉口
推託。越是推推拖拖，臣子們越是懷疑。要求皇長子冊封，並要求馬
上出閣講學的本章，越來越多。這位皇上曾向首輔申時行發牢騷說：
「近來只是議論紛紛，以正為邪，以邪為正。一本論的還未及看，又
有一本辯的來了。使朕應接不暇。難道這要我點起燈來連夜閱覽嗎。
這怎算個朝綱？……」到了萬曆十九年秋，被逼不過，只要下令詔訂
二十年春舉行東宮冊立禮。八月，工部主事張有德，認為東宮冊立禮
既訂明年春，儀注所需，應開始準備了，遂上疏請。結果，皇上大
怒，責張有德瀆擾，罰薪三月，並把原訂冊立時間，延至二十一年舉
行。嚴飭各衙門，不得再來瀆擾。二十年正月，禮科給事中李獻可，
偕六科諸臣，疏請預教。認為元子已十一歲，不能不讓他唸書了。疏
上，皇上又大發脾氣，還摘出疏中誤書弘治年號的問題，責以違旨侮
君，貶一秩調外，餘奪俸半載。戶科給事中孟養浩疏救李獻可，則責
孟養浩疑君惑眾，命錦衣衛杖之百，削籍為民。可是到了二十一年，
則手詔三子並封為王，立儲的事，少待數年，若是皇后未生嫡子，再

行冊立長子。這時的首輔，已換了太倉王錫爵，雖上疏力爭不可，請下廷議也不許。後來，雖迫於公議沸騰，追寢前命，但冊立太子的事，則諭：「少俟二三年再議。」這一次，光祿寺丞朱維京，刑科給事中王如堅，因抗爭三王並立事，疏文激憤，均謫戍極邊。這年七月彗星出現，王錫爵以星變為辭請冊封，也只慰答了事。冬間萬壽節，再請行冊封禮，諭言仍待皇后有出。但長子年將十三年，那有曠學之理。到了閏十一月初一，方始下詔，訂明春舉行豫教出閣禮。二十二年二月，皇長子出閣講學受教了。

關于皇長子出閣講學，朱國楨在他所著《湧幢小品》，曾予記聲。文謂：「萬曆二十二年，光廟以皇長子出閣講學。故事講必已刻，遇寒暑傳免。至是，定以寅刻，也不傳免。」講書訂在「已刻」，傍午時間。到了常洛出閣講學，則改訂為寅刻，「寅刻」，日尚未出呢。天寒地凍也不傳免。不惟不傳免，朱氏記稱天大寒時，講堂連個火爐也不設。又說講官們在叩頭時，方始發現這位皇長子袍內，止一尋常狐裘，而且是年年冬天所著，都是那一件。萬曆爺虐待他這個兒子，竟至乎此種情景。本來，講官進講畢，必賜酒飯，且比常宴精腆，可是到了萬曆二十二年常洛出閣講學，則自食其食，每五鼓起身，步行數里，黎明講書，備極勞苦。大暑天氣涼，出入猶便，大寒衝風，幾於裂膚。先朝的銀幣、筆墨、節錢賞賜，至此已成絕響。端午節到了，連一把扇子也不給。所以朱吳國楨感歎云：「聖上教子，可謂極嚴極儉者。」實則，《湧幢小品》的這些記述，又何嘗是贊頌萬曆皇帝教子之嚴之儉呢！言外有音也。

再說宮廷以外的故事如何呢？屠隆寫給楊太宰的信，業已詳確的一一說到了。下面我們再從《明史》之〈神宗本紀〉，摘錄這數年間的大事記如下：

（一）十七年春正月已酉朔，日有蝕。宿松賊劉汝國作亂，安慶指

揮陳越討之，敗殆。吳松指揮陳懋功，方討平。雲南永昌兵
變。始與妖僧李圓朗作亂，犯南雄。六月，浙江大風、海
盜。浙江大旱，太湖水涸。

（二）十八年四月，湖廣飢、賑。青海部長火落赤犯舊洮州，副總
兵李聯芳敗沒。七月庚子朔，日有蝕。七月，火落赤再犯河
州，臨洮總兵官劉承嗣敗績。

（三）十九年春正，緬甸寇水昌，騰越。四月，四川四哨番作亂。
七月癸未諭廷臣，「國是紛紜，致大臣爭欲乞身。此後有肆
行污衊，重治。」十二月，河套部敵犯榆林。是年，畿內蝗
災，浙江大水。

（四）二十年三月，寧夏致仕副總兵哱拜殺巡撫都御史黨徽，副使
石季芳，據城反。四月，總兵官李如松提督陝西討賊軍務。
西亂未平。五月，東方倭寇犯朝鮮，陷王京。朝鮮王李昖奔
義州求救。八月，兵部右侍郎宋應昌經略備倭軍務。李如松
甫平西亂，又著提督薊遼保定山東軍務，充防海禦倭總兵官
救朝鮮。

（五）二十一年春正，李如松攻倭於平壤，克之。但進攻王京時即
遭敗績。朝內大臣則為三王並封事，力爭未已。朝鮮倭寇雖
平，而是年之江北、湖廣、河南、浙江、山東，均大饑荒待
賑。

（六）二十二年春正月，由於各省災傷甚重，山東、河南、徐淮尤
甚，盜賊四起。兼且有司玩愒，朝廷詔令不行。夏四月己酉
朔，日有蝕。六月巳酉雷雨，西華門災。七月河套部長卜失
兔犯廷綏。播州宣撫使楊應龍反。十月，炒花犯遼東。雖然
亂事平了，終究有了這些叛亂事件。

我們看，自從屠隆罷官後的十年歲月間，可以說是內憂外患，

日亟一日。尤其國本問題，到了萬曆二十一、二年，常洛業已十二、三歲，不惟未行太子冊立之禮，而且連書也不讓他讀，不是顯然的不希望他來接掌大位嗎。這情形，不正是屠隆說的「國本未定，朝議多端，宗室失所，邊防鬆弛」嗎。像皇長子的雖已出閣講學，竟是一反常規的虐待他，「寅刻」就要講學了，且時在農曆二月，燕都尚在嚴寒，連個火爐也不預備。這情事，應是屠隆所期望的候蟲之「時至」而「嘒嘒」的時際吧？我基此推想，則《金瓶梅》草創於此際—萬曆二十二年（1594）正其時也。

《金瓶梅》文稿，最早傳抄於萬曆二十四年（1596）冬，這年的八月，礦稅的惡政，已派中官四出開之征之矣。不也是激發屠隆送出金瓶梅稿的憤懣時機嗎！

我們從這麼多的歷史因素來看，以及屠隆可能寫作《金瓶梅》一書的動機來看，試問，在萬曆間還有那些人具備這些可能寫作《金瓶梅》的條件？

三　推敲湯顯祖這兩題詩篇的寓意

以「四夢」傳奇馳名文壇的戲曲家湯顯祖，江西臨川人，萬曆十一年（1583）進士；晚屠隆兩科。

當年八月，選任南京太常博士，五年後轉任南京詹事府主簿，再轉禮部祠祭司主事。萬曆十九年（1591）以疏論輔臣科臣事，貶廣東徐聞縣典史，抵二十一年（1593）調浙江遂昌令。萬曆二十三年秋，屠隆往訪。

（一）第一題

> 長卿初擬恣遊浙東勝處，忽念太夫人返棹。悵焉有作。

屠隆在遂昌，湯顯祖寫有在遂昌游往之詩多首，收入《玉茗堂集》中。數來計有（1）〈松陽周明府乍聞平昌得緯真子，形神飛動，急書走迎之，喜作。明府最善琴理。〉（卷十）（2）〈平昌得右武家絕決詞示長卿，各哽泣不能讀，起罷去。便寄張師相，感懷成韻。〉（卷八）（3）〈平昌聞右武被逮，慘然作。〉（卷十三）（4）〈留屠長卿不得〉（卷五）（5）〈長卿初疑恣遊浙東勝處，忽念太夫人返棹，悵焉有作。〉（卷五）（6）〈秋雨九華館送屠長卿，使人會城課滿。〉（卷三）（7）〈平昌送屠長卿歸省〉（卷六）。（此一排列順序，採徐朔方校箋之《湯顯祖詩文集》之編次。）

這七首抒寫屠隆在遂昌游往情形的詩作，其中〈長卿初疑恣遊浙東勝處，忽念太夫人返掉，悵焉有作〉這一首長調，最值推敲。我們先論這一首，詩云：

> 神仙縣令如山鬼，白雲青蘿石泉沘。偶然堂上游麋鹿，直向琴中般山水。不知誰子耳能清，但見似人心即已。長卿凌雲飄不飛，空谷跫然能至止。入門心知客不惡，滿堂目成予有美。莞爾弦歌游縣庭，居然水竹如蕭寺。開燈彷彿眼中人，罷酒徘徊心上事。崢嶸晏歲君如何，幽桂叢山真碕礒。侵雲暝石啼玄豹，落日寒林隱青兕。能來去住看題筆，到處逢迎須倒屣。江花入夢有年餘，山木成歌非願始。天台莓梁亦咫尺，麗陽片葉桃花裡。縉雲丹丘停鳳笙，青田白鶴銜花蕊。與君發興期淹留，盡與山經出靈詭。何得采芝未盈把，便向高堂成燕喜。沓嶂鳴笳響相答，赤亭風颭寒潮起。山陰道上

少酬接，新婦巖前初相倚。定道窮愁能著書，正恐春風動游子。君去春來誰得知，脈脈桃蹊問桃李。

1 入門心知客不惡　滿堂目成予有美

這首長調共三十八語十九句。首三句寫遂昌這地方的偏僻荒蕪，每日所見除了白雲、青蘿、石泉，便是鳥語獸吼，大堂上都是麋鹿的游賞之所。耳所能聞全是泉鳴及鳥獸的喧唱，曰：「但見似人心即已」。甚而認為所見士庶，都乏文化氣息，是以屠長卿在斯時到來，真格是如同「凌雲飛來」，這一來，便「空谷跫然能至止。」其他一切的雜音，都會由於屠氏的到來而戛然休止。甚而說凡是見到屠氏的人，都會感受到屠氏是位雋人、雅人。故云：「入門心知客不惡，滿堂目成予有美。」更說自從屠氏到來，他那水竹之居的縣庭，突成弦歌莞爾的蕭寺。而且到處有人請之題筆，到處有人倒屣逢迎。不是松陽（遂昌隣縣）縣令周氏，聽說緯真子屠隆到了遂昌，急書走迎嗎。在袁中郎（宏道）文集的尺牘中，有一封寫給王以明（輅）的信，曾提到他對屠隆長卿的印象，說：「遊客中可語者，屠長卿一人，軒軒霞舉，略無些子酸俗氣，餘碌碌耳。」也正應驗了湯顯祖所寫的這首詩的上半段詩句。下半段寫的則是慨乎屠氏之未能達成遊徧浙東勝處，卻因懷念老母而急急返棹。像天台、麗陽、縉雲、青田等地，都還未去遊呢。故謂「何得采芝未盈把，便向高堂成燕喜。」最後，則勸老友減少酬接，多與新婦相倚。（詩說應老母之召，歸去娶婦。）更勸屠氏能在窮愁中著書立說呢。

這些詩句，都充滿了文人的閒情與詼諧心性。

他如「崢嶸晏歲君如何，幽桂叢山真碕礒。侵雲暝石啼玄豹，落日寒林隱青兕。」也都是讚美屠氏之隱居山林之如「玄豹」、「青兕」而「真碕礒」也。

　　而我最不能解的是這兩句:「江花入夢有年餘,山木成歌非願始。」非文義之不能解,而是文義之所指不能解。

2 江花入夢有年餘　山木成歌非願始

　　「江花入夢」,採用的是江淹夢筆生花的典故。這句詩顯然指的是屠隆已經獲得了寫作的靈感,要寫這篇作品有一年多了。「山木成歌」採用的是莊周的〈山木〉篇。按莊子的〈山木〉,寫了幾則寓言,來喻說人之處世。如山有木不材無用,而得終天年,家有雁不能鳴而獲烹之。其他尚有豐狐文豹之棲遊山林,伏於巖穴,夜行晝居,飢渴隱約,然且不象於罔羅機辟之患;是何罪之有哉!於是莊周答說是:「其皮為之災也。」規人之不可有招人取利之才。所以莊子又勸人要忍恕而勿怒。因謂:「方舟而濟於河,有虛船來觸舟。雖有偏心之人,不怒。有一人在其上,則呼張歙之,一呼而不聞,再呼而不聞,於是三呼邪!則必以惡聲隨之。向也不怒而今也怒;向也虛而今也實;人能虛己以游世,其孰能害之!」且又以螳螂在前而黃雀在後為喻,以歎人間之險,戒人勿「見利而忘其真(身)」,蓋「二類相召也」。那麼,湯顯祖此一詩句說屠氏「山木成歌」,自是指的屠長卿這一年多來的「入夢江花」,業已譜成了歌,即「山木」之趣也乎?

　　這「山木」之趣的歌兒,自是起於屠氏的罷官因由而譜成的吧!此說「非願始」,想必指的是「成歌」的「山木」,尚非心願之始,可能還有「心願」要繼續哩!

　　屠隆的罷官因由,引起的屠隆冤呼與不平之鳴,本文前已述及。抵萬曆二十三年(1595),已褐服山野十餘年矣!這多年來,他賣文為活,不時到各地看看朋友,遊遊山,玩玩水,寫寫劇本,唱唱戲文。這種閒雲野鶴的生活,卻也適情於他。這年到了遂昌湯顯祖的衙齋,是打從吳縣袁宏道(中郎)處去的。湯氏這首詩,即作於此

時。詩敘業已言明了。

屠隆到了遂昌，原擬遊遍浙東勝處，忽念高堂之召，匆匆反棹。所以湯顯祖在詩序中說：「留長卿不得」也。

雖說，屠隆的罷官原因，乃第一位涉入萬曆爺儲位案的受害者，是以在他罷官五年後，還有人知而為之鳴不平，慫惠他以司馬遷之報任安書等史典，來「剖腹腸於紙上，寫涕淚於毫端。」而屠氏未嘗出此。他只是認命的說：「豈非數哉！」可是，當他瞭然於禍起於「雕蟲」（文章惹起時），遂以候蟲作比，「時未至而喑喑無聲，時至而嘒嘒不已。」足徵屠隆這分冤抑在心底的不平與憤懣，再加上一分憂國憂時的血忱，總會如候蟲然，待時至而嘒嘒也。

那麼，湯顯祖的這兩句詩：「江花入夢有年餘，山木成歌非願始。」得非指此乎哉？似可據之推想屠隆這次到遂昌來，可能携有這部《金瓶梅》稿吧？

再者，湯氏這首詩中還有這兩句：「開燈彷彿眼中人，罷酒徘徊心上事。」也很難令我們洞澈詩句中的含義；何所指邪？這「眼中人」意指上語「蕭寺」典中的蕭子雲嗎？「罷酒徘徊心上事」，又是指的什麼？委實難明。

按屠氏在遂昌的這段期間，獲知了他們的朋友（同年）丁此呂（右武）被補的消息。丁氏被補，自分必死，曾寫決絕詞留家。這件決絕詞，抄傳在友儕間，遂昌也得到一份，湯顯祖拿給屠隆等友人看，使得大家哽泣不能讀，連這天的聚會都不能繼續了。湯氏的這首詩，雖明寫丁右武的被補事件，何嘗不是暗寫屠長卿的因交感而悲歎哽泣之情呢！基是詩句推想，則「開燈彷彿眼中人」，似是指的這天屠氏在黑暗中為友難而徘徊哀傷，「罷酒徘徊心上事」，蓋亦自傷也！但又能不憤乎在上者之良窳不分。（丁此呂被補下刑部，眾人救之不得，是年十二月謫邊戍。）

　　屠隆在遂昌受此激發，取囊中未成稿以示故友，斯其時也。向老友說明動筆之始，所謂「江花入夢有年餘」，斯亦其機也。「山木成歌非願始」，或是屠氏所成之稿，已與原意有了出入，非原始構想。這樣解說這兩句詩，想來似非穿鑿吧。

3　〈曇花記〉何來「西寧侯」之寓

　　沈德符的《野獲編》，記有屠隆的劇作〈曇花記〉一條。除記有屠氏罷官事，說到〈曇花記〉時則云：「近年屠作〈曇花記〉，忽以木清泰為主，嘗怪其無謂。一日，遇屠於武林，命其家僮演此曲，揮策四顧，如辛幼安之歌千古江山，自鳴得意。予於席間私問馮開之祭酒云：『屠年伯此記出何典故？』馮笑曰：『子不知耶？木字增一蓋成宋字，清字與西為對，泰即寧之義也。屠晚年自恨往時孟浪，至累宋夫人被醜聲。侯方響用，因以坐廢，此懺悔文也。』時虞德園吏部在坐亦聞之，笑曰：『故不予如作〈曇花記〉序云：『此乃大雅目蓮供，免涉閨閣葛藤語。差為得之。』予應曰：『此乃著色西遊記，何必詰其真偽？』今馮年伯沒矣，其言必有所本。恨不細叩之。」按沈氏所記馮開之的說法，當時聽者虞德園即不表同意。認為屠氏〈曇花記〉序中語為是。事實上，〈曇花記〉的內容，也確實是一部〈大雅目蓮傳〉，屠氏不惟在自序中，說他的〈曇花記〉是助佛祖用戲場作佛事度人，且在凡例中闡明「此記廣譚三教，極陳因果，專為勸化世人，不止供耳目娛玩。」更說：「此記扮演，俱是聖賢講說，仙宗佛法，不當以嬉戲傳奇目之。各宜齋戒恭敬，必能開悟心胸，增福消罪，利益無方。不許葷穢褻狎。」甚而要求觀者，「遇聖師天將登場，諸公須坐起立觀。」要求演出之「梨園能齋戒扮演。」還要求演出之日，「須戒食牛、犬、鰻、鯉、龜、鱉大蒜等登場；本日如有淫慾等事，不許登場。」自可想知屠氏的〈曇花記〉要表達的是什麼內容了。

　　當我們讀了〈曇花記〉，也不會認為這齣戲文是贊頌宋西寧的。可以說〈曇花記〉是屠氏主張三教合一論的佛家宣講。「木清泰」三字縱有「宋西寧」之假託，也只是假其名而託，非有關戲文內容。從戲文觀之，乃三教合一論也。

　　不過，明人呂天成《曲品》，亦有如是云：「赤水以宋西寧侯嬲戲事罷官，故作〈曇花記〉託木西來以頌之，意猶感宋德。或曰盧相公指吳縣相公，孟豸韋即指糾之者，才人喪檢亦常事，何必有恚心耶？」可是黃文暘《曲海總目提要》，則認為屠之〈曇花記〉，乃借時人寧夏東路總兵杜松尚氣生憤，乃披剃為僧事。遂以木氏為頌，蓋杜松姓名均為木旁也。此說似比假宋氏之說，更為接近。

　　一說屠隆家有曇花閣，乃取佛氏優鉢曇花以為名。曇花即青蓮花，三千年一開，世所希有。經稱佛為希有世尊，以亦曇花為擬。隆蓋自負其才，託名喻己（錄金夢華汲古閣《六十種曲序錄》）。再日人青木正兒《中國近世戲曲史》云：「屠隆嘗卜居於甯波南門內日湖、月湖之邊，名曰「婆羅館」，庭植娑羅樹，其樹明末清初尚存，張岱《陶庵夢憶》記其事。劇中所謂曇花，為此稱娑羅樹之轉用，非作者寓目欲成道之意歟？果若是，賓頭盧之風僧及山玄卿之狂道，似作者自影。」則又另一說。

　　總之，說屠氏〈曇花記〉是贊頌宋西寧以悔，乃「懺悔之文」，想乃時人推想，茶餘閒話而已。

　　我們把〈曇花〉的問題說到這裡，可以蠡想到湯顯祖詠唱屠隆的這兩句詩，所謂「山木成歌」之歌，似非〈曇花記〉。再說，〈曇花記〉的序文，屠氏作於萬曆二十六年（1598），後于湯氏寫這首詩的時間曾有三閱寒暑，也略遠了些。想來，必另有其文也。

　　至於屠氏的另兩本戲劇著作，〈采毫記〉與〈修文記〉，內容更與「山木成歌」之喻，不相符契。所以我們推想屠隆可能是《金瓶梅》

作者，早期傳抄出《金瓶梅》，可能是「山木」之歌，在今之《金瓶梅詞話》中，不還殘餘了一些蛛絲馬跡嗎？如曾孝序的下場（《金瓶梅》第四十八、九回），如王三官與其母林太太的情節，應多而少；如揚州苗員外以及苗青、苗小湖的糾葛；在《金瓶梅詞話》的情節中，都脈絡不貫而交代不清。再加上第十七、十八兩回中的賈廉、賈慶、西門慶的糾結問題，在在都顯示出《金瓶梅詞話》是後人改寫過的了。

從這些問題來作推想，則「山木」之歌，可能指的是早期的《金瓶梅》稿本。

（二）第二題

> 長卿苦情寄瘍，筋骨段壞，號痛不可忍。教令闔舍念觀世音稍定，戲寄十絕

觀湯氏論及屠隆的詩文，雖對屠氏有所推戴，然在屠氏病苦中，竟寫了十首絕句嘲之，屠氏故後，湯氏竟無一語致弔唁。在湯氏詩文集中，哭弔某某之詩文多哉，何竟對老友屠長卿若是薄乎？斯一問題，深值吾人探究。

按湯、屠二人，在寫作一雖是同道，在仕途上也同是蹇乖之輩，在性格上也有類似之點，但在品行上，二人則東西異端矣！湯拘謹且傲狂難近，有「狂奴」之稱。而屠則放浪不拘細節。但不隨人俯抑而狷介孤高則同。

湯顯祖初娶妻吳氏，生二子，卒於湯及進士第之第二年[6]。其後

6　〔明〕湯顯祖：〈與司吏部〉，《玉茗堂》〈尺牘〉，卷一。

繼娶傅氏。湯曾自云：「在平昌四年，未曾拘一婦人[7]。」再明無名氏
《活埋廣識小錄》有云：「聞若士具風流才思，而室無姬，與夫人相
莊以老。」湯且有五絕云：「側室了無與，聊取世眼黑。今朝好日辰，
鑷此一莖白[8]。」，而屠隆則不然，他極喜女色，罷官後二十年間，除
了賣文、旅遊，且蓄優伶，組班演劇。（《萬曆野獲編》卷二十五〈曇
花記〉提到演劇事。）湯氏送屠氏歸棹的那首詩說的「便向高堂成燕
喜」，即指屠之歸娶也。

　　從這二人性行相異牀看，足證二人情性與喜好，雖有投契之
處，亦有扞格之處。我們從湯氏獲知屠氏病苦，竟寫了十首絕句嘲
之，可以作證。詩云：

（1）
　老大無因此病深，到頭難過了人心。
　親知得授醫王訣，解唱迦雲觀世音。

　　我們看湯顯祖在屠隆病中，戲作的這十首詩，一下筆就嘲笑屠
隆在「老大」的暮年歲月中，得此「無因」（非無因也）之病，已入
膏肓，可能死後也難逃過人心之疑的閒言語吧！屠隆習諳歧黃，懂得
草藥，結果，自己的病卻無藥可醫，痛得要全家人等大唸觀世音來止
痛。得非天譴？

（2）
　涕唾機關一線安，業緣無定轉何難？
　諸天普雨蓮花水，只要身當承露盤。

7　〔明〕湯顯祖：〈與門人葉時陽書〉，《玉茗堂》〈尺牘〉，卷四。
8　〔明〕湯顯祖：《玉茗堂》〈詩集〉，卷十三。

　　楊雄的〈解嘲〉文有語:「蔡澤，山東之匹夫也。歙頤折頞，涕
唾流沫。」臨川假此語以嘲屠長卿病中的涕唾病苦之狀，真謔之甚
矣!下說「業緣無定轉何難?」諷屠氏所造「業緣」太多呢?轉入上
界難也。縱「諸天普雨蓮花水」，其本身也應是「承露盤」，否則，
雖甘露醍醐亦無器可承盛焉。

（3）

　　甘露醍醐鎮自涼，抽筋擢髓亦何妨;

　　家開大有童男女，盡捧蓮花當藥王。

　　《本草》稱「甘露」為「天酒」、「神漿」。佛家稱「甘露」為「法
雨」，視為教法。至於「醍醐」，乃乳酪之精。佛家喻為正法，故有
「醍醐灌頂」之說。喻智慧之入乎心。顧況有《樂府詩》云:「豈知
灌頂有醍醐，能使清涼頭不熱。」崔玨〈詠道林亭〉詩亦有句:「我
吟杜甫清入骨，灌頂何必須醍醐。」那麼，湯氏的這詩首云:「甘露
醍醐鎮自涼」，意亦由此意入，只要平時悟道，已得甘露、醍醐，應
能清涼自鎮，則病之「抽筋擢髓」之痛苦時，竟不當而受之。下云:
「家開大有童男女，盡捧蓮花當藥王。」蓋譏諷屠氏平日豢養演唱戲
曲之男女伶優多人，這時，何不令人「盡捧蓮花」當作「藥王」以療
惡疾耶?實則，此句乃嘲屠長卿的蓄伶優而生活放浪之病有因也。

（4）

　　肉眼戲從羅剎女，色身吹熱黑風船。

　　年來藥向舍利得，瑪瑙真珠不值錢。

　　「羅剎女」乃佛家意指人之夭念中想像出的絕世美女，「黑風」
則指的暴風，《黑風船》乃航行暴風中的船也。「肉眼」、「色身」，
均佛家語，指塵俗之眼，紅塵之軀也。這兩句詩乃直嘲屠氏之病，乃

乘上了女色之船，今已被色欲之黑風，吹向汪洋大海，已到了「天外黑風吹海立[9]，」「白雨跳珠亂入船[10]」的危殆關頭，求藥必須修得「舍利」，瑪瑙真珠當不了用矣。可是，屠隆在詩文中，成天講「修」，但如修得「舍利」，安得有此惡疾？斯湯臨川之感喟友疾者也。

（5）
智慧生成護白衣，更緣諸漏密皈依。
雄風病骨因何起，懺悔心隨雲雨飛。

在明代文學界，屠隆稱得上是才人，講三教的修持（治），屠氏亦當時著墨最力者。可是他在病中所仰賴的觀音，固能止一時的痛楚，但平素卻疏於「皈依」，未能結得「密」緣。因而那「雄風」於文壇的體魄風骨，為惡疾所纏，這時，雖有「懺悔」之心「隨雲雨」而「飛」，卻已悔之晚矣！看來「雲雨」一辭，語涉雙關，此詩更是臨川之直指，非曲筆也。

（6）
色聲香味觸留連，杻械力枷鎖骨穿；
但入普門能定痛，一般心火是寒蓮。

所謂「色聲香味」，自是指的屠氏之人生享受，他晚年豢養了一個戲班子，已亦不時粉墨而袍笏，直格是處身於色聲鬢馨之間，一旦大病臨身，怎不觸起留連難捨之情？惜乎此時的病苦，如步入地獄時的身受杻械枷鎖之刑，鎖骨而穿心也。

9　〔宋〕蘇軾：〈有美堂暴雨詩〉。
10　〔宋〕蘇軾：〈望湖樓詩〉。

　　按「普門」指觀世音菩薩之普門品[11]，此說「但入普門能定痛」，
自是指的屠隆在病苦痛楚難當時，要闔家人等唸觀世音止痛事。下說
「一般心火是寒蓮」之「寒蓮」一辭，未知何喻？不知是否指的蓮心
寒，或「連」之借也？待之方家。總之，此首詩，殆亦諷屠氏生活之
未檢點也。

　　（7）
　　臥具隨身醫藥扶，到頭能作壞僧無？
　　猶餘十瓣青蓮爪，長向天花禮數珠。

　　此詩所云「臥具隨身醫藥扶」，似是指的屠隆的病，已不能起
身，全靠醫藥支持生命。下句「到頭能作壞僧無」；費解。語意極為
含渾，所謂「壞僧」委實，難以瞭解「壞僧」何意？「到頭能作壞僧
無？」又似是一句質問辭。到最後，你能作到那壞僧嗎？

　　基是來看，卻又不得不令我想到《金瓶梅》第四十九回中的胡
僧，西門慶如無胡僧的藥，還送不了命呢。對於西門慶來說，胡僧是
個「壞僧」，對于那個社會來說，祇有胡僧的那種藥物，方能剷除西
門慶這樣的人物。這樣看來，胡僧則是個「好僧」。想來，臨川的這
句詩，可真格費解了。不過，詩意是不是在說：「你為西門慶（或另
一名字）安插個胡僧，結果自己竟也害了花柳病。到頭來，作了胡僧
無？」

　　「猶餘十瓣青蓮爪，長向天花禮數珠。」到文義明皙，嘲諷今日
的屠長卿，只有十指可向天花數珠乞天而已。

　　屠氏有傳奇〈綵毫記〉，寫李青蓮游道事，文中以青蓮自喻也。
湯氏此句，或以此諷之。

---

[11]　《法華經》，二十五品。

（8）

四大乘風動海潮，秋前移病對芭蕉。

不知一種無名恨，也向蓮花品內消？

按「四大」有兩說。老子認為域中有四大，即道大、天大、地大、王亦大。佛家則認為個人與萬物構成有四大要素，即地（土）、水、火、風。《圓覺經》云：「我今此身四大和合，所謂髮毛爪齒、皮肉筋骨、髓腦垢色，皆歸於地；唾涕膿血、津液涎沫、痰泪精氣，大小便利，皆歸於水；暖氣歸火，動靜歸風；四大皆離，今者妄身，當在何處？」那麼，湯氏此一詩句中的「四大」，自是指的佛家說。換言之，此詩句之「四大」，似是意指屠隆的人生動盪，一如風動海潮中的航船，如今病了，臥在床上，空對窗外芭蕉聽風聽雨已耳。這時，心頭縱有海樣深的無名之恨！也應消融在蓮花世界中了。《華嚴經》稱「蓮華世界是盧舍那佛成道之國，一蓮華有百億國。」蓋臨川規老友之應消心頭無名恨（不能名於口的憤恨）於「蓮花藏」內。

我推想屠隆作《金瓶梅》以諷喻萬曆爺的寵鄭貴妃有廢長立幼之宮闈事件，抵死時尚未完成。湯臨川此詩之語，應說是已明示之矣！

若一比照屠隆罷官後的冤呼與候蟲之自喻，再一對照湯氏之為人與侷謹性行，則此詩之言語，可以說是至為鮮明。不必再去穿鑿而附會之也。

（9）

金骨如絲付粉霜，殘年空服禹餘糧；

惟除念彼觀音力，銷盡煙花入禁方。

首句之「金骨」似是喻指身體的健康形狀。詩人鮑照說：「絲淚

毀金骨」也[12]。此說「金骨如絲付粉霜」，意指屠隆病久體弱，金骨已如絲之微細，且已付託給藥粉霜靉，下說「殘年空服禹餘糧。」則感喟於這位老友到了晚年，居然靠藥物維持生命時日，亦云慘矣！所謂「禹餘糧」，乃藥名。《本草》有其名目。李時珍云：「石中有細粉如麪，故曰『餘糧』。俗呼為：『太一餘禹糧』承曰：『會稽山中出者甚多，彼人云：『昔大禹會稽于此餘糧者，本為此爾。』」可是，屠已病入膏肓，藥石已罔效。斯謂之「空服」也。所以這時屠長卿的病狀，全靠唸觀音咒止痛。

這怪誰呢？都怪你自己憑恃了「禁方」（密藥）而「銷盡」了「煙花」，豈非斯人也而有斯疾也！

「銷盡煙花入禁方」，得非嘲屠氏之以「禁方」御女於煙花寨，今得此惡疾，自作孽也！

（10）
非關鉛粉藥是病？自愛燕支冤作親；
今日人前稱長者，觀音休現女兒身！

「鉛粉」，乃婦人用以傅面使之光潔之物，卻也因而用以代婦女的稱謂，故伎家女亦稱「粉頭」。此說「非關鉛粉藥是病？」意為屠先生的病不是由「鉛粉」引發的嗎？於是下句說：「自愛燕支冤作親」，為之作了答案。「燕支」即婦人塗唇指之胭脂也。

按「燕支」乃草名，產燕支山，葉似薊，花似蒲公。出西方，土人入以染，名為燕支。因係美人恩物，不離女身，後人遂喻美人之居為「燕支窩」。凡女人聚居之地，如伎家，亦謂之「燕支堆」。屠長卿生性風流，自蓄優伶，於是這風流病便與屠氏作親而成了冤家。

12　〔南朝宋〕鮑照：〈代君子有所思行〉。

「今日人前稱長者，觀音休現女兒身。」這兩句，似是在指斥屠隆作人的虛偽。我在前面引述到屠的傳奇〈曇花記〉，說到他在凡例中，訂下了一條條上演他這齣戲的禁忌。如：

> 此記扮演，俱是聖賢講說，仙宗佛法，不當以嬉戲傳奇目之。各宜齋戒恭敬，必能開悟心胸，增福消罪，利益無方。不許葷穢褻押。

> 登場梨園，雖在長官貴家，須命坐扮演，緣裝扮分份佛祖長真，靈神大將，慎之慎之，如好自尊。不許梨園坐演者，不必扮演。

> 遇聖師天將登場，諸公須坐起立觀。如有官方地方，體統不便起立者，亦當存恭敬整肅之念。不然，請演他戲。

> 梨園能齋戒扮演，上善大福。如其不能，須戒食牛、犬、鰻、鯉、龜、鱉、大蒜等。本日如有淫欲等事，不許登場。

那麼，我們如把屠氏的〈曇花記〉中的這幾條凡例之規定來看，屠隆怎會是一位染上性病的人？這或許就是湯臨川聽說屠隆得了這樣一種病苦難忍的梅毒之症，遂有這多感慨，一口氣寫了十首絕句，來嘲諷屠隆。然亦正說明了彼此間性行之大不同也。

　湯顯祖與屠隆，雖非同年，但在著作上，頗為投契，性格上，也有味投之處。但在生活上，二人則大不相同。湯氏侷謹，屠氏放蕩。屠氏罷官家居二十年，直格是閒雲野鶴，放浪於山水絲竹間。湯於萬曆二十六年（1598）棄官家居之後，便埋頭著作。湯氏一生從不涉入玩笑場，不嫖妓，不納妾，僅妻一人，死後再續妻一人。是以人稱湯氏「不二色」。行文講求修辭，故有「辭章家」之美譽。

屠隆病了，病之苦楚，無藥可止，不得已要闔家人唸觀音咒止
痛。在這種情形之下，作為文友的湯臨川，竟無一字慰安，反而寫了
十首絕句，狠狠寄以嘲諷之辭。套句屠隆的話，「斯其故，不可知
已！」難道，為了《金瓶梅》這部書嗎？

尤其怪者，屠隆卒後，湯氏竟無一言而悼？觀之屠到遂昌的那
段日子，湯氏為屠而作的詩，無不字字神飛而情颸，何竟十年後寫出
的詩句，乃大嘲屠氏友人之虛假，又說：「今日人前稱長者，觀音休
現女兒身？」何竟若是之不滿也耶？「斯其故，不可知已！」

總之，湯顯祖的這十首絕句，已充分的透露了他對老友屠長卿
品性放浪的不滿。此詩之成於「斯人也而有斯疾也」的心態，至為明
顯。時為萬曆三十三年（1605）秋閒，屠隆卒於是歲八月二十五日。

我們從湯臨川文集中獲得的這些資料，堪以證明屠隆的品性，
大可與《金瓶梅》之內涵契機；何況屠氏有作《金瓶梅》之動機也。

（三）贅語

我從今之《金瓶梅詞話》的情節不貫與人物孤起孤落等問題臆
之，認為《金瓶梅詞話》是萬曆末年的改寫本，非萬曆中葉的傳抄
本。按《金瓶梅》之傳抄本，最早出現於萬曆二十四年（1596）十月。
（此說大陸學人則認為是萬曆二十三年秋。此處不辯。）如以時間相
切，或可推臆屠氏此行，可能已攜有《金瓶梅》初稿之開頭部分。內
容或非今之《金瓶梅詞話》。是以湯氏送屠氏返棹詩中的這兩句詩：
「江花入夢有年餘，山木成歌非願始。」或指乎此耶？徵之另兩語：
「開燈彷彿眼前人，罷酒徘徊心上事。」亦說明屠氏當時在遂昌，獲
知同年丁右武被補（丁此呂亦萬曆五年進士），遂有心事徘徊。得非
「山木」之「歌」乎？

　　今把湯氏這兩首詩的問題，演繹至此，固未能一語道破吾之所指所疑，然而湯顯祖的這兩首詩，誠值吾人繼續推衍。以之與〈別頭巾文〉以及屠隆之可能有的候蟲時至而嘖嘖的冤抑心態，綜而觀之。那麼，我推想初期傳抄的《金瓶梅》，當是屠隆的作品。我再說多遍，數數萬曆年間的人，舍屠隆有這麼多的寫作《金瓶梅》的條件，其他，還有誰符合上這麼的寫作《金瓶梅》的條件？

放隊詞

馮夢龍與《金瓶梅》

　　根據文學史料的記載，《金瓶梅》一書，首由袁宏道（中郎）於萬曆二十四年（1596）冬傳播出來；此時，祇是未完的抄本。（據謝肇淛說只有「其十三」。）

　　此後便整整十年的歲月，未見任何人提及這部名為《金瓶梅》的小說。到了萬曆三十四年（1606）間，卻仍由袁宏道（中郎）傳出了《金瓶梅》的消息，他竟把《金瓶梅》這部小說，與《水滸傳》並列，寫入《觴政》這篇文章中，作為飲酒者的酒令。豈不怪哉！

　　還說：「不熟此典者，保面甕腸，非飲徒也。」

　　這時，袁宏道（中郎）自己，還未曾讀到《金瓶梅》全本呢？（且只有「其十三」），正如屠本畯所說：「按《金瓶梅》流傳海內甚少。」事實上，在萬曆三十四年之前，祇有袁宏道（中郎）記述《金瓶梅》的兩件史料，至今尚未發現其他人士的文字紀錄。今見之所有其他談到《金瓶梅》的文字，全是萬曆三十四年以後所寫。想來，這豈不是我們應去尋求答案的問題嗎？（這番話，我重複了不少次了。）

　　我之所以附膺於黃霖提出來的作者「屠隆說」，正因為我尋到了這些歷史因素，在那一時代，卻祇有屠隆最能符契得上。屠隆卒於萬曆三十三年（1605）八月二十五日，在他卒後的第二年，《金瓶梅》方在沈寂了十年的歲月裡，再從袁宏道（中郎）的筆端，譜賦出來。而且，袁宏道（中郎）這次筆下譜賦出的《金瓶梅》，已不是枚生〈七發〉的仳儷，竟是把《水滸傳》作為酒場甲令的主語。

　　試想，若非知之《金瓶梅》一書之行將梓行，焉可僅據手上的

「其十三」抄本，來寫入酒令？

　　這是事理。所以我推想把《金瓶梅》寫入《觴政》時的袁中郎，必知《金瓶梅》之將有刻本行世也。否則，怎敢說：「不知此典者，保面甕腸，非飲徒也。」

　　如此之巧，在屠隆卒後的翌年，沈寂了十年之《金瓶梅》，卻又在袁宏道的筆下傳播出來。此一歷史因素，除了屠隆可以「巧合」得上，其他還能尋到何人？

　　從此一歷史因素的巧合來看，卻能發現一個明顯的事實，存乎其間。那就是從萬曆二十四年到三十三年這十年之間，屠隆可能接納了袁氏的改寫建議，未成書而故世。謝肇淛文中的百之八十，似是此書僅成百之八十的暗示。袁氏兄弟的這夥友人，有補之成書的計議。可能在補寫改纂過程中，改寫的計議有了爭論。卻又受阻於萬曆宮闈事態的時波漪漣，因而又遲了十年，方有《金瓶梅》全稿傳抄於世，然仍局限於袁氏兄弟這夥友人間。並未流傳到廣大的文化市場上。（李日華的《味水軒日記》乃一明證也。）今之刻本分十卷本與廿卷本兩種，且已澄實這兩種刻本，乃源自兩種不同的底（抄）本，尤足證明我們所推想的，在補寫改纂時期，由於改寫者的意見不同，遂產生了兩種不同的底本。

　　今者，咸認為十卷本《新刻金瓶梅詞話》，是一部與原本較比接近的一種刻本。在前文中，我們已把這兩種刻本的異同，作了大略的比勘，兩者間最大的異點，便是第一回的有關劉項政治諷喻的刪除，還有五十三、四回的「補以入刻」，五十六回的〈別頭巾文〉之有無（十卷本有；廿卷本無），以及第七十一回西門慶離京時日的改動。（其他如刪去戲曲、小唱，改換證詩等，悉與情節無所影響，可不予置論。）亦足以證明參與改成廿卷本者，乃不希求保留政治諷喻者，十卷本的改寫者則反之，希求儘情保留政治諷喻。

　　基是觀之，則誰是十卷本的改寫者，誰是廿卷本的改寫者？也能在眾家論及《金瓶梅》文辭中，見及端倪。看來，馮夢龍應是十卷本的改寫者與梓行者；卻也是廿卷本的梓行者。

　　這些問題，套句說書人的口語：「聽我慢慢道來。」

一　馮夢龍的文學生涯

（一）馮夢龍的前半生

　　據容肇祖著《明馮夢龍的生平及其著述》所寫年表，幾無他三十五歲以前的生活紀錄。再閱福建「海峽文藝出版社」一九八五年十月出版之《馮夢龍詩文》，多為四十以後的作品。馮生於萬曆二年（1574），既是四十以前未見其文學著作，其前半生，似在專心於舉子業。從他曾到湖廣麻城講授四書及三傳，可以證明。

　　馮夢龍在麻城講授舉子業，據陳毓熊作〈金瓶梅抄本的流傳付刻與作者問題新探〉一文，考馮夢龍兩去楚黃（黃安縣）首次在萬曆四十年（1612）至四十五年間，二次在萬曆四十八年（1620）。（《馮夢龍與三言》的作者，則說：「三十多歲時，他曾被湖北麻城請去講《春秋》，並著了《春秋衡庫》、《四書指月》等，指導科舉的書籍。」時間上可能是錯的。）按馮是秀才，後以歲貢資格，選任江蘇丹徒縣訓導，再升任福建壽寧知縣。時已六十有一。可以想知他是一位困頓名場的人。在四十歲以前，他先是致力於舉子業，禁不住一次次落第，像馮夢龍這麼一位有才情的人，自難免要另謀發展。遂在四十歲以後，他一種又一種的著作，不是改，就是編，在馮夢龍筆下，無論改也好，編也好，都經他注入了心力。這些，在他留下的那多作品中，是可以證明的。

　　馮氏在其《麟經指月》發凡中，曾說：「不佞童年受經，逢人問道。四方秘笈，盡得疏觀。二十載之苦心，亦多研悟，纂而成書，頗為同人許可。頃歲讀書楚黃，與同社諸兄弟掩關卒業，益加評定……」時為萬曆四十八年（1620），此說「二十載之苦心，亦多研悟。」按馮氏至湖廣麻黃設館授徒，萬曆四十年（1602）間，曾去過一次，纂成《麟經指月》，已是萬曆四十九年，此說「頃歲讀書楚黃，與同社諸兄弟掩關卒業，」所書已非萬曆四十八年事，當指第一次到楚黃的時間。那麼，由萬曆四十年上推二十年，正是馮夢龍年十八、九的少年時期，正汲汲於舉子業時也。到了西去楚黃說經，年將不惑。斯其時，想已淡薄仕途，否則，不會舍己為人。此也足以說明馮夢龍的青年時期，確是困頓名場。在蹭蹬名場之餘，難免喪志而放蕩於花酒。斯又明代士人習尚，必不可無者。所以他的朋友王挺（立臣）〈挽馮夢龍〉句中有云：「放浪忘形骸，觸咏托心理。石上聽新歌，當隄候月起。逍遙艷冶場，游戲煙花裡。」所寫蓋悉為棄絕舉子業以後事也。

　　那麼，馮夢龍的前半生，曾聚精會神於舉子業，在蹭蹬了二十年歲月而無所獲之後，曾經「放浪忘形骸」、「游戲煙花里」。不是在編《挂枝兒》成書時，還念念不忘那位妓家相好侯慧卿嗎！（馮氏作有〈憶侯慧卿〉一詩，詩云：「詩狂酒癖總休論，病裏時時畫掩門，最是一生淒絕處，鴛鴦枕上欲招魂。」）

　　想來，馮夢龍的前半生，應說是乏善可陳，他自己不願留下雪泥爪跡，後人自難窺其生活全豹矣！

（二）馮夢龍的後半生

　　今天，我們從馮夢龍留下來的出版物來看，其中《山歌》集是最早的一部。依據容肇祖的說法，《山歌》集中的〈桂枝兒〉編成於萬曆三十七年（1609），其他各類，都在《山歌》集以後。（《挂枝兒》最早編成。）

　　在今見之馮夢龍作品中，有類書，如《智囊》（《智囊補》）、《古今譚》（《古今笑》）、《笑府》（《廣笑府》）、《情史類略》（《情史》）、《太平廣記抄》還有《開卷一笑》（余斷之為與馮夢龍編集）；有小說，《三遂平妖傳》、《三言》、《新列國志》、《魏忠賢小說斥奸書》，還有摘取《三言》與《兩拍》編成之《今古奇觀》以及《覺世雅言》等；其他尚有傳奇戲曲十餘種，雜詩、散曲、酬應等萬象羅陳。另外，更有為舉子業編撰的《春秋衡庫》、《麟經指月》二書；晚年則有任壽寧縣令時編成的《壽寧待志》，朱明易姓後編成的《甲申紀聞》、《甲申紀事》、《中興實錄》、《中興偉略》等書。這些，足以見及馮夢龍後半生的經世作為，令人贊歎！（近些年來，研究馮夢龍的專書甚夥，係論其作品者，目錄亦詳，此不累錄。）

　　光是從馮氏留下的作品目錄看，也能感受到這位作家的智力健，精力強。當我們一一觸及他這多作品，則更會驚詫於這人的見多、識廣且學問淵博。他喜讀書，凡涉獵到的，不但括乎經史子集，兼且及於戲曲、俗講；人間笑譚，尤所偏嗜。良能「羅古今於掌上，寄春秋于筆端。」真格是天生奇才。

　　固然，在他這多作品中，純粹屬於今之所謂「創作」者不多。如戲曲十餘種，論者指出，則僅有《酒家傭》與《雙雄記》兩本，乃馮氏所創意編成，他則率屬改編他人作品。小說亦然，類書更是毋庸說了。

　　我們從馮夢龍的作品之成書時間來看，可以蠡及他在三十五歲以後，興趣便由舉子業逐漸轉移到「小道」路上來了。雖在這十年歲

月裡（萬曆三十七年到四十八年（1609-1620），他仍未完全放棄仕途
的奔競，還兩至湖廣設館授業，終在崇禎初年選上歲貢，做了兩任小
官。而他，卻已在這之間的二十年裡（我假設自萬曆四十年（1612）
到崇禎六年（1633）），完成了類書、戲曲、小說等編著的作品，踰
千萬言，已足可想知馮氏的這後半生，在文學上的辛勤耕耘矣！下
面，擇要列舉馮氏這二十年來，辛勤耕耘的收穫：

　　（關于馮夢龍文學生涯的後半生，容肇祖先生早年寫有〈明馮夢
龍的生平及其著述〉及〈明馮夢龍的生平及其著述續考〉二文，所列
之「馮夢龍的生平繫年」，其著作年代，亦自萬曆三十七年（1609）
始。其兩文所繫述的馮氏著述等等，蓋即馮夢龍後半生的文學生涯。
原不擬在此重行列述，但由於容先生早年作此文時，所見史料無今日
夥，立說略有瑕疵。如首繫馮氏於萬曆三十七年己酉（1609）年三十
六，知秀水沈德符有鈔本《金瓶梅》，慫恿書坊以重價購刻事，此一
立說即誤。續考文亦未正。增述《挂枝兒》之刊佈成秩，當在萬曆三
十七年，似應列在第一也。是以筆者在此為了列舉馮氏這後半生的文
學生涯之辛勤耕耘成果，特參效容先生的這兩篇文章，提要繫之。謹
此述明，以證史料淵源焉！）

　　　萬曆三十七年（1609），三十六歲。
　　　山歌《挂枝兒》（童癡一弄）編成。
　　　（這些山歌，自是馮氏平素注意，隨聽隨錄下的。關德棟先生
　　　的〈山歌序〉，亦承認「童癡一弄」又「二弄」的編成，在此
　　　時際。）

　　　萬曆四十年（1612），三十九歲。
　　　到湖廣黃安、麻城等處，設館授四書經傳等舉子業。至四十
　　　五年（1617）。

（馮氏此行，陳毓熊先生推想，受麻城劉承禧之薦。此說不確。實為麻城陳以聞所薦，田公子之邀也。陳曾任吳令。百二十回水滸傳之梓行，則可能有劉氏參與。在《情史類略》中寫有劉承禧與文震亨爭風的故實。）

（再者，馮夢龍等人，有「韻社」的組合，從社員大多麻城、黃安人。──全部列九十人，麻城、黃安人占五十人。──可以想知此一以說笑為宗的「韻社」，可能成立於湖廣，後再擴大到江浙等地。馮氏被推為該社之長；亦人之喻為「笑宗」也。

（題古今笑）按上海圖書館之《麟經指月》與日本尊經閣藏本不同，上海本多日本藏本八人，然日本尊經閣本，亦有多於上海圖書館者。此處不加比勘。）

萬曆四十八年（1602），四十七歲。

《古今笑》有馮氏庚申（萬曆四十八年）春朝書於墨憨齋自敘（署名「吳下詞奴」、「前周柱史」。）

按《古今笑》乃《古今譚概》之改纂而更換書名重印本。可以想知《古今譚概》刻成在《古今笑》之前。可能早一至二、三年，則《古今譚概》之成，當在萬曆四十五年前後吧？馮氏時在湖廣麻黃。

泰昌元年（1620），四十七歲。

《三遂平妖傳》改纂完成。敘者「隴西張譽無咎父」作敘於「泰昌元年冬至前一日」。按泰昌即一月皇帝朱常洛，於萬曆四十八年八月一日登極，九月一日崩逝，在位僅一月。後禮訂自萬曆四十八年八月一日至十二月二十九日（小月）五個月為「泰昌元年」。該年冬至為十一月二十八日。

再按《三遂平妖傳》在嘉靖年間，即有兩種刻本，（見晁氏父

子《寶文堂書目》）可能即為一簡本一繁本。張譽敘之《三遂平妖傳》四十回，似是嘉靖間之繁本，馮氏得而重刻者。亦有所改纂也。

《麟經指月》編成，麻城梅之煥敘於泰昌元年九月日（未署何日？）據《明光宗實錄》，是年九月十三日始行議定泰昌元年之起訖。此序書明作於「泰昌元年九月日」，蓋有謂也。（該本乃「天許齋」梓行。）

天啟初年元年至四年（1621-1624）四十八至五十一歲。

約在天啟初之二三年間，「天許齋」又梓行了《古今小說》四十卷，該齋在書前題辭說：「本齋購得古今名人演義一百二十種，先以三之一為初刻云。」可以想知在初刻《古今小說》時，百二十種已成。

天啟四年（1624）改《古今小說》為《喻世明言》，是年再輯成《警世通言》。《喻世明言》（《古今小說》）敘者是「綠天館主人」，《通言》敘者是「無礙居士」，評者「可一主人」；論者咸認全是馮夢龍化名。

天啟某年（1621-1627）

《情史類略》梓行。文中有避天啟帝名諱字，「校」字均刻為「較」，應梓於天啟也。

天啟六年（1626），五十三歲。

輯成《智囊》二十八卷。有《智囊補》自敘之「憶丙寅歲坐蔣氏三徑齋，近兩月，輯成《智囊》二十八卷。」榮考「蔣氏」即秀水蔣之翹字楚稺。

天啟七年（1627），五十四歲。

是年中秋，輯成《醒世恒言》四十卷。於是乎《三言》刻成。
序者「隴西可一居士」，論者亦認為是馮夢龍化名。

是年重陽，再成《太平廣記鈔》梓行。有敘者「楚黃友人李長
庚」書于天啟六年九月重陽日。按李長庚萬曆二十三年進士，
湖廣麻城人。官至戶部尚書。

是年刊行《太霞新奏》。（福建海峽文藝版社印行之《馮夢龍
詩文》編者，註稱此書刊行於天啟七年。）

〈凡例〉作者「香月居顧曲散人」，《散曲概論》作者任訥，疑
此「顧曲散人」即馮夢龍。

天啟末崇禎初（約1625-1634），六十歲之前。

編成《笑府》梓行。有「墨憨齋主人」序。共十三卷，每卷前
均有「墨憨子」評語。按馮夢龍之以「墨憨」為齋名，始於《山
歌》。後又把《笑府》改為《廣笑府》，略改原敘文辭而已。
實乃改頭換面的重印本。

改編《新列國志》成書梓行。扉頁題「墨憨齋新編」，再題告
白有云：「墨憨齋自纂《新平妖傳》及《明言》、《通言》、《恆
言》諸刻，」足證此書之編成刊行，當在天啟末或崇禎初。

敘《新列國志》之「吳門可觀道人小雅氏」，亦擬為馮夢龍的
化名。

崇禎元年（1628），五十五歲。

編成《魏忠賢小說斥奸書》四十回。

該書全名是《崢霄館評定新鐫出像通俗演義魏忠賢小說斥奸
書》二十卷四十回。據日本目錄學家大塚秀高著《增補中國通
俗小說書目》所記，是「崇禎元年」刊本，藏北京大學圖書
館。現存一至十二，二十二至三十四等回。且書作者是「陸雲

龍（吳越草莽臣）」。但據《馮夢龍詩文》編者註，則引據謝
國楨《增訂晚明史籍考》卷二十四著錄云：「孔德學校舊藏明
崇禎刊本」，流傳極罕。謝氏並有按語云：「是書為章回小
說，共四十回，記魏忠賢事，起自忠賢生長之時，終于定逆
案止，每回以事系年。作者作於崇禎元年，蓋時魏閹新除，
故朝野之士，誅奸之書，應運而生也。首有鹽官木強人序，
自序，潁水赤憨《斥奸書說》崢霄主人「凡例」，戊辰羅剎狂
人序。繡像極精。（圖二十葉）。」謝氏又云：〈晉書皇甫謐
傳〉，謐上書自稱『草莽臣』，馮夢龍曾取以自號，疑即龍子
猶所作也。」

崇禎七年（1634），六十一歲。
是年編成《智囊補》，在序中說：「書成，值余將赴閩中」將
到閩之壽寧接任縣令。《馮夢龍詩文》編者註稱：「馮于崇禎
三年入貢，任過丹徒訓導，崇禎七年升任壽寧知縣。」（本書
也是改名再印本，言「增」而未曾大增，序文略有更易，排次
略有更動而已。）

崇禎某年（約崇禎末）
《今古奇觀》出版。本書乃摘取《三言》舊文及凌氏兩拍（初
刻、二刻）文編成者。凌編《二刻拍案驚奇》梓行於崇禎五
年，則此書之編成，應在二刻板行稍後。推想應在崇禎末行
世。
其他尚有梓行於崇禎年間的傳奇戲曲十餘種。還有一部類書
《燕京筆記》，也梓行在崇禎年間。零星詩歌、雜文還未成集
付梓呢！

　　崇禎十一年（1638），六十五歲。

　　在壽寧縣令任內，編《壽寧待志》上下兩卷。

　　崇禎十七年（1644），七十二歲。

　　編成《甲申紀聞》一卷，紀李自成入燕事。再成《甲申紀事》，集《紳志略》、《孤臣紀哭》、《都城日記》、《再生紀略》五文而成新編。

　　隆武二年（1645），七十三歲。

　　再成《中興實錄》、《中興偉略》兩種。悉為紀述甲申事變後的史事傳聞。《實錄》乃存忠奸，《偉略》則倡議復國大計。

　　我們看到馮夢龍的出版品，自萬曆末到崇禎末，不過二十餘年，連寫帶編，竟出版了如此之多，且每一種都有其性格的特殊色澤，自是吸引後人對他產生濃厚興趣的因子。

　　但如從馮氏的這些出版物上的序跋來看，細究起，大多都是馮氏自有的出版處所來梓行的。他使用了不少的化名以及偽託或代作（此一問題，下節再說。）雖入仕於一縣之牧，也不曾放下了他寫作的筆墨，還編寫了一本在形式上，獨出一格的縣志（《壽寧待志》）。尤足以證明馮夢龍在文學道路上，事事都是一位領頭人物。他是《韻社》之長。當我們去查攷一番《韻社》社員的年籍，有不少人不惟是進士及第，兼且身著紅袍，足登朝靴、烏紗頭戴，論年齡也有長於他的。（如萬曆二十年（1592）的進士即有沈繽等人）。他之被推為社之長兄，自是基於馮氏的長才與獨樹之文學形象吧！

　　總之，我們從馮夢龍的出版品看來，可以說馮氏的後半生文學生涯，是多彩又多姿的。我這裡不是寫作馮夢龍研究，尚未能進入深處，也未能步上廣處也。

（三）馮夢龍的出版事業

　　凡是涉獵過馮夢龍作品的人，準能發現到一個特殊的現象，那就是，那些作品的出版處所，似乎家家都與他本人有關，如「天許齋」（梓行《三遂平妖傳》），後來，《古今小說》（《三言》之《喻世明言》）亦「天許齋」梓行。鄭振鐸曾推想此一「天許齋」當是馮夢龍刻書時的齋名。（錄《馮夢龍詩文》集注）「墨憨齋」則是馮氏最早刻書的齋名，更是公開的事實。馮夢龍自稱「墨憨子」或「墨憨氏」題之其書者，尤較他名為多。如《笑府》十三卷，每卷之首，均有「墨憨子曰」之評語。成書於萬曆庚申（四十八）年春之《古今笑》（《古今譚概》後印本），即稱「書於墨憨齋」。化名「可觀道人」序《新列國志》，亦稱「墨憨氏重加輯演，為一百八回」，可證「墨憨」乃馮夢龍自啟的綽號，遂以之名齋。待《三遂平妖傳》於崇禎間以「天許齋」原版再印時（經過補綴），又改以「墨憨齋」梓行的名義。

　　可以說，「墨憨齋」是馮夢龍在出版物上使用得次數最多的一個名號。（有些出版物未刻出版處所）。他如「綠天館」、「香月居」、「不改樂庵」等，都是馮氏書於出版物上的名號。

　　再從他的出版作品之一再重編、重補，而改頭換面再予重印出版的情事看來，更足以證明馮夢龍自己就是他編寫的出版物的出版者。前面我們業已列舉了一些，這些事實，也是人所共知的。不必再列述它了。

　　正由於馮夢龍也是一位出版者，他自己編寫的書，大都由他自己出版，而且一再重編，使用舊版重印，再更換出版處所，變易書名或加上新補新刻等字樣發行，所以，我們給馮夢龍加上一個「出版家」的頭銜，應該是正確的。

　　那麼，當我們讀到沈德符《萬曆野獲編》寫的這句：「吳友馮猶

龍見了（見到《金瓶梅》稿）驚喜，慫恿書坊以重價購刻」的話，怎能不令人想到這是一句暗示呢？暗示這家要以「重價購刻」的出版者，就是指的馮夢龍。何況，我們已經有了〈別頭巾文〉這一鐵證呢！

在前章，我已列舉事實，一一詳細說到了。業已證明刊有原文〈別頭巾文〉的《開卷一笑》，乃馮夢龍偽託之「卓吾居士李贄編集」、「一衲道人屠隆參閱」者，事實上乃馮夢龍所編，梓行者也是馮夢龍本人。所刊〈別頭巾文〉，縱非屠氏游戲筆墨，也是馮夢龍的偽託。推想他的偽託目的，蓋亦暗示也；暗示屠隆是《金瓶梅》原書的作者也。

基是想來，當可明確的認定馮夢龍與《金瓶梅》是怎樣的關係了。

二　馮夢龍與《金瓶梅》

我在前幾章已經說過了，《金瓶梅》的傳抄本，分初期、後期兩個階段，刻本也分初刻、二刻兩種。產生了這兩大問題的原因，全是改寫問題。

推想傳抄本的改寫，可能出乎原作者屠隆之手，只是今見的兩種刻本上，已不易區別出了。

從袁中郎（宏道）《觴政》的提示，自可據以認定後期的傳抄本，已是公安文派人物的改本。但卻由於改寫時的意見分歧，因而有了十卷本與廿卷本之別。十卷本還保留了一些原作的政治諷喻，廿卷本則盡情刪去這些。

依據沈德符《萬曆野獲編》與謝肇淛《小草齋文集》的說法，使我們明確的獲知袁中郎（宏道）這一條傳抄路上的《金瓶梅》稿本，

乃廿卷本，自可據以肯定首在「吳中懸之國門」的那部《金瓶梅》是
十卷本。即今見之《新刻金瓶梅詞話》。

　　然而，此一十卷本《新刻金瓶梅詞話》，卻不能印證上沈德符
《萬曆野獲編》上說的「有陋儒補以入刻」的那五回（五十三回至五
十七回）。相反的卻能在廿卷本《新刻繡像批評金瓶梅》的第五十
三、五十四兩回，尋出「有陋儒補此入刻」的痕跡。這些問題，前章
雖已述及，但對馮夢龍與《金瓶梅》的密切關係，則尚待更進一步作
一明確的結論。是以在此不得不再加費辭。

（三）馮夢龍梓行《金瓶梅》的證據

　　從馮夢龍的出版品之慣於化名偽託，以及時時改頭換面（改名換
號）等情事來看，我們卻能發現這兩種刻本（十卷本與廿卷本），都
有化名偽託與改頭換面的情事。

　　譬如十卷本稱《新刻金瓶梅詞話》，有欣欣子序、東吳弄珠客
序、廿公跋。廿卷本改為《新刻繡像批評金瓶梅》，刪去了欣欣子
序，加上了插圖兩百幅。內文也刪改了不少。（是否由於底本如此？
尚無確證。但此本之刻於十卷本之後，當可以避崇禎諱一事肯定。）
更基於十卷本第五十六回有〈別頭巾文〉一篇，作者乃屠隆之「一衲
道人」的筆名。

　　這一樁樁一件件，樁樁件件都能安戴到馮夢龍頭上去。因為沈
德符《萬曆野獲編》已明示出了。

1　先刻十卷本的證言

　　今之十卷本《新刻金瓶梅詞話》，乃《金瓶梅》之最早刻本，應
是毋庸再議的。而且是「吳中懸之國門」的那一部，似亦無人能提出

有力的證據予以否定。

那麼，如將沈德符向袁小脩抄得《金瓶梅》稿挈歸，「吳友馮夢龍見之驚喜，慫恿書坊以重價購刻」的話，連到一起來看，顯然在明示「吳中懸之國門」的這部《金瓶梅》，乃馮夢龍所刻。

按馮夢龍不惟是位作家，而且是位出版家。馮氏的出版品，就是明證，毋庸費辭矣！

馮夢龍是十卷本的梓行者，有兩件明確的證據，一是東吳弄珠客的序，二是第五十六回中的〈別頭巾文〉。

關於「東吳弄珠客」是馮夢龍的化名，姚靈犀早在距今五十年前就疑到了[1]，後來，日本平凡社翻譯《金瓶梅》，小野忍之〈解說〉文，亦疑東吳弄珠客是馮夢龍。惜乎均未提出證言，僅是設疑而已。今者，證言如下：

按「龍」與「珠」的關係，乃我國古老的傳說。《莊子》〈列禦寇〉有語云：「夫千金之珠，必在九重之淵而驪龍頷下。子能得珠者，必遭其睡也。使驪龍而寤寐，子尚奚微哉！」且又有「二龍爭珠」之說。按《五燈會元》有語云：「僧問道州：『二龍爭珠，誰是得者？』師曰：『老僧祇管看。』」此說今已演成「二龍戲珠」的說法。凡畫龍者，或塑造龍形者，總是難不開二龍爭珠的樣相；無龍者，也以爭珠為戲。

由是想來，「弄珠」之名，自是龍的喻意。「東吳」，馮夢龍籍貫也。「書于金閶道中」之「金閶，即蘇州也。「道中」，自是指的在旅途中。

他如辭章的慣習：「《金瓶梅》，穢書也。」與《情史類略》序的首語：「情史，余志也。」及另一以「詹詹外史」化名序之〈情史（類

---

[1]　姚靈犀：〈金瓶梅版本異同〉，《瓶外巵言》。

略）序〉首語：「六經，皆以情教也。」可以說是行文慣習的契合。

「東吳弄珠客」即馮夢龍的化名，只要我們能悟到「龍」與「珠」的關係，足以肯定矣！

至於〈別頭巾文〉乃「一衲道人」屠隆所作，縱非屠隆所作，也應把「偽託」二字，放到馮夢龍頭上。有《開卷一笑》可證也。

可以說，十卷本刻有〈別頭巾文〉一文，《開卷一笑》也刻有〈別頭巾文〉，而且署名「一衲道人」，而「一衲道人」確確實實是屠隆的別號，這一證據，不惟肯定了十卷本《新刻金瓶梅詞話》的成書，應在萬曆不可能在嘉靖，兼且肯定了《金瓶梅》原作者的暗示乃屠隆也。

這些問題，探究起來，無不件件與馮夢龍有關。「欣欣子」的序文，就是一篇問題叢生，值得我們去尋求答案的有力證據。

2　〈欣欣子序文〉中的有力證據

推想「欣欣子」也是馮夢龍的化名，已不止我一人如此說，陳毓熊作〈金瓶梅抄本的流傳、付刻與作者問題新探〉一文，已作如此推想。不過，陳先生只從《金瓶梅》稿本之傳抄流程上，作如此推論，並未提出明確證據。

我卻提出了證據及理由。已在第一次寫「馮夢龍與《金瓶梅》」說到，請看：

(1)「笑」與馮夢龍

我們從馮夢龍編印的各類書目來看，合於「笑」字類者，頗具規模；不亞於「三言」。如《古今譚》、《古今笑》(《古今譚概》改名)、《笑府》、《廣笑府》(《笑府》重編)，都是馮氏拿出舊版而改頭換面，一印再印又再印的笑譚類書。

他在〈古今笑序〉中說：

> ……孰知電光石火，不足當高人一笑也。
> 一笑而富貴假，…一笑而功名假………
> 一笑而道德亦假，…一笑而大地山河皆假，
> …吾但有笑而已矣；……吾蓋有笑而已矣！
> 野蕈有異種曰：「笑矣乎！」誤食者，輒笑不止。人以為毒，吾願人人得「笑已乎」而食之，大家笑，過日子，豈不太平無事億萬世？

又「韻社第五人」(金德門作〈馮夢龍社籍考〉認為此人是烏程人沈繽，萬曆二十年(1592)進士，官至南京刑部尚書；竊以為此序乃馮氏代作。語意同也。)題《古今笑》說：

> 「笑能療腐乎？」子猶曰：「固也。夫雷霆不能奪我之笑聲，鬼神不能定我之笑局，混沌不能息我之笑機。眼孔小者，吾將笑之使大，心孔塞者，吾將笑之使達。方且破煩蠲忿，夷難解惑，豈特療腐而已哉！」

又說：

> 不分古今，笑同也；分部三十六。笑不同也。笑同，而一笑足滿古今，笑不同，而古今不足滿一笑。倘天下不撋，地不

塌，方今方古，笑亦無窮，即以子猶為千秋笑宗，胡不可？

看來，馮夢龍真是愛「笑」之至。是以吾疑《開卷一笑》亦馮夢龍編集也。他又在《笑府》、《廣笑府》中序謂：

古今來莫非話也，話莫非笑也。

又說：「不話不成人，不笑不成語，不笑不話不成世界。」且認為「古今世界，一大笑府。」是以世間之人，「或笑人，或笑於人；笑人者亦復笑於人，笑於人者亦復笑人，人之相笑，寧有已時。」故曰：「布袋和尚吾師乎！吾師乎！」

馮氏序《今古奇觀》化名曰：「笑花主人」。雖源於禪家語之「拈花微笑」，然亦未嘗離於笑也。

基乎馮氏文中的此「笑」字，我們焉能不感於「欣欣子」與「笑笑生」之名號，亦淵源於此一愛「笑」心態，當亦是馮夢龍的化名。

（2）行文用辭及語氣

馮編《太平廣記抄》小引有語云：

嗚呼！昔以萬卷輻輳，而予以一覽徹之，何幸也！昔以辟賢綴拾，而予以一人刪之，又何僭也！

該序又有語云：

如山居飲澗人多癭，而反笑世人之項何細也！

則類同欣欣子序文中這些話：

觀其高堂大廈，雲窗霧閣，何深沈也；金屏繡縟，何美麗也；鬢雲斜軃，春酥滿胸，何嬋娟也；……

他如《太霞新奏》〈發凡〉有語云：

> 如龍之驢東切，娘之尼姜切，此平韵之不可同於北也。白之
> 為排，客之為楷，此入韵之不可發於南也。

則又類於欣欣子序文語：

> 樂極必悲生，如離別之機，與憔悴之容，必見者所不能免也；
> 折梅逢驛使，尺素寄魚書，所不能無也。……

從上錄這些行文中用辭以及語氣來看，也可以證明「欣欣子」的序
文，亦馮夢龍偽託者也。

（3）序文後的書地習慣

（1）「韻社第五人題於蕭林之碧泓」（〈古今笑序〉。該書成於萬
　　曆四十八年間）
　　（金德門作〈馮夢龍社籍考〉，疑此「韻社第五人」是刻於《麟
　　經指日》凡例下的名單開頭第五位沈續，烏程人，萬曆二十
　　年進士，長於馮。此說待考。」）

（2）「古吳後學題于葑溪之不改樂庵」（〈曲律序文〉作于天啟（乙
　　丑）五年間）

（3）「隴西可一居士題于白下之栖霞山房。」（〈醒世恆言序〉，該
　　序寫於天啟（丁卯）七年間）

（4）「吳門馮夢龍題于松陵之舟中。」（《智囊》補自序，該敘作
　　于崇禎（甲戌）七年間。）

上錄四則序文書地之例，則與欣欣子序文：「書于明賢里之軒」何
異？基於上述這多例證看來，推想「欣欣子」這篇序文，乃馮夢龍化
名所偽託，可以說業已八九離十不遠矣！

　　至於馮夢龍何以要化名偽託「欣欣子」這篇序文兼且又指出了
《金瓶梅》的作者，是他的朋友「蘭陵笑笑生」？誠有不少問題尚待
繼續探討。總之，「欣欣子」也是馮夢龍的化名，應是一件事實。陳
毓熊先生也是這樣說的。

　　十卷本《新刻金瓶梅詞話》是馮夢龍經手梓行的，依據本文上述
證言，可以這樣肯定。

3　再刻二十卷本的證言

　　十卷本《金瓶梅詞話》始刻於萬曆末、天啟初，前在刻本一章
中，業已述及。我推想此本的刻竟，當在天啟三年（1623）前後。此
書卷帙鉅大，非一年半載之功可竣其事。而天啟一朝，頭尾不過七
年，即由新君崇禎朱由檢繼承。廿卷本《新刻繡像批評金瓶梅》，在
崇禎年間刻出，競爭者竟有四家參予。是以吾人今日仍能見及崇禎年
間刻的四種刻本。這些，我們在前章論及刻本時，也說到了。

　　十卷本《新刻金瓶梅詞話》，乃馮夢龍主持梓行者，業有證言可
以肯定。那麼，十卷本既馮夢龍梓行，又怎的會在數年（不過三五
年）之後，又來梓行廿卷本呢？

　　再者，從馮夢龍之慣于在他所主持的出版物上，玩弄手腳以同
版重印，而改頭換面，何以這兩種《金瓶梅》無此情事？廿卷本《金
瓶梅》是全部重行改纂另立行款付之剞劂的。（四種刻本，行款只有
兩種。）想來此一問題，必須進入探討。

（1）十卷本何以未能「一刻家傳戶到」

　　沈德符《萬曆野獲編》的這句，「此等書必遂有人板行，一刻則
家傳戶到」的說辭，乃晚明社會的文化實況。何以像《金瓶梅》這樣
的書，傳抄了二十多年無人板行？前已說到，此處不贅。在此我們只

問此一十卷本刻出後，何以未能「家傳戶到」？

傳世的十卷本，祇有一種，存書三部，又二十三回。而本土則僅有一部。若不是民國二十一年（1932）冬在山西出現，賣到北平琉璃，為北京大學購得，可能到今天尚無人知有「欣欣子」與「蘭陵笑笑生」呢！像這麼樣的一個歷史因素，怎能不是吾人應該去進入探討的一個問題？

《金瓶梅》之未能有人板行？不是它的淫穢問題。那時，淫書春畫，不干公禁，市肆有出售淫事圖書及淫器的專店。自可基此想知《金瓶梅》之遲遲無人板行，應是它涉入了政治問題。十卷本不是還存留了劉邦寵戚夫人有廢嫡立庶的入話嗎！

刻出後，正好遇上天啟詔修《三朝要典》，怕惹上政治麻煩，（這時的寺人魏忠賢已是鄭太后（貴妃）的寵幸，掌東廠內廠，誰人不怕！）遂不敢發行了。

不惟不敢發行，可能連板都燬了。印出來的書，也有燬了的證據，那就是今存於日本京都大學的二十三回殘卷，它是被襯在一部書名《普陀洛山志》的書頁裡層的。（作了襯紙）。可以想知，印出來的書，也遭到了毀棄的命運。

另外，日本德山毛利家的那一部，何以第五回的末葉有九行文字異辭呢？顯然地，這半塊木板是重刻過的；乃「補以入刻的」。

推想此一情事，有兩種可能，一是入全版俱在，獨殘此葉之半，再印時，不得不再補以入刻。但又無全書可照全文刻入，只得依故事情節，重行構寫一段結尾，補刻了幾行接上。二是連板也沒有，只有這麼一部刻本，為了賣得好價錢，特為照字樣補刻缺處，使之不是殘卷。也是因為沒有原本可以參照，只得依據前後情節，構寫一段補上。照情理推想，似是這樣。

（德山毛利家的這一葉是補刻，可據崇禎本肯定。因為崇禎本的

第五回這一段，文辭與我故宮博物院藏之十卷本同。與日本另一部日光山慈眼堂本亦同。祇有德山毛利家這第五回的末葉有九行異辭。）從這一點，也就足以說明十卷本刻出後，沒有發行，竟連板都毀了。

再說，十卷本之存世者，我中土僅有一部，而且被湮沒了三百餘年無人知曉。直到出現之後，學界方始驚異到《金瓶梅》還有這麼一部刻本，上有欣欣子序，指出作者是「蘭陵笑笑生」。這一刻本何以在我中土竟無人提到它？連明代人論及《金瓶梅》時，也不曾直接而正面的題到這一刻本。流傳到日本的另兩部，也是到了我中土的這一部出現之後，再被發現的。而且，日本的這兩部，一在日光山輪王寺，一在私人德山毛利侯爵家。另二十三回殘卷，則是從一部佛家書籍的夾頁中發現的襯紙。乃一部被毀了的《金瓶梅》十卷本刻本。

從上述這一情事來說，極其顯然的，十卷本刻出後，之所以未能「家傳戶到」的廣為流行，當是受到了阻礙。這「阻礙」，除了政治因素，其他還能再有什麼？

所以，時到崇禎，另一種廿卷本《新刻繡像批評金瓶梅》又梓行了。

（2）二十卷本「一刻則家傳戶到」

廿卷本《新刻繡像批評金瓶梅》四種，乃崇禎間刻本，有崇禎帝名諱「由檢」二字之避字。如「由」刻為「繇」，「檢」刻為「簡」。（日本內閣文庫本及天理圖書館本，全是如此避字刻法。）

崇禎紀年到十七年三月，明朝刻書之有避諱字，始於天啟元年頒行，天啟三年以後的出版物，即有較為嚴格的避諱字出現，如「校」刻為「較」或「挍」（手旁），到了崇禎，不避帝諱者少見。（臨文不避，如學校、校尉則不避。）這樣看來，崇禎本四種，（實際上是兩種行款，日本內閣文庫本與北京首都圖書館本同一行款，日本天

理圖書館本與北京大學圖書館本同一行款。是否同版剜刻重刷，未曾比勘，暫不能定。）可能在崇禎初年就梓出了。

　　魏忠賢失權於天啟帝崩逝（七年八月），喪命於該年十一月。推想崇禎本最早刻出問世，當在崇禎三年前後，正薛岡見及之刻本時也。（我推想薛岡見到抄本時間，在萬曆三十八、九年間，二十年後正是崇禎三年前後[2]。）

　　明代帝制的胤祧，遞遭到崇禎這一代，國家之政，恰似天花病的末期，已徧體膿疱矣！然際茲烽火四起，清兵迭起於北漠，流賊奔竄於中原，廿卷本的《金瓶梅》還有四種刻本問世，良符沈氏之說，「此等書必遂有人板行，一刻則家傳戶到。」試想，若不是「一刻則家傳戶到」，怎會有人在烽火漫天而內憂外患交迫的歲月中，出版者起而競刻耶？

　　這一點，也是足以說明十卷本之梓出，受到了政治因素的阻礙，未敢發行，且必去毀板焚書，遂造成了十卷本的刻本，流行海內外甚少的情事。兼而知其刻者，亦隱而不敢言。《三朝要典》一書，也是到了崇禎元年（1628）方行下詔毀棄了的。

　　譬如這些歷史因素，我們怎能忽略了它不談呢？出版業乃文化上的大事，文化乃當時社會的現實映照。像《金瓶梅》的出版情形，十卷本與廿卷本的梓行，竟遺留下的兩種截然不同的情況，又怎能不從歷史上去探尋這不同的原因？歷史乃人文的既成事實，最真實的現象，全在歷史裡面。我們如忽略了歷史因素，焉能獲得真實？

　　再說廿卷本《金瓶梅》，附有畫家細筆繪出的插圖二百幅，且是當代新安名手雕製出來的。那麼，十卷本何以未附刻插圖？我們也可以尋出一個理由來作答案：「當時付梓倉卒，急於板行，而未遑及之

2　拙作：〈金瓶梅的新史料探索〉、《金瓶梅原貌探索》，附錄五。

也。」

這一點，不也說明了十卷本之匆匆梓行於萬曆爺賓天後的泰昌、天啟間嗎！

4 十卷本毀板的證據

我推想十卷本《新刻金瓶梅詞話》刻出後，受到天啟詔修《三朝要典》的政治阻礙，未敢發行而毀板焚書。此一推想，並非瞎猜而妄言，說起來，是有真憑實據的。除了前面說的一些，最明確的一件，便是廿卷本第五十三、四兩回的改寫部分。

這兩回的改寫部分，與十卷本的同兩回，情節不同之處，幅度甚大，且文筆較十卷本遜色多多。前面在論成書年代的這一章，已經比勘過了。這裡，我再提出我的研判。

第一，廿卷本刻於十卷本之後，應是事實。不惟有避諱字為證，還有廿卷本依據十卷本為底本付刻，以訛傳訛的情事。

第二，從廿卷本第五十三、四兩回的情節，不同於十卷本之處，幅度甚大，且遠遜於十卷本的文筆，當可想知廿卷本的付刻時，底本缺少這兩回，而所掌握到的十卷本刻文，可能也無這兩回。在「遍覓不得」的情況下，自非得「補以入刻」不可了。廿卷本的這兩回（五十三、四），應是在此種情況下形成的。

第三，到了崇禎元年，不但禍殃魏忠賢已死，《三朝要典》也下詔命毀了。這時，縱然出版界有了另一《金瓶梅》底本。為了可以「療飢」（賺銀子），遂競然付刻。缺的部分，縱無「大儒」願為，也有「陋儒補以入刻」，這時，十卷本的刻板，如還存在，又安有不再刷印發行的道理？正因為刻板已經毀了，遂失去了重刷的機會。

從我們的這一部十卷本《金瓶梅詞話》流傳到山西地區去了，另兩部又在日本。所以薪傳於後世的《金瓶梅》，全是廿卷本為祖本

的。十卷本竟湮沒了三百餘年而無人知。斯一因耳！

5 馮夢龍再刻二十卷本

十卷本的刻板，已經毀了，印出的書已經焚了；流傳出的，收不回，也不得見了。當魏忠賢失權喪身，新君登極，詔毀《三朝要典》，這時的鄭皇后雖還未死，卻也半籌難展矣！既然政治阻礙業已消失，十卷本的刻版已毀，要再出版這部「一刻則家傳戶到」的《金瓶梅》，自只有重刻一途。好在他們手上還有一部廿卷本的底本，其內容原已就心過政治因素而改寫過的。這廿卷本便應運而梓行了。

從這廿卷本的簡端有東吳弄珠客序文這一點來說，當可據以推想，它必也是馮夢龍參與梓行的出版品。

雖說，剞劂像《金瓶梅》這麼一部卷帙厚重的大部頭書，需要經濟為後盾，馮夢龍有此經濟能力嗎？

此一問題，從馮夢龍編撰的各類出版品，在在都是馮夢龍的齋名掛上門楣，又怎能不認為馮氏本人就是一位出版家？「墨憨齋」從一開始出版《山歌》時，就是他馮氏的出版名號了。

蘇州府有一位自豪資厚的出版家，那就是勾吳書種堂袁無涯（叔度），他以刊刻公安袁氏宏道（中郎）全集，見稱於世的出版家。後來，又會同馮夢龍校刻楊定見手中的卓吾（李贄）評本百二十回本《忠義水滸全傳》。他在梓行《袁石公全集》時，特別刻了一篇所謂「書種堂禁翻豫約」的前言，弁於《瀟碧堂集》。文曰：

> 無涯氏曰：石公先生得文章三昧，為明興傑出，所謂不可無
> 一，不可有二者耶？不佞之膾炙，有甚於人之膾炙。每得一
> 篇，寢食為忘，不啻賈胡之珠。而中郎之於論衡也。然有腹
> 不自剖，帳不自秘，高山流水，惟願與具眼者共為子期。故

亟為托梓以傳。而嘉湖參知李公，我邑侯陳公，雅同先生臭
味。是役也，實重有賴焉。今書則名筆也，鐫則良工也，其
讎訛訂舛，則絕無陶陰魯魚也。余亦自謂殺青中無此伎倆，
洵稱鄴架奇珍，而余之心亦良苦矣。往見牟利之夫，原板未
行，翻刻踵市，傳之貴廣，即翻奚害。第以魚目混夜光，而
使讀者掩卷疏斜，其刻劃掛漏，其文辭紛如落葉，曾不得十
行下；災及柔翰，而詆楚及余，是可痛恨耳。茲與副墨子
約，有能已精益精，遠出吾剞劂上者，敢不俛首遜謝，舍旃
東家之丘。如使垂涎洛陽紙價，輒以樗材惡札襲取，賤售掩
之乎？余請從繞朝授策，與決堅白，諸君子有癡若袁生者，
不惜佐我旗鼓。萬曆戊申中秋前三日書於西武丘之金粟山房。

（「嘉湖參知李公」，疑即李右諫，字思袞，豐城人。癸卯以南禮部郎
中出守蘇州，丁未擢蘇松兵備副使進參政。）（「我邑侯陳公」，即陳
以聞，字無異。萬曆三十五年進士，三十六年任吳縣令，三十八年解
任，調無錫令。令吳時，與馮夢龍交莫逆。後薦馮麻城黃安授舉子經
書。）讀此文，當可想知此一出版家之這等「豪語」，乃自誇資厚。

　　袁無涯名叔度，吳人。未悉是吳縣還是長洲以及蘇州府屬其他
之縣。曾查《蘇州府志》各縣，傳無袁叔度無涯其人。袁宏道及中道
弟兄之文集，有詩文書牘書其人。袁中郎故後（袁中郎卒於萬曆三十
八年九月六日）袁無涯於萬曆四十二年間，曾至公安，向袁小脩索詢
袁中郎遺稿，見《遊居柿錄》及《珂雪齋集》。我在拙文〈袁中郎與
《金瓶梅》〉及〈袁小脩與金瓶梅〉等文[3]，亦曾題及。卻迄未能查得
其人年籍及生活事蹟。

3　見拙作：《金瓶梅探原》。

　　但馮夢龍曾於《太霞新奏》卷五，述及袁無涯冶遊事，詩中亦有
所咏（作散曲中呂顧子樂相贈）。可以想知馮夢龍與袁無涯同是吳
人，年亦相差無幾，似是青年時期的遊伴。二人既曾合改楊鳳里（定
見）之李卓吾評（今之論者，斥為偽託李氏之評，得非亦猶龍之故伎
耶？）百二十回《忠義水滸全傳》，合夥經營出版事業，實不無可
能。進而推想兩種《金瓶梅》之悉由馮氏付梓，經濟後盾是袁無涯，
殆亦非無鵠的而放矢也。

（二）馮夢龍的大一統思想

1 孔子著春秋，明乎大一統也！

　　儘管馮夢龍有出入歡場放浪形骸的生活紀錄，應是「大節不踰
閑，小節出入可也」的細行，可不護者也。在出版品方面說，他所著
力的，全是儒家所謂的「小道」，乃不足以揄揚大義彰示來世的「壯
夫不為也」（揚子雲語）的細事。然而馮氏夢龍則認為《通俗演義》
（〈說部〉），「足以佐經書史傳之窮。」（〈警世通言序〉）。他又最喜
編笑話書，笑話書在馮氏出版物系列中，亦屬大家。他希望人人都能
在「笑」中過日子，天下就會太平億萬世。（〈古今笑自序〉）更認
為古今世界就是一大笑府；「不話不成人，不笑不成話，不笑不話不
成世界。」人生在世，「或笑人，或笑於人；笑人者亦復笑於人，笑
於人者亦復笑人。」（〈笑府序〉）人之相笑，是沒有休止日子的。他
希望大家尊他為「千秋笑宗」。從這些容止言談來看，馮夢龍應是一
位玩世不恭者。但一面臨大節，則畔然盛德君子之風著焉！

　　我們看他做了三年訓導，便升任了縣令。六年牧守，而德惠一
方。為所治縣修志而不直言曰「志」，謙謂之「待志」。自引云：「曷

言乎待誌？」猶云：「未成乎誌也。」又云：「曷為未成乎誌？」曰：「前乎誌者有訛焉！後乎誌者有缺焉！與其貿貿焉而成之，寧遜焉而待之。」……」其處事也，謙遜若是，誠儒家之門徒也。

　　滿清入關，崇禎死難；福王監國南京，唐王立君閩越。馮夢龍的出版事業，則遂也一反往志，捨小說而述史，廢笑譚而謀國之中興。因有《甲申紀聞》、《甲申紀事》之編纂，以及《中興實錄》、《中興偉略》之集成。無乃大勢已去，大局已定，欲挽朱明天下於狂瀾，已不可能矣！

　　兩去湖廣數年，所業悉為三傳之授，故有《春秋衡庫》與《麟經指月》兩書之成。足徵馮氏之學基乃儒家傳統，立於經者也。《春秋》，魯史也。孟子云：「孔子著《春秋》，而亂臣賊子懼。」仲尼自云：「知我者，《春秋》乎！罪我者，《春秋》乎！」《春秋》，天子之事也。所謂「《春秋》，天子之事」，其意乃大一統也。天子列土分封，君臨四海，萬國朝會，《春秋》繫年而天下一之焉！馮夢龍講授春秋，自然明乎這些了。

2　可貴的泰昌紀元

　　基是推想，則《金瓶梅》的改寫，馮氏似是站在十卷本的這一邊的。是以十卷本之第七十回七十一回，西門慶抵京離京之時日，隱喻了泰昌元年與天啟元年的情節，自是基於大一統之義的意念。

　　因為，泰昌元年的紀元，出現在歷史上，太不容易了。所以世人非常珍貴它。馮夢龍不惟在《三遂平妖傳》的序言上，寫上了「泰昌元年冬至前一日」，又在《麟經指月》的序言上，寫上了「泰昌元年九月日。」泰昌元年的禮法議定的時日，是九月十三日（見《光宗實錄》），頒行當在九月十五日以後了。這序寫上「泰昌元年九月日」（未寫何日？）未免太早些吧！何以如此？重視「泰昌元年」，不忘

「泰昌」紀元也。

在馮氏《壽寧待志》中，記有三次泰昌元年。在史書上書「泰昌元年」是當然的，在〈說部〉的序文上，書「泰昌元年」是可貴的。蓋泰昌元年的歷史的紀錄上，為時祇有五閏月；泰昌帝在位只有一個月啊！給他五個月的紀元，還是禮官們的惠賜呢！所謂：「下借子」也。（借其子天啟帝四個月的執政事實。）

（泰昌朱常洛於萬曆四十八年八月一日登極，詔改明年為泰昌元年，九月一日崩世，未及改元。其子朱由校於九月六日登極，詔改明年為天啟元年。從歷史的紀錄上說，泰昌已有了兩個元年，即萬曆四十八年八月一日至十二月二十九日五個月；以及先行詔改的「明年」為「泰昌元年」。事實上，他在位僅一個月。）

3 必也，十卷本與二十卷本均馮夢龍序刻者也

像上述這些歷史因素，如以之配合馮夢龍的性行以及其文學生涯，（尤其是出版事業），來作推論，再加上沈德符《萬曆野獲編》的那兩句：「吳友馮猶龍見之（指《金瓶梅》）驚喜，慫恿書坊以重價購刻，」「原書實缺五十三至五十七回，遍覓不得，有陋儒補以入刻。」併以印證十卷本與廿卷本的這五回情實（如前各章所述），則馮夢龍參予改寫並先後梓行了這兩種《金瓶梅》，誠有其必然性存乎此一史實間。

吾故曰：「必也，十卷本與廿卷本，均馮夢龍序刻者也。」

附錄

一　新刻繡像批評金瓶梅

日本天理圖書館藏本

二　新刻繡像批評金瓶梅

新刻繡像批評金瓶梅卷之一

第一回　西門慶熱結十弟兄　○武二郎冷遇親哥嫂

豪華去後行人絕　簫箏不響歌喉咽

雄劍無威光彩沉　寶琴零落金星滅

玉階敬寶墜秋露　月照當時歌舞處

當時歌舞人不回　化為今日西陵灰

二八佳人體似酥　腰間仗劍斬愚夫

雖然不見人頭落　暗裡教君骨髓枯

這一首詩是昔年大唐國時一箇修真煉性的英雄，入聖超凡的豪傑，到後來位居紫府各列仙班，率領上八洞羣仙救拔四部洲沉苦一位仙長，姓呂名岩道號純陽子祖師所作單道世上人管管逐逐急急巴巴跳不出七情六慾關頭打不破酒色財氣圈子到頭來同歸平盡着甚麼...

日本內閣文庫藏本

三　袁氏書種堂禁翻豫約

中央圖書館藏瀟碧堂集扉頁

行翻刻譌布傳之貴廣即翻美害弟次魚目混珠光
而使讀者捲卷踈斜其刻畫掛漏其文詞紛如溌蜑
曾不得上行下災及柔翰而誤楚及余是可痛恨且
疏與副墨字約有餘已精益精遠出吾剞劂上者敢
不俛首遜謝舍瓶東家之丘如使垂涎洛陽紙價輙
以桙柎惡札襲取賤售捲之乎余請從繢鞞授策蜑
決堅白諸君子有癖若表生者不惜佐我旗鼓
萬曆戊申中秋前三日書於西武丘之金粟山房

四　屠隆手書七言詩卷

颿樓藏件影印

屠隆（活躍於十六世紀下半葉）

字長卿，又字緯真，號赤水，鄞縣人。萬曆五年（1577）舉進士，曾官吏部主事。隆有異才，落筆千言立就，善書法，亦工曲。有多種文集傳世。

行草七言詩卷

水墨紙本手卷

三二 x 四〇二厘米

書法釋文

勞君載酒清絕頂，便訪幽人於翠微；

枕上潮聲隨月到，窗中飄影帶雲飛。

霜華墮鵲秋樹冷，龍氣輕衣僧夜歸；

烟火不燒香水海，莊嚴三寶靜堪依。

不妨笙吹佐清驪，元夕初過興未闌；

葉落光寒浮玉甕，雕胡香暖出金盤。

影憐堂上花燈好，坐惜天邊桂魄殘；
老賦登樓學王粲，建安輸爾狎詞壇。
狼五山高壓海陵，扶疎老樹蔭垂籬；
晴天日迸煙嵐坼，遠浦颷廻雪浪層。
金刹政當多寶塔，玉毫長現泗洲僧；
滓寥合是禪棲地，祝髮辭家媿未能。
一帶樓船控百蠻，高秋明月照刀鐶；
微茫絕島鯨鯢窟，陡削懸崖虎豹關。
上將鷹揚天北極，大人龍臥海東灣；
銷磨不盡英雄氣，好問安期覓九還。
郊原車馬入蒙茸，又落江峰黛色濃；
蕭蕭涼風吹薜荔，煌煌高燭照芙蓉。
影清流水悲秋扇，露下空堦切暮蛩；
光景習池知不易，嚴城遠近遞霄鐘。
搖落關山去路遙，黯然秋色在河橋；
君才金馬堪簪筆，卻向朱門誤珥貂。
劍珮周廬紛宿衛，宮花鹵薄暎趨朝；
銷魂最是隋堤柳，一夜西風別後凋。
與君握手結新亭，午夜涼風酒一巵；
忽爾涕洟來告別，飄然僕馬欲何之。
黃河木葉飛霜早，丹闕城關見月遲；
遙想留賓西邸夕，花牋醉掃墨淋漓。
地主邀賓卜勝區，便君別業抱城隅；
連鑣乍到花邊騎，列炬光生柏上烏。
月白纖纖低冪歷，霜紅片片婭䡄毹；
商飈應節歌淒緊，恨不同君盡百壺。

陡削峯巒似擁螺，孤懸臺殿鬱峨嵯；

一痕大地連青靄，四面遙空滿白波。

閣傍雲巢妨鶴鸛，厨留香飯與黿鼉；

最憐此處禪棲者，得悟應余水觀多。

虛無蜃氣結為樓，晝夜靈潮吼不休；

日月斜陽雙鬢過，滄溟清淺一杯浮。

上方鐘磬孤雲暮，下界風煙萬木秋；

高處憑欄空八極，本來天地是虛舟。

一衲道人屠隆緯真甫書似雲將沈詞文郢削。

作者印章

「屠隆之印」（白文方印）

「屠氏緯真」（白文方印）

「娑羅館」（白文方印）

鑑藏印章

「沈氏乃功」（白文方印）

小聽颿樓藏品

明代金瓶梅史料詮釋

魏子雲　著

版本源流
1　臺北　貫雅文化事業　1992年6月。
2　本書據貫雅文化版重製　橫排印行。

緒說

　　去年十月，寫完了《金瓶梅研究二十年》一書，匯說了二十年來
逐步成文的心律起伏，以及各文的心有所得與所失。說句真話，我這
二十年來的《金瓶梅》研究，諸多探索所得，無非為研究《金瓶梅》
的同道友朋，提供了一件件史料，作為參考而已。

　　固然，對於《金瓶梅》一書的研究，我有我一己的獨立見解，換
言之，在史料的認知與詮釋上，我有我的文學觀，頗有異於別人。然
而我的文學觀，從不敢偏於義理。「義理」，文之心也。文之心脈也。

　　集字成辭，集辭成語，集語成句，集句成段，集段成章。雖文
章的組成若是，然集辭成語、成句、成章，無不由義理成之。文章如
乏義理，則語無倫次矣。

　　作者集字成文，勢必字字出乎本心，文，心聲也。是以孟子有
言：「詖辭知其所蔽，遁辭知其所窮。」蓋由義理知之也。如「丘旋
出守去，此書不知落何所？」（《萬曆野獲編》）我最早詮釋此語時，
曾說：「如有《玉嬌李》其書，那有因為藏書人丘志充之『出守去』，
於是『此書』即『不知落何所』的道理！再說，沈德符怎能確定世上
也不見得祇有丘志充那一部稿本吧？[1]」這一判斷，就是基於文辭的
表面語意來作判斷的。當美國學人馬泰來提出了丘志充「出守去」一
段的行狀，我們獲知丘志充「出守」之後，官職升到從二品的布政

編按1　註1內容，本置入正文裡，以（　）區別之；《金學卷》在編輯過程中，則以置
　　　　入註解示之。

1　拙作：《金瓶梅探原》，頁146-147[編按1]。

使。到了天啟七年丘竟因案被捕下獄，而且判了死刑。到了崇禎五年斬決了。於是，「丘旋出守去，此書不知落何所？」有了義理的根了。（義理必是有根的，義理的根，即集字成語的事理根源，）當我們再根據「丘旋出守去，此書不知落何所」的語根研究，自可推想到《萬曆野獲編》的此一文獻之寫作時間，應在天啟七年至崇禎五年這一時間。未必能上越於天啟七年。何以？這一句話的義理存焉。

　　我將《金瓶梅》一書的問世，分作「抄本」與「刻本」兩個時期，又將「抄本」也分作「前期」與「後期」來析說。就是從義理來的。第一，袁中郎於萬曆二十四年冬首先說到了《金瓶梅》一書，此後整整十年有奇，未再發現任何其他人等，在這悠悠十年歲月間，有文字說到《金瓶梅》一書。第二，更妙的是，十年後萬曆三十四年再度傳出《金瓶梅》一書的人，仍舊是袁中郎。這且不論，袁中郎對於《金瓶梅》一書的論評，前後大異。先說此書「勝枚生〈七發〉多矣」，再後則以之與《水滸傳》作昆仲姊妹寫入了《觴政》〈酒令〉。第三，從萬曆三十四年（或三十五年）由《觴政》傳出《金瓶梅》一書，論述《金瓶梅》的文字史料，遂陸續出現。我之所以將《抄本》作為「前期」、「後期」兩個階段研究，不是基於文獻上的「義理」來的嗎！

　　至於「刻本」的「前期」與「後期」，尚有實物（原刻本）可以參證，不必費辭矣。

　　關于明代的《金瓶梅》史料，我早在一九七六年就注意到彼此間的矛盾問題，寫了一篇〈論明代的金瓶梅史料〉一文，刊於一九七七年《中外文學》十一月號六卷六期。那時，我尚未見到謝肇淛的《小草齋文集》，同時，我研究《金瓶梅》的思路，也沒有現在廣闊。知見少也。

　　比年以來，《金瓶梅》一書，業成顯學，論文之生，如春草之綠。然觀乎所生，率不擇地。研判史料，頗多忽略義理。從考據上

說，論點若無歷史為之基，則營建於何地耶？「《金瓶梅》穢書也。」
但在明代（尤其是晚明），穢書不干公禁，連春畫都可公開發售。所
以沈德符說：「此等書必遂有人板行，一刻則家傳戶到。」這話，正
是當時的社會實況。鄭振鐸也說：「此書如果作於嘉靖間，則當早已
『懸之國門』，不待萬曆之末。蓋此等書非可終秘者[2]。」這裡說的，
就是從事考據者不可忽略的社會因素。

　　當然，「訓詁」尤為重要。不惟研判文字史料，需要厚實的訓詁
基礎，讀小說則比讀經書需要的訓詁學理還多，「俚語」難解也。這
些，既不是辭書上可以尋到的，又不是方言調查可以印證的。語言的
變化，有其縱之長，更有其橫之廣，這些，所能依賴的就是訓詁上的
義理之學。所謂「訓有未安，義理求之」也。

　　我之所以又重新詮釋了這十多篇明代人論及《金瓶梅》的文字史
料，首先在編次上，便採取了義理的界域，上編論的是抄本時代，下
編論的是刻本時代。副編則是刻本的流行期矣！雖然，我的此一詮
釋，是基於義理來的，也難免有個己之偏頗。我不護短，還乞賢智正
我之讕陋。

　　　　　　　　　　　　　　　民國八十一年（1992）三月一日

2　鄭振鐸：〈談金瓶梅詞話〉，《文學》第 1 卷第 1 期（1933 年 7 月）。

上編

袁宏道（中郎）

（一）董思白[1]（書牘）

一月前，石簀[2]見過[3]，劇譚[4]五日[5]。已乃放舟五湖，觀七十二峰[6]絕勝處。游竟復返衙齋，摩霄極地[7]，無所不談，病情為之少卻。獨恨不見李伯時[8]耳。《金瓶梅》從何處得來？伏枕略觀[9]，雲霞滿紙[10]，勝於枚生〈七發〉多矣[11]！後段在何處？抄竟當於何處倒換？幸一的示。

　　　　——錄句吳袁氏《書種堂》本《袁石公集》之《錦帆集》卷四[12]。

註釋

〔1〕董思白即董其昌，字玄宰號思白。江浙華亭人。萬曆十七年進士，當選庶吉士，散館任翰林院編修，曾任皇長子常洛講官。斯一書牘往還在萬曆二十四年（1596）冬十月。時董已調湖廣提學副使離京。此後，董並未就任新職。

〔2〕石簀即陶望齡號，字周望，會稽人，萬曆二十年進士，袁宏道同年。萬曆二十四年秋（食橘時節），曾再至吳，來與中郎同游西洞庭。

〔3〕見過，即受訪之意，見，被動語態，意為這次陶望齡是特地來應約的，客歲（二十三年）曾與中郎約定「食橘時節」當來游洞庭。「過」，訪也。

〔4〕「劇譚」即暢談之意。敞開胸懷，坦出赤誠之心，無所謂顧忌的天南海北。

〔5〕所謂「五日」，乃指陶望齡到吳五日，無日不作敞懷之談。按陶

氏於萬曆二十四年九月二十二日（丁巳）到吳，二十七日（壬戌）始離去出游。

〔6〕此指數目之多，「七十二」極多數之謂。

〔7〕摩霄極地，意為回想所遊各峰絕頂之險峻情景。

〔8〕李伯時乃宋代畫家李龍眠之號，中郎在此以李龍眠比況董其昌，時董之書畫已名世。不過，舍《書種堂》刻本而外，悉已改為「坐無思白兄」耳。

〔9〕略觀，意指不曾仔細閱讀。

〔10〕此處之「雲霞滿紙」四字，應連同下語「勝於枚生〈七發〉多矣」，並成一個片語來看，不可分開作兩個片語解釋。所以，我們應把「雲霞滿紙」四字，看作是形容枚乘的〈七發〉內容的，「有浮雲蔽白日」的喻義。蓋枚乘的〈七發〉內容，是談論政治的。

〔11〕枚乘〈七發〉一文，唐李善註云：「〈七發〉者，說七事以起發（楚）太子也。猶《楚辭》七諫之流。」原文名〈七發八首〉，六臣註云：「八首者，第一首是序，中六是所諫，不欲犯其顏，末一首始陳正道以干之。假立楚太子及吳客，以為語端。」按枚叔漢之淮陰人。任吳王濞郎中令時，吳王謀反，諫不從，改事梁孝王。孝王薨，歸鄉隱居。武帝即位知其賢，以蒲輪徵之，死於路。〈七發〉一文，作於輔梁孝王時，恐孝王亦有反意，乃作〈七發〉以諫之。

再按〈七發〉之七，辭為：「客曰：『將為太子奏方術之士。有資略若莊周、魏牟、揚朱、墨翟、便蜎、詹何之倫，使之論天下之精微，理萬物之是非。孔、老覽觀，孟子籌之，萬不失一。此亦天下要言妙道也，太子豈欲聞之乎？』太子據几而起，曰：『渙乎！一聽聖人辯士之言，涊然汗出，霍然病

已。』」

〔12〕按袁宏道之《錦帆集》所收詩文，寫作時間是萬曆二十三年（乙未）至萬曆二十五年（丁酉）這三年間（1595-1597）。然《錦帆集》之集於句吳袁氏（無涯）書種堂《袁石公集》，與《敝篋集》合訂一冊（分上下卷），約刻於萬曆己酉（三十七年）。換言之，袁宏道寫給董其昌的這封信，公諸於世，已是萬曆三十七年間了。

再者，如據袁中道日記《遊居柿錄》，記在萬曆四十二年（甲寅）八月的日記中（九七九則）的事，知袁無涯曾於該年七、八月間到了公安。再據袁中道《珂雪齋近集》卷二，有〈答袁無涯〉函一件。從這一函中，知道袁中道方於是年（1614）纔讀到袁氏書種堂刻的《袁石公集》中的《敝篋集》；另一《錦帆集》與《敝篋集》是合釘在一起的（上下兩冊）。最低限度，可以證明袁無涯於一六一四年秋到公安，除了攜有百二十回本《水滸全傳》，還攜有《袁石公集》，而且，袁無涯此行，還在商請袁小脩提供其兄中郎其他未刻文稿。卻被袁小脩予以峻拒，兼且指摘《敝篋集》中的「游二聖禪林」刻錯了文句。甚表不滿。這些，我早在十五年前寫在〈袁中道與金瓶梅〉文中[1]。

還有，袁氏書種堂刻的《袁石公集》，計收有《敝篋集》二卷、《錦帆集》四卷（合裝為上下冊）、《瓶花齋集》十卷、《瀟碧堂集》二十卷、《解脫集》四卷，共四十卷。除《敝篋》、這一集未曾刻註校梓年月，他如《瀟碧堂》刻於萬曆三十六年秋，《瓶花齋》刻於萬曆三十六年冬，《錦帆》刻於萬曆三十七年

---

[1]　參閱拙作：《金瓶梅探原》，頁52-54。

秋，《解脫》刻於萬曆三十八年春。按袁宏道卒於萬曆三十八年九月初六日。袁氏書種堂的刻本，之所以附刻上梓行年月全在袁宏道卒前，無非表示他的刻本曾經作者寓目過。實際上，袁氏書種堂刻的《袁石公集》，出書的時間已是萬曆四十二年間了，袁宏道生前並未見到這一刻本。《袁石公集》中刻上的梓行年月，全是後刻後印，挖版嵌入的。不但挖嵌的痕跡顯明，後印的墨色也大異。我在〈袁中郎與金瓶梅〉一文，已記述過了[2]。

附記

（一）我認為袁中郎宏道在萬曆二十四年（1596）讀到的《金瓶梅》部分抄本，是一部有關政治諷喻（規諫）的書，袁中郎這封致董思白的信，不是說明了嗎：「伏枕略觀，雲霞滿紙，勝枚生〈七發〉多矣！」如果不是有關乎政治諷喻的內容，怎會以枚乘〈七發〉作比況？斯文〈七發〉尚在《昭明文選》與曹子建的〈七啟〉，張景陽的〈七命〉列成一組。它們都是有關於政治諫諍的文章，似乎不是三幾句輕言謾語硬說它不是關乎「政治」的文章，就可以抹煞了的。不過，今見的刻本《金瓶梅詞話》，已是改寫過的，不是袁中郎於萬曆二十四年冬打從董其昌手中得來的那部分抄本的內容了。但在《金瓶梅詞話》第一回，不還殘存著劉邦寵戚夫人，有廢嫡立庶的政治諷喻嗎！所以，我寫了一篇〈金瓶梅頭上的王冠〉一文，指出了《金瓶梅》的此一改寫問題。儘管，有些人把那頂「索隱派」的帽子摘來，戴到我頭上，卻也一笑置之。我懂得「真理」必定是一個

---

[2]　參閱拙作：《金瓶梅探原》，頁49-68。

存在的事實，「枚生〈七發〉」就是一個存在的事實。

（二）固然，從袁中郎以枚叔的〈七發〉來比況他讀到的《金瓶梅》
　　部分抄本，到刻本《金瓶梅詞話》問世之間的二十餘年歲月，
　　在隙光流洩的過程上，自還有不少糾結的問題。那麼，在現有
　　的明代人留下的文字史料間，卻也能尋到不少相互牽連的線
　　索。

（二）與謝在杭[1]

今春謝胖來[2]，念仁兄[3]不置。胖落寞甚，而酒肉不減[4]。持數刺
謁貴人，皆不納，此時想已南[5]。仁兄近況何以？《金瓶梅》料已
成誦，何久不見還也？弟山中差樂，今不得已，亦當出[6]。不知佳
晤何時？葡萄社光景，便已八年，歡場數人，如雲逐海風，倏爾天
末，亦有化為異物者[7]。可憾也！[8]

註釋

〔1〕「謝在杭」即謝肇淛，閩長樂人，（原籍河南陳留，亦稱「陳留
　　謝肇淛」。）萬曆二十年（壬辰）進士，袁宏道同年。在所著《小
　　草齋文集》卷二十四，刻有〈金瓶梅跋〉一文。

〔2〕「今春謝胖來」，無從印證此一「謝胖」是誰？雖然萬曆三十四
　　年（1606）春。有一位名叫謝于楚的朋友（歙縣人謝于陛之弟）
　　曾到柳浪湖訪袁。住了些日子，遂「東歸歙」。不知謝于楚是不
　　是個胖子。

〔3〕「念仁兄」，自是指收信人謝肇淛（在杭）。

〔4〕「胖落寞甚，而酒肉不減」，意指此一「謝胖」是位失意的人
　　物。喜愛酒肉，生活放浪形骸，頗類游俠人物。

〔5〕「持數刺謁貴人，皆不納，此時想已南。」既「持刺謁貴人」，似還不是一位放棄名利的人物。「此時想已南」，恰似指此人在京城「謁貴人」而「皆不納」，遂「南」去。

〔6〕「弟山中差樂，今不得已，亦當出。」從此語看，袁氏此函，應寫於家鄉柳浪湖之萬曆三十四年春。

〔7〕「葡萄社光景，便已八年，歡場數人，如雲逐海風，倏爾天末，亦有化為異物者。」此數語亦可確定此函應作於萬曆三十四年夏。按「葡萄社」的聚會，始於萬曆二十七年，抵翌年便因人事星散而解體。不久，袁宗道已故世。從萬曆二十七年（己亥）到三十四年（丙午），正好八年。這年（丙午）秋，袁中郎即入京補官。也符合「今不得已，亦當出」句。

〔8〕問題是（一）在袁中郎的朋友中，尋不出這位「謝胖」來？（二）寫此信的時間，印證不上收信人是謝在杭？

附記

（一）從「弟山中差樂，今不得已，亦當出。」可以肯定此函寫於袁的家鄉隱居地「柳浪湖」。按袁中郎自長兄宗道故世於萬曆二十九年之後，即在家營建「柳浪湖」隱居，到萬曆三十四年（1606）秋，始再赴京補官。又說：「葡萄社光景，便已八年，歡場數人，如雲逐海風，倏爾天末，亦有化為異物者。」按「葡萄社」名稱的由來，起於萬曆二十七年（1599）袁氏兄弟（長伯脩、次中郎、叔小脩）與在京詩酒友人等，時去崇國寺葡萄園飲宴唱和。此一聚會，袁氏兄弟稱之為「葡萄社」。到了翌年（庚子），便因人事星散而解體。袁宗道伯脩於萬曆二十八年逝世。也可以印證上袁中郎的這封信，寫於萬曆三十四年（1606）夏。可是，在萬曆丙午春到柳浪湖訪袁的「謝胖」，卻

找不出來是誰？

（二）萬曆丙午春，有一位姓謝的朋友「謝于楚」到了柳浪湖。今雖
未查明謝于楚是不是個「胖子」？但其人的性格，絕不會「持
數刺謁貴人」。謝肇淛在其《小草齋文集》卷四，刻有所作〈謝
于楚詩序〉一文，其中有句云：「……既又從之長安，（指在真
州南遊黃山之後，又與謝肇淛相偕赴京。）長安多貴人，朱門
碧瓦，寶勒金鷹，陌上紅塵，幾失天日，于楚不聞也。日惟
二、三酒徒，擊筑踏歌，醉胡姬酒肆中，而無一語及時政。先
是山人游燕者，率以筆舌賈禍去，獨于楚無間言，燕人始知重
于楚矣。居燕三月，而余有東郡之役，（謝中進士第後，選湖
州司理，因案牽連萬曆二十六年春解官，二十七年秋始再選任
東昌司理，「東郡之役」，指此。）戒驪且逼。……余既行，囑
于楚於長安貴人，貴人問：「風韻得如茂秦（布衣謝榛，詩人，
後七子之一）否？」于楚聞之不懌！曰：『方今寧復有弇州（王
世貞）新都（汪道昆）也者，而茂秦我乎？』吾馬首且東矣。
夫骨體不媚仲翔，不無恨於青蠅，而于楚能之。于楚於是乎可
與友也」足證袁中郎此函中的「謝胖」，不是謝于楚。

（三）再說，謝于楚於萬曆丙午（1606）春到柳浪湖，離去後歸返徽
州鄉里，以公安地理環境說，乃公安東方。故云：「將東歸
歃」。這一點，也印證不上謝于楚。何況，公安有何「貴人」
可謁？

若以函中的文句：「弟山中差樂，今不得已。亦當出。」及「葡
萄社光景，便已八年」這幾句話，可肯定此函寫於家鄉柳浪
湖，時間最早也只能排在萬曆三十四年夏，函中的「今春謝胖
來」，自應是春後的語氣。該年秋，袁中郎便進京補官了。這
一點，便與開頭的七句（到「此時想已南」止），合不攏。開

頭的這數句，語氣顯示。似在京城。好像是兩封信拼湊在一起的。

(四) 謝肇淛是袁宏道的同年。中第後於當年冬選任湖州司理。戊戌（二十六）年春，因案解任，當年夏避地真州（儀徵），與袁小脩等人在真州游宴數月，抵九月方行分散。他偕同謝于楚南游黃山，到了十二月盡，再由南北上。回到真州。翌年夏抵京師。在京逗留三閱月，方獲東昌司理之選，七月間到任。那麼，謝肇淛如從袁氏兄弟借抄《金瓶梅》稿，縱未在真州抄得，二十七年在京師的這三閱月，應是謝向袁抄錄那「其十三」之《金瓶梅》稿的時機。此後，謝在東昌一居六年，抵乙巳（三十一年）春，始擢升南京刑部山西司主事，嗣改任兵部職方司主事。到丙午（三十四年）四月，以入賀皇太后徽號。始再入京。在京未久留，即乞假歸省。八月二十一日抵家後未兩月，即丁父憂，到乙酉（三十七年）服闋，始再入京補官。而袁中郎於萬曆二十八年下半年即辭官返鄉，隱居六年，到丙午（三十四年）秋始出，入京補官。那麼，謝肇淛總不可能在萬二十七年秋赴東昌任後的這七八年間向袁借抄《金瓶梅》稿。試想，謝如在萬曆二十七年夏向袁借抄《金瓶梅》稿，怎會七、八年未歸還？袁小脩赴京應試，曾於萬曆三十一年秋赴京，總要路過山東，也會順便到東昌去索回。犯不著專函催索。

(五) 再查此函未刻於袁氏書種堂的《袁石公集》，亦未刻於何偉然之梨雲館類定本《袁中郎全集》（二十四卷本萬曆四十五年刻），清道光年間刻之培原書屋本《袁中郎全集》亦未收入此函。按該函初見於萬曆間刻本《三袁先生集》（美國普林斯敦大學圖書館藏）。後有崇禎二年之陸之選補刻四十卷本《袁中郎全集》予以補入。袁小脩於萬曆四十二年（1614）秋，曾有

函〈答袁無涯〉（書種堂主人，有語云）：「近日書坊贋刻，如「狂言」等，大是惡道，惟未能訂正之。李龍湖書，亦被人假託攙入。可恨！可恨！比當至吳中與兄一料理也。」似可據以推想，袁中郎的文章以及書牘，被人偽託刻入者，不在少數，斯函當其一也。是以我為此函寫了一篇〈論袁宏道給謝肇淛的這封信〉一文，初刊於《國語日報》《書和人》半月刊（1982年2月6日第434期），後收入《金瓶梅審探》請參閱。

（三）《觴政》[1]

十　〈掌故〉[2]

凡《六經》、《語》、《孟》言飲式，皆酒經也。其下則汝陽王《甘露經》、《酒譜》、王績《酒經》、劉炫《酒孝經》、《貞元飲略》、竇子野《酒譜》、朱翼中《酒經》、李保續《北山酒經》、胡氏《醉鄉小略》、皇甫崧《醉鄉日月》、侯白《酒律》諸飲流所著記傳賦誦等為內典。《蒙莊》、《離騷》、《史》、《漢》、《南北史》、《古今逸史》、《世說》、《顏氏家訓》、陶靖節、李、杜、白香山、蘇玉局、陸放翁諸集為外典。詩餘則柳舍人、辛稼軒等，樂府則董解元、王實甫、馬東籬、高則誠等，傳奇則《水滸傳》、《金瓶梅》等為逸典[3]。不熟此典者，保面甕腸，非飲徒也[4]。

〈酒評〉

丁未夏日與方子公諸友飲月張園，以飲戶相角論，久不定，余為評曰：劉元定[5]如雨後鳴泉，一往可觀，苦其易竟。陶孝若[6]如俊鷹獵兔，擊博有時。方子公[7]如游魚狎浪，喁喁終日。丘長孺[8]如吳牛齧草，不大利快，容受頗多。胡仲修[9]如徐娘風情，追念其盛時。劉元質[10]如蜀後主思鄉，非其本情。袁平子[11]如武陵少年說

劍，未識戰場。龍君超〔12〕如德山未遇龍潭時，自著盛地。袁小脩〔13〕如狄青破崑崙，以奇服眾。

註釋

〔1〕《觴政》即酒令，觴，盛有酒之杯盞觚爵。在宴會中執行巡酒對飲時的酒場政令。漢劉向《說苑》〈善說〉一篇記有魏文侯與大夫飲酒，使公勝不仁「為觴政」。訂酒令也。飲不釂者，浮以大白。……袁宏道作此一《觴政》之文，曾作短敘，曰：「余飲不能一蕉葉，每聞鑪聲，輒踴躍。遇酒客與留連，竟夜不休。非久相狎者，不知余之無酒腸也。社中近饒飲徒，而觴容不習，大覺鹵莽。夫提衡糟丘，而飲憲不修，是亦令長之責也。今采古稱之簡正者，附以新條，名曰《觴政》。凡為飲客者，各收一帙，亦醉鄉之甲令也。」

〔2〕掌故，泛指一國之典章及民俗紀實。漢代立為官名，掌禮樂制度等故實。此指可作酒令的故實。按袁中郎《觴政》共十六則，〈掌故〉列於第十則。〈酒評〉附於全文（第16則）之後。

〔3〕此稱《水滸》與《金瓶》為「逸典」，有美稱該兩書有出眾脫俗之意。

〔4〕此處指飲者必須熟知此典，誠是一大問題。蓋萬曆三十四、五年間，《金瓶梅》不但尚無刻本，連抄本尚無全稿流傳，袁宏道自己也祇有「其十三」（謝肇淛《小草齋文集》卷二十四〈金瓶梅跋〉中語。）何以會一時興起，把《金瓶梅》寫入酒令，其中必有文章。我早在二十年前，就提出了此一問題。以後，又逐步一一比勘析說。

〔5〕名劉戡之，張居正婿，夷陵人。以蔭授郎中，曾任德州知州。

〔6〕名陶若曾，東湖人。萬曆十六年舉人，官祁門教諭。

〔7〕名方文僎，布衣。新安人，從潘之恆學詩，薦與宏道，為袁氏
　　料理文墨事。萬曆二十二年隨宏道游憩十餘年，至萬曆三十七
　　年卒，未嘗離袁。喜酒，好客，為人質直。

〔8〕名坦，字坦之，號長孺，麻城人。萬曆三十四年武舉，官至海
　　州參將。善詩、工書、喜交游，袁氏兄弟好友。

〔9〕胡仲修，年籍不詳。

〔10〕　當為劉戱之昆仲。

〔11〕　名簡田，字寅庸，一字平子，宏道族弟。

〔12〕　名龍襄，字君超，武陵人。萬曆十年舉人。

〔13〕　宏道弟中道，萬曆四十四年進士。

　　（以上註釋，依據錢伯城箋校《袁宏道集》。上海古籍出版社印
行。）

附記

（一）按袁中郎《觴政》一文，究作於何年？尚有殊議。《萬曆野獲編》
　　卷二十五。說：「袁中郎《觴政》，以《金瓶梅》配《水滸傳》
　　為外典，予恨未得見。」下又說：「丙午（萬曆三十四年）遇
　　中郎京邸，問曾有全帙否？」自可據之推想《觴政》作於萬曆
　　三十四年秋之前。《寶顏堂秘笈》本之《觴政》，文後有〈荷葉
　　山樵跋〉一篇，記「時為甲辰（萬曆三十二年）。」（無〈酒
　　評〉）。

（二）按《寶顏堂秘笈》編纂駁雜，紀年難免有故作「首獲」袁氏此
　　文之嫌。以情理推繹，此文作於京城為是。中郎於萬曆二十八
　　年冬辭官返鄉，自營柳浪湖隱居六年，抵丙午（三十四年）秋
　　始入京補儀曹。鄉居應酬少，未必有興作酒場甲令也。竊以為
　　《觴政》作於丙午秋入京之後為是，《萬曆野獲編》寫作時間

遲，（在天啟七年之後），其所憶時日，極難遵循。

（三）在《袁氏文集》中，有三封說到《觴政》的信，一寄袁無涯，一寄潘景升，一寄黃平倩。如從這三封信中的文辭看，這三封信都寫在萬曆三十五年之後。我寫有〈袁中郎觴政之作〉一文（參閱拙作《金瓶梅探原》，頁 97-103）。總之，該文所附「酒評」，既已寫明作於萬曆丁未（三十五年）夏，則《觴政》勢必寫在〈酒評〉之前。錢伯城先生的校箋，把它訂於萬曆三十四年（1606）至三十五年（1607）在北京作。較比平實妥貼。基於《觴政》一文之把《金瓶梅》配《水滸傳》寫作應用酒令的典故，對於《金瓶梅》一書來說，便產生了以下幾個問題：

（1）既然《觴政》已成書，且於萬曆三十七年間公諸於世，三十四年（丙午）秋即已傳聞在外（以《萬曆野獲編》為證）那麼，作為酒令掌故的《金瓶梅》自也隨之傳揚在外。可以說，《金瓶梅》一書之名，公諸於世應自《觴政》始。

（2）袁中郎最早讀到《金瓶梅》部分抄本，贊辭是「雲霞滿紙，勝枚生〈七發〉多矣！」到了《觴政》，則以之與《水滸傳》相配，足可證明《金瓶梅》到了《觴政》就起了變化。由袁中郎給董思白信到《觴政》，整整十年了。在這十年之間，除了袁中郎一人之外，尚無第二人在這十年的漫長時間中，說到《金瓶梅》三字。說來，豈非一大問題。

（3）從萬曆二十四年（1596）到萬曆三十四年（1606）這整整十年之間，除袁中郎外，竟無其他任何人在文字上寫到《金瓶梅》，放在萬曆朝那個淫靡的社會來說，那《金瓶梅》若是今見的《金瓶梅詞話》，可能被人秘而不宣這麼久嗎？除了它是一部有關政治諷喻，隱刺萬曆宮闈的書，

縱然傳抄到手上，也不敢嚷嚷的。所以我推想早期袁中郎讀到的《金瓶梅》，是一部有關政治諷喻的書，「勝枚生〈七發〉多矣」這句話，就是明證。其他人所寫的有關《金瓶梅》的文字史料中，一一縷緒出線頭來。袁中郎起先說的《金瓶梅》，「勝枚生〈七發〉多矣！」，到了十年之後寫《觴政》又以之與《水滸傳》作配，顯然的，袁中郎後來說的《金瓶梅》已非他起先讀到的《金瓶梅》了。所以我判斷這十年歲月之所以無人說到《金瓶梅》，或由於袁中郎這一幫朋友，在規勸《金瓶梅》的作者改寫，免遭滅族大禍。到了萬曆三十四年，袁中郎手上還祇抄有《金瓶梅》「其十三」（謝肇淛證言），居然敢「以《金瓶梅》配《水滸傳》」為逸典，寫入《觴政》作酒令，豈不是透露了《金瓶梅》之將有刻本全書問世了嗎？要不然，又怎敢這麼說：「不熟此典者，保面甕腸，非飲徒也」呢？可是「史料」證明，袁小脩在萬曆四十二年八月的日記（《遊居柿錄》）中說，他還沒有看見到《金瓶梅》全本呢。

（4）如從《觴政》的文辭來判斷，若說袁中郎在寫《觴政》一文時，還不曾讀到《金瓶梅》全稿？似不可能。那麼，何以袁中郎的同年謝肇淛，以及他的同胞袁中道，都在寫於萬曆四十年後的文字史料中，說他們尚未讀到《金瓶梅》全本呢？此一問題，當可在屠本畯的《觴政》跋文中，見到端倪。

屠本畯（田叔）

〈觴政跋〉[1]

屠本畯曰：「不審古今名飲者，曾見石公所稱「逸典」否？[2]按《金瓶梅》流傳海內甚少[3]，書帙與《水滸傳》相埒[4]。相傳嘉靖時，有陸都督誣奏，朝廷籍其家，其人沉冤，託之《金瓶梅》[5]。
王大司寇鳳洲先生家藏全書，今已失散[6]。往年余過金壇，王太史宇泰出此，云以重貲購抄本二帙。[8]予讀之，語句婉似羅貫中筆[8]。復從王徵君百穀家，又見抄本二帙，恨不得睹其全[9]。如石公而存是書，不為託之空言也[10]。否則，石公未免保面而甕腸。[11]
文見《山林經濟籍》經部卷〈燕史固書〉第十二。
（北京市圖書館藏二十四卷本，錄劉輝作〈屠本畯的山林經濟籍與金瓶梅〉一文資料。）

註釋

〔1〕根據劉輝先生考證《山林經濟籍》的編定年代，是萬曆三十六年（1608），因而認定屠本畯的〈觴政跋〉，作於萬曆三十五年前後，最早不可能遲於萬曆三十六年。（見劉著〈屠本畯的山林經濟籍與金瓶梅〉一文之第二段「屠本畯為《金瓶梅》所作跋語」）。

〔2〕從屠本畯一下筆就以疑問兼且責備的語氣問：「不審古今名飲者，曾見石公所稱「逸典」否？」此語中的「逸典」，指的是《金瓶梅》。因為屠本畯深切的知道袁中郎寫《觴政》的這個時候，

《金瓶梅》尚無刻本，更深切的知道袁中郎瞭解《金瓶梅》在這
十年歲月中（萬曆二十四年至三十四年）的生命孕育情況。當
然，屠本畯一定知道袁中郎手中握有《金瓶梅》稿本多少？我
們更可以從此一文中的「責備」語氣，推想屠本畯不同意袁中
郎這樣鹵莽的發佈了《金瓶梅》的問世信息。看來，在屠本畯
這方面，似乎認為《金瓶梅》的稿本情況，還沒有到達可以公
開問世的時候。要不然，怎會一下筆就說出這麼重的語氣來責
備袁中郎！

〔3〕跟著屠本畯便說：「《金瓶梅》流傳海內甚少」，給他上一句的
疑問而責備的話，加上注腳。（在文法上說，下句是上句的修飾
辭。）這話的意思，在指明《金瓶梅》的稿本，並未公開流傳，
世上見到《金瓶梅》稿本的人很少。這句話也說明了屠本畯是
一位深切瞭解《金瓶梅》稿本，何以「流傳海內甚少」的知者。

〔4〕此言「書帙與《水滸傳》相埒」。更說明了他是一位在萬曆三十
五年前後，即已獲知《金瓶梅》是一部像《水滸傳》那樣長篇
幅的書。而且知道內容。

〔5〕他知道的內容是：「相傳嘉靖時，有陸都督誣奏，朝廷籍其家，
其人沉冤，託之《金瓶梅》。」這句話一出，卻又令人摸不著頭
腦了。第一，說是「相傳」，既是有人「相傳」出《金瓶梅》的
故事如何如何？應不是「流傳海內甚少」？也不是那種令人秘
而不宣的書。第二，既是為了陸炳誣奏，遭到朝廷籍家而蒙
冤，託之《金瓶梅》而有所報復。那麼，《金瓶梅》應是一部涉
及政治問題的謗書。可是，今見之《金瓶梅詞話》，內容印證不
上屠本畯的這番話。反正，屠本畯的這番話，有「相傳」二字，
原就是一句閒言語，不必負責任的一句話。第三，這句話與上
句「書帙與《水滸傳》相埒」，也有抵觸。既知《金瓶梅》的書

帙與《水滸傳》相埒，縱未讀到全稿，也應見到全部目錄，或首尾的卷帙。其內容是否有「沉冤」相託，以喻陸炳籍其家，自也能見及一些吧。又何必以「相傳」二字詼其辭。不是顯然的有所蔽嗎！

〔6〕先說：「王大司寇鳳洲家藏全書」，繼著又說：「今已失散。」把「失散」事，說得如此肯定。這些，都是值得步入探索問題的縫隙。

〔7〕此說在金壇王宇泰家見到「二帙」抄本，且說是「重金購抄」來的。冀以說明此書之不易得，而且是不能公開售賣的書，遂有人據為「可居」的「奇貨」。

〔8〕說「語句婉似羅貫中筆」。從此一語氣看，又像屠本畯手頭並無《金瓶梅》其書，在金壇王宇泰家方始第一次見到此書。不然，怎會說出這句話來？

〔9〕又在王百穀家「見抄本二帙」，說：「恨不得賭其全。」豈不是屠本畯表示他只在王宇泰與王百穀二人家見到「抄本」各「二帙」，以往並未讀到《金瓶梅》其書。於是，我不禁要問：跋文開頭的那些話，是怎樣產生出來的呢？「往年余過金壇」，從此一語氣看，可以說明屠本畯之有關《金瓶梅》一書的認知，所依恃的只是在王宇泰與王百穀家見到此書的各「二帙」而已。那麼，「一帙」是多少？按「帙」義乃「書套」、「書函」，書一函稱一帙。白居易《長慶集》後序云：「前三年，元微之為予編次文集而敘之，凡五帙，每帙十卷。」可見「一帙」最少在五卷或十卷之多。《金瓶梅》有十卷本及廿卷本兩種。所謂「二帙」，幾乎是《金瓶梅》的全本。不知缺多少？何以此二人竟無一言說及《金瓶梅》？按《山林經濟籍》出版時，王宇泰與王百穀，已先後作古，死無對證矣！

〔10〕袁石公（宏道）無《金瓶梅》全本，有其弟小脩及其同年謝在
　　杭（肇淛）可證。今觀屠本畯的這句話，豈不是嚴厲的指責袁
　　宏道不該在《金瓶梅》還未能成書時，就宣揚出來，等於託之
　　空言。

〔11〕最後一句，簡直是開罵了。《金瓶梅》尚未成書，袁中郎居然
　　要求酒友酒朋應熟《金瓶梅》一書的典故，豈不是強人所難！
　　說別人「不熟此典者未免保面甕腸。」屠本畯則認為袁宏道的
　　這種「託空言」把《金瓶梅》寫入《觴政》的行為，纔真的是「保
　　面甕腸」呢！

附記

（一）按明代人說到《金瓶梅》的文字史料，在寫作時間上，除袁中
　　郎宏道外，其次便是屠田叔本畯的這篇《觴政》跋。從全部明
　　朝人的史料看，袁中郎在《金瓶梅》尚未成書時，就把《金瓶
　　梅》寫入酒令《觴政》文中，想來，委實是一件值得推敲的問
　　題。

（二）第一，袁中郎是第一位透露了《金瓶梅》一書的人。儘管，袁
　　中郎的這封信，到了萬曆三十六年（1608）之後。方始編入《錦
　　帆集》，然該集公諸於世，則在《觴政》以後。換言之，最早
　　公佈《金瓶梅》於世的是《觴政》一文，時間已是萬曆三十四
　　年秋至三十五年夏。可以說，大多數人之知有《金瓶梅》一
　　書，由《觴政》問世始。

　　第二，若僅從明人筆下的文字字面看，認為袁中郎寫《觴政》
　　時，尚未讀到《金瓶梅》全稿，似很難令人置信。相等的，屠
　　本畯寫這篇《觴政》跋文時，他只從王宇泰（肯堂）王百穀（樨
　　登）二人處，讀到了不全抄本《金瓶梅》，也很難令人相信。

兩人的漏洞，我已在前面的註中指出了。在此，我再重說一遍，袁中郎是當時文壇上的大名家，若不知《金瓶梅》已成書，且行將梓行，絕不會猛猛浪浪，魯魯莽莽，以之配《水滸傳》作酒令典章？屠本畯如果不諳知《金瓶梅》的內情，也絕不會用這麼嚴厲的語氣責備中郎？

第三，《金瓶梅》在萬曆二十四年秋冬之季，袁中郎從董思白處得到，一直到萬曆三十四年整整十年的歲月，竟無聲無息，（無任何人在這十年歲月中有文字說到《金瓶梅》的史料）卻又是中郎說到了《金瓶梅》，不但說到了它，還把它配《水滸傳》寫入了酒令《觴政》，期望每一飲者都會用來作為掌故。還說：「不熟此典者，保面甕腸，非飲徒也。」難道，研究《金瓶梅》的成書及作者問題的「學者」，讀到了這些文字史料，不會感到蹊蹺？讀到屠本畯的《觴政》跋文，不會感受到屠本畯是站在袁宏道對立的方向說話？（此一問題，我提質疑出來，已經十五年以上了。）如今，又有了新發現，此一問題，已有了作答案的證據。

第四，證據是寧波師範學院的鄭閏先生，在《甬上屠氏宗譜》卷三十六，發現到屠本畯以「太憨生」筆名寫的雜劇《飲中八仙記》中，自記家門說：「家住洗墨溪畔明賢里」一語，則與序《金瓶梅詞話》之「欣欣子書于明賢里之軒」關聯上了。自可據之證明屠氏本畯應是「欣欣子」。

第五，屠本畯是寧波（鄞縣人），曾任辰州知州。父屠大山曾官至兵部右侍郎。屠本畯乃以父蔭補官。與屠隆同宗，低隆兩代。雖是祖孫輩，卻年長屠隆一歲。由於年相等，嗜相同，遂經常共相切磋。且服隆智高才富。萬曆二十九年（1601）後，也辭官家居。屠隆病故於萬曆三十三年八月二十五日，斯時，

屠本畯在家閒居已四載。《金瓶梅》的最後情況，屠本畯勢必知之甚稔。如從這一事實來看，則屠本畯的《觴政》跋之責備袁宏道，便有底蘊可尋了。

（三）這裡，我們來條析此一問題：

1 金瓶梅從何處得來？

　　袁宏道讀了《金瓶梅》部分抄稿，就寫信問給稿人董其昌：「《金瓶梅》從何處得來？」此一問題迄今尚未見到董其昌的答案。按董其昌思白卒於崇禎九年（1636），整整四十年未見董氏的文字答案。當真，董其昌沒有回答此一問題嗎？以情理推想，似不會如此。一定回答了的。但由於那時的《金瓶梅》是一部有關政治諷喻的書，諷喻的對象就是當今皇上。像〈七發〉中的楚客之於楚王子那類，知而不敢宣也。何以《金瓶梅》稿於萬曆二十四年（1596）間傳抄世上，汲汲十年，再無第二人說到它？即足以證明袁中郎、董思白等人，未敢再向外傳。不但如此，還勸作者修改（或重寫），這幾位朋友把《金瓶梅》稿，壓下來了。是以在這十年歲月裡，再無第二位說到《金瓶梅》。

2 董其昌從何處得來？

　　按董其昌於萬曆十七年（1589）中進士第，即任職翰林院，直到萬曆二十四年（1596）秋，始行擢陞湖廣提學副使。在翰林院由庶吉士至編修，七年之久。董在翰林院任職其間，尚有得中隆慶五年（1571）進士第之王祖嫡（字胤昌），中萬曆八年（1580）榜眼之蕭良有（字以占）。亦在翰林院任職。其中之王胤昌、蕭以占兩位太史，在屠隆於萬曆十二年（1584）罷官之後五年（萬曆十七年），尚為屠隆罷官事抱不平。竟以長函申正義不平之聲，慫憑屠隆「宜如子長之報任

少卿，李陵之於蘇屬國。刳腹腸於紙上，寫涕淚於毫端。」
而且，屠隆與王祖嫡並不相識，何況屠隆「放棄以來」，已
「五易裘褐」。這位身為翰林官的王氏，何來這分激情？今查
明王胤昌庶吉士散館後，在翰林院「任檢討垂十年，以內艱
歸廬墓側，起補原官。遷國子司業」（見《信陽州志》卷八）
那麼，王胤昌寫這封信給屠隆時，當在服滿復原官遷國子司
業的這個時候。也正是臣僚們疏請立儲，激怒皇上，有人受
到廷杖謫戍的時期。大理寺評事雒于仁上〈四箴疏〉的前
夕。想必王胤昌在翰林院已獲知了屠隆罷官的真正原因，是
由於他擬作的那篇〈賀皇子誕生〉一文，引發起鄭妃之妒，
讒陷了屠隆等雙雙削籍。因而憤懣的寫了這麼一封激情的信
給屠隆。試想，學司馬遷寫〈報任安書〉，效李陵給蘇武
書，是多麼嚴重的訴冤書。屠隆的罷官因由是「放曠詩
酒」，怎能與司馬遷的為李陵辯而被宮，李陵的被俘迫降而
罪及家人可比？王胤昌居然激情的寫長函，慫恿受了冤的屠
隆寫如此政治性的訴冤書，不是為了宮闈之寵，阻礙了立儲
之事，引發了王太史的激情，別的還能再有他因嗎？此事，
屠隆雖以「遵老氏沈默之旨」作答了之，但心中的憤憤不
平，並未平息。往後一年，遂有「譬之候蟲，時未至而喑喑
無聲，時至而嘻嘻不已」的說詞。到了萬曆二十三年（1595）
七月，屠隆的同年丁右武（此呂）因案被捕下獄。這時的屠
隆正在遂昌湯顯祖處。讀到丁右武被捕下獄時寫的「絕決
辭」，一時間在聚飲的友朋，都泣不成聲。萬曆二十四年
（1596）在蘇州吳縣的袁宏道便從董其昌那裡得到《金瓶梅》
抄稿一部分。使袁氏讀了大贊：「勝枚生〈七發〉多矣」。那
麼，如從這些有關萬曆朝立儲事的演變史實來看，屠隆於萬

曆二十四年前後送出他寫的《金瓶梅》稿，想來，應是候蟲
嘒嘒不已的時期。他把手稿騰一份給已升太子洗馬的王祖嫡
（胤昌）一睹紙上腹腸，一拭毫端涕淚，以答前函之盛情高
義，豈非人情之常！屠隆於萬曆二十三年曾過吳，與袁宏道
訂交，深受袁氏青睞與頌讚。期董氏南行之便，攜《金瓶梅》
稿以示袁氏。想來，斯亦文人情性本然。這樣把問題一一演
繹下來，可以判斷董其昌手頭的《金瓶梅》，或是從王祖嫡
手中得來。依作者所示，攜給吳令袁宏道的吧。未告袁氏，
不得不隱也。

3 何以把《觴政》列入《金瓶梅》配《水滸傳》為逸典？推演
起來，袁中郎把《金瓶梅》寫入酒令，還以它與《水滸傳》
為「配」？委實透露著蹊蹺，藏著玄機。

以情理推想，袁中郎寫《觴政》時，《金瓶梅》必已有了全
稿，且已準備梓行了。沈德符（萬曆野獲編）不是說他在萬
曆三十七年（1609）向袁小脩借抄了原稿嗎！豈不就是《觴
政》的此一「蹊蹺」答案。那麼，又何以《金瓶梅》的刻本，
卻遲遲於十餘年後方始出現呢？（今見的最早刻本《金瓶梅
詞話》梓行萬曆萬四十五（丁巳）年（1617 以後）。看來，
屠本畯的這篇《觴政》跋，便揭發了《觴政》「以《金瓶梅》
配《水滸傳》為逸典」所隱藏的「玄機」。此一「玄機」在
於屠本畯知道經過改寫的《金瓶梅》，尚有問題待決，還未
到可以付梓的時機也。今見的《金瓶梅》之有兩種不同的版
本與改纂的不同內容，不就是屠氏《觴政》跋責備袁中郎「保
面甕腸」的答案嗎！至於《觴政》跋文中的王宇泰以「重金」
購得的「二帙」，王百穀也有「兩帙」，又說王世貞家藏全
書，但卻知道「今已失散」。（按屠本畯與太倉王家，並無往

還，懇請王世貞為其父（屠大山）作墓誌銘，還是屠隆為之
函懇的。）可以說，這些文辭，都是有所掩蔽的「詖辭」，
孟子云：「詖辭知其所蔽」也。

4 屠本畯與《金瓶梅》的關係？

在寧波的鄭閏先生未發現屠本畯即「欣欣子」之前，（今有
屠氏的作品《飲中八仙記》與《五子譜策》為證。）尚不能
確知屠本畯與《金瓶梅》的關係，有多少牽連？今知屠本畯
就是「家住明賢里」的「欣（欣）子」，他又是屠隆的族孫，
自幼在一起相互切磋文學的文友，年齡比屠隆還長一歲。他
們之間，居然有著如此密切而相親的關係。卻又正好是屠本
畯於萬曆二十九年（1601）辭官家居的時期。那麼，屠本畯
加入了《金瓶梅》的改寫工作，應是屬於自自然然的事。
當萬曆二十四年（1596）冬袁宏道讀到《金瓶梅》，寫信問
董其昌「《金瓶梅》從何處得來？」以後獲知作者是屠隆，
竟是他去年（二十三年春）認識的那位「軒軒霞舉，略無些
子酸俗氣」的屠長卿，是他目中的遊客，唯一可語者。在贊
賞之餘，又怎能不提舉意見。給屠隆改寫的建議，可能在此
時就產生了。凡有關違礙易惹禍患之處，總得避開。《金瓶
梅》之借用《水滸傳》的西門慶與潘金蓮通姦故事，重新營
建《金瓶梅》，也可能是萬曆二十五年之後，方始開始的。
此一問題，不是在《金瓶梅詞話》第十七、十八兩回，還殘
餘著「賈廉」這個不明來歷的人物嗎！不是在這十年歲月
中，無任何人論到《金瓶梅》嗎！又是袁中郎起而推出《觴
政》以《金瓶梅》配《水滸傳》為逸典嗎？一樁樁一件件，
都透露著《金瓶梅》到了《觴政》出現，便指出《金瓶梅》
已是另一部有異於前所贊譽的「勝枚生〈七發〉多矣」的《金

瓶梅》矣！

按屠隆卒於萬曆三十三年（1605）八月廿五日。晚年的屠隆，沉淫於戲曲，不但自作劇本，還自組戲班，自己粉墨而袍笏，登台爨演，意氣風發。由此可以想知屠隆可能並未把改寫的《金瓶梅》定稿。（可能已有全稿並未定稿）。

還有，屠隆臨終時，留下六條遺言，第二條說：「平生一罪，多言多語，《鴻苞》等篇，盡付一炬。」按《鴻苞集》四十八卷，今仍存世。看來並無可焚的違礙或罪人的文章。可怪的是，屠隆在另文中談及《鴻苞》是二十卷，是一部不願示人而秘藏的書。或許今之《鴻苞》（編於屠卒後）已非屠氏生前說的那一部廿卷本的《鴻苞》。[1]上錄的這些問題，豈不就是屠本畯的《觴政》跋責備袁中郎「保面甕腸」的事實底因嗎！想是屠本畯知道，這時的《金瓶梅》尚未定稿也。

5　《金瓶梅》傳抄時代的版本？

《金瓶梅》的正式傳抄，從《觴政》始。

可以肯定的說，在《觴政》之後傳抄的《金瓶梅》，已是改寫本了。不但是改寫本，而且有兩種，一是廿卷本，一是十卷本。（梅節先生首先道及。）由此足以推想到屠隆生前，並未將《金瓶梅》定稿，屠隆卒後，有資格定稿《金瓶梅》的人，屠本畯應屬第一位。不過，從袁中郎於萬曆二十四年冬就讀到了《金瓶梅》稿，可以推想最初傳出的《金瓶梅》稿，麻城的劉守有、劉承禧父子必定有一份。蓋麻城劉守有是屠隆的義人，罷官出京，家小靠劉大金吾（時劉守有任錦衣衛僉書掌衛事）關顧。如有《金瓶梅》其文，不會不給劉

---

[1]　見鄭閏作：〈屠隆年譜〉。

家一份。

從欣欣子敘文之刻在十卷本簡端，堪以證明屠本畯的立場，是站在十卷本這一邊的。所以欣欣子的敘言，透露了十卷本《金瓶梅詞話》的內容，已不是原著的內容了。「如離別之機將興，憔悴之容必見者，所不能免也。折梅逢驛使，尺素寄魚書，所不能無也。患難迫切之中，顛沛流離之頃，所不能脫也。」等等情節，全不在改寫後的《金瓶梅》中。可能原著《金瓶梅》，屠隆後人已遵老人遺言，「付之一炬」。這一尚未定稿的十卷本，可能來自麻城劉家。這時的劉承禧，家境正在日落崦嵫，遂把手頭的不完稿本，略加搜求，匆匆組合付梓。遂有錯簡、重疊，以及郭公夏五魯魚亥豕情事在內。想來，應是如此的吧？

今之論者，無不認為十卷本《金瓶梅詞話》是一部接近原著的版本，廿卷本，改得更多，更難依循作準矣。（這些，都是屠本畯的《觴政》〈跋〉，啟示出的。）

袁中道

《遊居柿錄》（日記）[1]

往晤董太史思白，共說諸小說之佳者[2]。思白曰：「近有一小說，名《金瓶梅》，極佳。」余私識之。後從中郎真州，見此書之半[3]。大約模寫兒女情態具備，乃從《水滸傳》潘金蓮演出一支。所云金者，即金蓮也；瓶者，即李瓶兒也；梅者，春梅婢也[4]。舊時京師，有一西門千戶。延一紹興老儒於家。老儒無事，逐日記其家淫蕩風月之事，以門慶影主人。以餘影其諸姬。瑣碎中有無限煙波，亦非慧人不能[5]。追憶思白言及此書曰：「決當焚之[6]。」以今思之不必焚，不必崇，聽之而已。焚之亦自有存之者，非人之力所能消除。但《水滸》崇之則誨盜，此書誨淫，有名教之思者，何必務為新奇，以驚愚而盡俗乎[7]？

註釋

〔1〕此為袁宏道弟袁中道的日記。此則記於萬曆四十二年（1614）八月。小脩，萬曆四十四年進士，卒於天啟三年。

〔2〕在此稱董其昌為「太史」，時間當是指的往日，應在萬曆二十三、四年間。按董其昌由翰林院遷湖廣提學副使，時在萬曆二十四年秋。

〔3〕按袁中道隨其兄在真州，時在萬曆二十五年（丁酉）至二十六年（戊戌）間。有《遊居柿錄》卷三各文為證。

〔4〕從袁中道文中的這些話來說，袁中郎最早讀到的《金瓶梅》，應與傳今之《金瓶梅》的內容無異。

〔5〕這裡說的《金瓶梅》作者，是京城一位千戶家中的「紹興老儒」所作。說是「逐日記其家淫蕩風月之事。」如這些話意在有所暗示，則寧波屠隆自在膺選之列。

〔6〕如所記董其昌此言「決當焚之」是實，則初期出現之《金瓶梅》，就有淫穢描寫。

〔7〕袁中道在此以之與《水滸傳》並論，與其兄寫的《觴政》，前後呼應上了。

附記

1 《遊居柿錄》與《萬曆野獲編》

（一）當二十年前我們開始讀了《遊居柿錄》的這番話，便發現它與《萬曆野獲編》說在萬曆三十七年向袁小脩抄得《金瓶梅》全稿，兩相異辭。必有一真一偽。如今看來，卻又不得不認為袁中道《遊居柿錄》的這番話，對《金瓶梅》的前後抄本，不無遮掩之嫌。證據就是其兄那句「勝枚生〈七發〉多矣」的話。以情理推想，袁中道首次讀到的《金瓶梅》，若是袁小脩日記中說的「從《水滸傳》潘金蓮演出一支」，內容就是金蓮、瓶兒、春梅的「淫蕩風月之事」，怎會以枚乘的〈七發〉作比況？應以《水滸傳》為喻的。

（二）《遊居柿錄》的這番話，記於萬曆四十二年八月，文思是從袁無涯攜百廿回《水滸傳》到麻城、公安等地來，讀到《水滸傳》想到當年為李卓吾抄書的僧常志，引發出來的。乍讀感於語意流洩得自自然然。但如入乎義理，則漏洞出矣！

2 《遊居柿錄》的漏洞

（三）第一，董其昌說：「近有一小說，名《金瓶梅》極佳。」又說：
「決當焚之。」從語句的義理看來，語氣中的《金瓶梅》，應是
一部完整的刻本才對，卻不是。

第二，到了萬曆四十二年八月，袁氏兄弟手中尚無全本，根據
謝肇淛的《小草齋文集》說，袁中郎只有《金瓶梅》稿本「其
十三」。只有如此少的《金瓶梅》稿，居然以之配《水滸傳》
為酒令，豈不滑稽突唐？

第三，其兄中郎既已將《金瓶梅》寫入《觴政》，遂據手中業
已改寫完稿的《金瓶梅》，在此敷衍一番，作為《觴政》而已。
可是《金瓶梅》並未付梓，卻又不得不說：「從中郎真州」時，
「見此書之半。」

第四，袁中道文中的《金瓶梅》作者，照直說是「舊時京師」
的「西門千戶，延一紹興老儒於家，……逐日記其家淫蕩風月
之事」的內容，既未假以「相傳」，亦未託以「聞此」，雖「舊
時京師」一辭，不無「道聽」的意味。但在整段語意以及語氣
上說，說得還是相當肯定的。所以，當我們對於作者的目標，
一步步射向寧波人屠隆時，則「紹興老儒」之說遂不無暗寓存
焉！

（《遊居柿錄》一書，本文所據版本是臺北新興書局印行之《小
說大觀》本。）

謝肇淛（在杭）[1]

《小草齋文集》卷二十四

《金瓶梅》一書，不著作者名代[2]。相傳永陵[3]中，有金吾戚里[4]，憑怙奢汰，淫縱無度，而其門客病之，採摭日逐行事，彙以成編，而託之西門慶也[5]。書凡數百萬言，為卷二十[6]，始末不過數年事耳[7]。其中朝野之政務，官私之晉接[8]，閨閫之媟語，市里之猥談[9]。與夫勢交利合之態，心輸背笑之局；桑中濮上之期，尊罍枕席之語；[10]駔駔之機械意智，粉黛之自媚爭妍；狎客之從諛逢迎，奴儓之稽脣淬語[11]；窮極境象，駴意快心[12]。譬之范工博泥，妍媸老少，人鬼萬殊，不徒肖其貌，且併其神傳之[13]。信稗官之上乘，爐錘之妙手也[14]。其不及《水滸傳》者，以其猥瑣淫媟，無關名理[15]。而或以為過之者，彼猶機軸相放，而此之面目各別[16]。聚者自來，散有自去[17]。讀者意想不到，唯恐意盡[18]。此豈可與褒儒俗士見哉[19]！此書向無鏤板，鈔寫流傳，參差散失[20]。唯弇州家藏者，最為完好[21]。余於袁中郎得其十三，於丘諸城得其十五[22]。稍為釐正，而闕所未備，以俟他日[23]。有嗤余誨淫者，余不敢知[24]。然溱洧之音，聖人不刪，則亦中郎帳中必不可無之物也[25]。倣此者有《玉嬌麗》，然而乖彝敗度，君子無取焉[26]。

（1）謝肇淛《小草齋文集》有天啟七年十二月二十八日徐𤋮敍本二十八卷《續集》三卷。日本內閣文庫藏本缺前四卷，有續集。尊經閣藏本有前集二十八卷全，無續集。余於一九七九年四月向尊經閣申請影本，一九八一年又在日本京都大學東洋文化研

究所影得內閣文庫藏本（微卷本）。

（2）書尾既有徐爆所寫謝君肇淛行狀，文中寫明於天啟七年十二月
二十八日「奉君靈柩葬於舊坏安縣移風鄉」，足徵此一文集當梓
行於崇禎初年。按謝氏卒於天啟四年冬。

註釋

〔1〕按謝肇淛亦萬曆二十年進士，袁宏道同年。初任湖州推官，因
事去職。時袁中郎亦辭吳令寓居真州，謝氏無官一身輕，遂至
真州與袁氏兄弟游。萬曆二十七年晉京，當年即獲選山東東昌
司理。數年後方調工部，萬曆四十三年三月，皇三子常洵之藩
（赴洛陽福王府邸），要從水路赴洛陽，時謝任工部司水郎中，
曾為此事清理河道，還著有〈護送福藩行記〉一文，備述水行
之艱難。（文在《小草齋文集》中。）謝肇淛閩之晉江長樂人，
生於杭州，故名肇淛字在杭。可以說，謝氏在工部任職數年，
對萬曆宮闈寵幸事件，引發出的的東宮冊封事，知之稔也。

〔2〕謝氏讀到的《金瓶梅》，既「不著作者名代」，應是一部沒有敘
跋的本子。所謂「名代」意指既未寫上姓名也未寫上別號筆名
什麼的。依此看來，可以想知謝氏並未讀到〈欣欣子敘〉等等。
否則，就是故作遮掩。

〔3〕「相傳」自是聽來的傳說，自是聽了讀過《金瓶梅》的人說的。
「永陵」是嘉靖陵墓名，以之代名嘉靖。即指嘉靖時。

〔4〕金吾，是保衛皇城的御林軍，在明朝指錦衣衛官士。戚里指鄉
親。

〔5〕這段話與袁小脩《遊居柿錄》的那一段「西門千戶」家的「老
儒」，是一類的說詞。

〔6〕數百萬言，自是誇大之辭。「為卷二十」，則正與今見的「崇禎

　　刻本」同。從這句話，使我們推想到傳抄時代，《金瓶梅》就有兩種不同的版本，也堪以證明傳抄時代的《金瓶梅》是改寫過的。何以？不改寫，怎會出現兩種抄本。

〔7〕始末不過數年事耳。這話固然可以說謝肇淛手頭的《金瓶梅》，有頭也有尾，只缺中間的部分。要不然，怎能肯定的說「始末不過數年事耳。」（也許這是一句遮掩之辭，謝已有了全稿。）

〔8〕這兩句話，指書的內容，有朝政影響了民間的事務，有公私不分的勾結。

〔9〕有男女閨房中的淫言穢語。市井間民庶的粗話。

〔10〕還有那些依勢而交因利而合的人生醜態，以及那些當面輸心背後抽腿的人生局面。更有那些桑中的淫奔濮上的淫合，以及酒席之間的笑鬧與枕席之間的浪話。

〔11〕有市場上市儈的勾心鬥角，有賣春的粉頭們的爭風吃醋；還有狎客們的趨合逢迎，以及奴才們的挑撥讒媚。

〔12〕更有那窮奢極侈的瀾漫境域，以及那以驚雷駭人退讓的快心態勢。

〔13〕就像捏泥人的工匠之巧，能把俊的、醜的、老的、少的，人也好，鬼也好，都能塑造得各有其貌。不但在外貌上唯妙唯俏，而且各傳其內心情態。

〔14〕這部分放在稗官中也算得是最上等的，是一位有鑪錘之技的妙手錘鍊出來的。

〔15〕它抵不上《水滸傳》的地方，就是因為它的內容寫得太猥瑣太淫穢了，違悖了名教倫理。

〔16〕但也有人認為它比《水滸》好。《水滸》在人物塑造上，走的還是老路。這本書的人物，卻各有各的面目。

〔17〕在情節安排上，人物的聚散，無不來去自自然然。

〔18〕最好的地方，故事情節的發展，有意想不到的聚散，讀時意恐完了。

〔19〕這一點，就不是褒儒俗士可以體會到的。

〔20〕這部書一向無人刻出，在抄寫流傳中，有的散失了，存藏的參參差差，不易湊成了。

〔21〕只有王世貞家藏的最完好。

〔22〕我在袁宏道（中郎）處抄來十之三，在丘志充（六區）處抄來十之五。

〔23〕稍微整理出一個秩序，殘缺的一部份，等待以後再補吧。

〔24〕如有人嘲笑我「誨淫」，我也不敢辯說我是否「誨淫」。

〔25〕仲尼先生編詩，並未把鄭、衛兩國的詩刪除。在我則認為這部書也是領兵的大元帥中郎將帳中不可缺的讀物。

〔26〕似乎謝肇淛也讀到了《玉嬌麗》。呼應了沈德符語。

附記

1 《金瓶梅》跋的寫作時間？

（一）謝肇淛這篇〈金瓶梅跋〉，寫於何年？尚無定論。（劉輝先生在〈屠本畯的山林經濟籍與金瓶梅〉一文中，說謝氏該文作於萬曆四十四年（1616），惜未舉證。」）

（二）不過，從謝氏行狀看，於萬曆二十八年（庚子）改選山東東昌司理，居東六年，於萬曆三十三年（乙巳）擢南京刑部山西司主事。翌年（丙午）入京賀慈聖皇太后徽號，尋轉南京兵部職方主事。嗣丁父憂歸守服，萬曆三十七年服闋，補工部屯田司主事晉員外郎。遇上皇子婚禮，壽陵（即定陵）增工，都在他的職司內。萬曆三十九年（辛亥）轉任本部都水司職方郎中，

督理北河，駐節張秋，遂又遇上了皇三子常洵於萬曆四十三年
之國洛陽藩邸。要從水路往。謝氏「預繕隄岸，瀹淤滯以導舳
艫。躬操小艇為王前驅。」護送凡十四晝夜，歷數州邑。尋擢
雲南布政使司左參政兼僉事。基是看來，謝氏此文，可能寫於
萬曆四十四年（丙辰）之前。應在萬曆四十三年前後。最適當
的時期，當在萬曆四十一、二年間。蓋丘志充乃萬曆四十一年
進士，派工部主事。

2 謝肇淛與袁宏道《觴政》的矛盾

（三）按謝肇淛手中的《金瓶梅》，從袁中郎得「其十三」，從丘諸城
　　（志充）得「其十五」。並不是全本，但謝氏對于當中的內容，
　　所述至為詳盡，而且與今見之《金瓶梅》內容相同。如以之與
　　袁小脩的日記《遊居柿錄》相並論，可說是如出一轍。但與袁
　　中郎最先讚賞的《金瓶梅》「勝枚生〈七發〉多矣」，不能「相
　　埒」也不合欣欣子的敘言。

（四）謝氏肯定的說：「此書向無鏤版」。然而謝氏此文，最早也不會
　　寫於萬曆四十年以前，無論如何，他寫在《觴政》出版之後。
　　像《遊居柿錄》（日記）一樣，都寫在《觴政》問世之後。於是，
　　我不禁要問：「袁宏道把《金瓶梅》配《水滸傳》為逸典，作
　　為酒令，寫入《觴政》，憑恃的只是他手頭的「其十三」稿本
　　嗎？」此一問題是鬥不攏的，有空隙的。前已論之矣。

3 謝肇淛提供《金瓶梅》研究的重要消息

（五）謝氏此文提供了三個重要的消息，一是「不著作者名代」。足
　　以說明謝氏手中的《金瓶梅》沒有敘跋。最低限度是沒有欣欣
　　子的序文。二是「為卷二十」。說明了他手中的《金瓶梅》是

廿卷本。三是「於中郎得其十三，於丘諸城得其十五。」說明
了袁中郎與丘六區得來的《金瓶梅》稿，全是廿卷本。可是，
今見的《金瓶梅》最早刻本，是十卷本《金瓶梅詞話》。廿卷
本則是刻於崇禎年間的《繡像批評金瓶梅》。從字體上看，尤
其是辟諱字（檢刻作簡），都足以證明廿卷本於十卷本之後。

（六）如從謝肇淛的這句「為卷二十」來推尋，則董其昌、袁宏道、
謝肇淛、丘志充、沈德符手上的《金瓶梅》，全是廿卷本。那
麼，十卷本是那裡來的呢？那麼，是不是其他人等，如王宇
泰、王百穀，以及徐階、王世貞，劉承禧等人手中的《金瓶
梅》，全是十卷本呢？今尚無據可證。甚而說這幾人手中有無
《金瓶梅》稿本，且都是別人的傳說，也無這些人的對證。

（七）如從版本學上說，卷次的不同，內容編次也有不同的參差。屠
本畯的《山林經濟籍》，有二十四卷本與不分卷本兩種。這兩
種版本，不但內容有差別，編次尤其不同。可是《金瓶梅》的
兩種版本，內容雖小有差異，但編次上的「十卷」與「廿卷」
之分，只不過是十回一卷與五回一卷的不同而已。換言之，把
廿卷本改為十卷本，或把十卷本改為廿卷本，也並無不可。這
樣看來，卻又不易推論那在傳抄時代的「十卷本」，不是「廿
卷本」的界分。

4　最值得推論的丘諸城問題

（八）最值得吾人推論的是丘諸城（志充）手中的「其十五」《金瓶梅》
稿，他得自何處？今也尚無人尋得對證。按丘志充字六區，山
東諸城人。萬曆三十一年舉人，三十八年貢士，未殿試，延於
四十一年再試，中二甲進士。在工部任主事。（正好與謝肇淛
同事），升至郎中後，於萬曆四十八年調升河南汝寧知府，抵

　　天啟六年（1626）即一步步擢升至山西布政使司布政使（從二
品），天啟七年正月因案被補下獄，處死刑於崇禎五年棄市。
此人在官場上長袖善舞，入仕十餘年間即官至二品。還想謀得
京官，企圖入閣預朝政。竟以行賄手段謀之，遂因而案發送
命。他不但有《金瓶梅》稿，還有續書《玉嬌麗》。書從何處
得來？待考矣。

（九）但從謝肇淛這句「為卷二十」一語之「於中郎得其十三」來說，
廿卷本乃傳抄本的同一源頭。此一源頭，全與《觴政》有關。
若基此理念推究起來，謝肇淛的這些話，與袁中道的《遊居柿
錄》，乃姊妹篇也。

（十）至於《玉嬌麗》一書的問題，沈德符的《萬曆野獲編》，透露
得最多。此一問題，留待下編再說吧。

李日華（君實）[1]

《味水軒日記》卷七[2]

萬曆四十三年（1615）十一月初五日。伯遠攜其伯景倩[3]所藏《金瓶梅》小說來，大抵市諢[4]之極穢者，而鋒燄遠遜《水滸傳》。袁中郎極口贊之，亦好奇之過[5]。

據中央研究院藏嘉業堂本

註釋

[1] 李日華字君實，浙之秀水人，萬曆壬辰（二十年）進士，與袁宏道（中郎）同年。初授九江推官，後遷南京禮部主事。乞歸終養，里居二十餘年。迨天啟始再入京補官，崇禎時晉太僕寺少卿，旋又乞歸。卒於崇禎八年（1635）。

[2] 該書凡八卷，自萬曆三十七年起至萬曆四十四年止。每年編為一卷。

[3] 景倩是沈德符字，居長。

[4] 所謂「市諢」，意指市井間低階層的俗俚口語。

[5] 李日華讀後，認為《金瓶梅》的辭藻，抵不上《水滸傳》，袁中郎極口贊美，未免過分好奇了。

附記

1 李日華提供的一個重要消息

（一）李日華的這一則日記，只提供了一個重要的消息，就是到了萬
　　　曆四十三年（1615）十一月，沈德符手中已有了《金瓶梅》的
　　　全稿。根據《萬曆野獲編》卷二十五所記，沈德符的《金瓶梅》
　　　稿，「是從袁小脩抄來的」。以文字寫的時間推演，抄於萬曆三
　　　十七年秋冬間。這些話如係事實，即堪以證明袁氏兄弟手中，
　　　在萬曆三十四年（1606），已經有了金瓶梅全稿。《觴政》更是
　　　有力的證明。若依據此一理路看來，則袁小脩寫於《遊居柿錄》
　　　中的這則日記，論及《金瓶梅》的這番話，乃有所「遮掩」的
　　　「詖辭」。

（二）筆者於一九七六年間作〈論明代的金瓶梅〉史料〉一文，談到
　　　《遊居柿錄》，即懷疑小脩此文不實。一是對《金瓶梅》一書的
　　　觀點，美刺不同。二人友于甚篤，不可能論見相異。「所以我
　　　懷疑中郎與小脩對《金瓶梅》之美刺不一，必有一是一非之
　　　別。若乎中郎是，則必小脩非；若乎小脩是，則必中郎非也。」
　　　如今，既有證指出《金瓶梅》的作者是屠隆，則此一「不一」
　　　的問題，便有了明確的答案，為《金瓶梅》的改寫成「從《水
　　　滸傳》潘金蓮演出一支」說也。

2 李日華證實《金瓶梅》有了全稿的人物

（三）按《味水軒日記》之證實《金瓶梅》在萬曆四十三年即有了全
　　　稿，而且在沈德符手中。此一證言，足以貫通前後各家之言

詮[1]。以上所錄共五人，以寫作時間先後為序，計為袁宏道、屠本畯、袁中道、謝肇淛、李日華。這五人的文字為《金瓶梅》傳達出的消息，全是抄本。他們這些有關《金瓶梅》的文字，除了《觴政》，所寫全說不曾讀到全本。只有《味水軒日記》透露《金瓶梅》是全稿。雖未明言，語氣已顯現之矣。若是殘本，不能不言及之。

---

[1] 按拙作：〈論明代的金瓶梅史料〉，《中外文學》第6卷第6期（1979年11月），集入《金瓶梅探原》，頁105-131。

下編

〈欣欣子序〉[1]

〈金瓶梅詞話序〉[2]

竊謂蘭陵笑笑生[3]作《金瓶梅傳》，寄意於時俗[4]，蓋有謂也[5]。人有七情，憂鬱為甚。上智之志，與化俱生，霧散而冰裂，是故不必言矣[6]。次焉者，亦知以理自排，不使為累[7]。惟下焉者，既不出於心胸，又無詩書道腴可以撥遣，然則不致于坐病者幾希[8]！

吾友笑笑生為此[9]，爰罄平日所蘊者著斯傳[10]，凡一百回，其中語句新奇，膾炙人口。無非明人倫，戒淫奔，分淑慝，化善惡，知盛衰消長之機，取報應輪迴之事，如在目前[11]。始終如脈絡貫通，如萬系迎風，而不亂也[12]。使觀者庶幾可以一哂而忘憂也[13]。其中未免語涉俚俗，氣含脂粉[14]。余則曰：「不然。〈關雎〉之作，樂而不淫，哀而不傷[15]。」富與貴人之所慕也，鮮有不至於淫者[16]，哀與怨人之所惡也，鮮有不至於傷者[17]。吾嘗觀前代騷人，如盧景暉之《剪燈新話》、元微之之《鶯鶯傳》、趙君弼之《效顰集》、羅貫中之《水滸傳》、丘瓊山之《鍾情麗集》、盧梅湖之《懷春雅集》、周靜軒之《秉燭清談》，其後《如意君傳》、《于湖記》[18]，其間語氣文確，讀者往往不能暢懷，不至終篇而掩棄之矣[19]。

此傳者，雖市井之常談，閨房之碎語[20]，使三尺童子聞之，如飲天漿而拔鯨牙，洞洞然易曉[21]。雖不比古之集理趣，文墨綽有可觀[22]。其他關繫世道風化，懲戒善惡，滌慮洗心，無不小補[23]。譬如房中之事，人皆好之，人皆惡之。非堯舜聖賢，鮮不為所耽[24]，富貴善良，是以動搖人心，蕩其素志[25]。觀其高堂大廈，雲窗霧閣，何深

沉也。金屏繡褥，何美麗也。鬒雲斜嚲，春酥滿胸，何嬋娟也。雄鳳
雌凰迭舞，何慇勤也。錦衣玉食，何侈費也。佳人才子，嘲風咏月，
何綢繆也。雞舌含香，唾圓流玉，何溢度也。一雙玉腕綰復綰，兩隻
金蓮顛倒顛，何猛浪也[26]。

既其樂矣，然樂極必悲生。如離別之機，將興憔悴之容，必見者，所
不能免也[27]。折梅逢驛使，尺素寄魚書，所不能無也[28]。患難迫
切之中，顛沛流離之頃，所不能脫也[29]。陷命於刀劍，所不能逃也
[30]。陽有王法，幽有鬼神，所不能逭也[31]。至於淫人妻子，妻子淫
人，禍因惡積，福緣善慶，種種皆不出循環之機[32]。故天有春夏秋
冬，人有悲歡離合，莫怪其然也[33]。合天時者，遠則子孫悠久，近
則安享終身，逆天時者，身名罹喪，禍不旋踵[34]。人之處世，雖不
出乎世運代謝，然不經凶禍，不蒙恥辱者，亦幸矣[35]。

　　　吾故曰：「笑笑生作此傳者，蓋有所謂也[36]。」

　　　　　　　　　　　　　　　　　　　　　欣欣子書於明賢里之軒

註釋

〔1〕我曾疑「欣欣子」是馮夢龍的化名。今寧波師範學院的鄭閏先
　　生在屠本畯的雜劇《飲中八仙記》中，發現家門一句：「家住洗
　　墨溪畔明賢里」。則欣欣子是屠本畯，似成定案。

〔2〕此序在今見的所有明代人論及《金瓶梅》的文字史料中，都不
　　曾說到這篇敘文。憾該序無寫作時日。

〔3〕欣欣子既可確定是屠本畯，則蘭陵笑笑生是屠隆，自也難以爭
　　論。

〔4〕這裡稱《金瓶梅》為「傳」，自是以人物為情節的。且以說明此
　　書是「有所謂」的「寄意於時俗」的內容。雖然「時俗」二字
　　的意義，可大可小，然「時俗」之不關予政治者，殊鮮。

〔5〕「蓋有謂也」一語，豈不是說明了有所指，有所諷，有所寄寓於牢騷。

〔6〕指出人類的七情，「憂鬱為甚」。「上智之士」，自會化解。

〔7〕「次焉者」，也會有心理排除。

〔8〕「下焉者」，又不能以詩書排解，也沒有修道的心胸可以排遣，能不因此積鬱成病嗎。

〔9〕欣欣子說蘭陵笑笑生就是為了這一點來寫《金瓶梅》的。

〔10〕又說，《金瓶梅》傳，是蘭陵笑笑生「罄平日所蘊者」寫此傳的。我不禁要問：蘭陵笑笑生何以要耽心人類的「下焉者」會「憂鬱」成病，為之作書排解？

〔11〕此說《金瓶梅》寫的「無非明人倫，戒淫奔，分淑慝，化善惡，知盛衰消長之機。」在今見的《金瓶梅詞話》中，若是從反諷觀之，則有。試問，人之「下焉者」，懂得嗎？讀後，能理會到蘭陵笑笑生這一慈悲心腸，是為他們排解「積鬱」嗎？再說，「取報應輪迴之事，如在目前。」傳中則無。

〔12〕所謂此傳的故事情節，「始終如脈終貫通，如萬系迎風，而不亂也。」已非今見的《金瓶梅詞話》。今之《金瓶梅》，脈絡已不貫通。

〔13〕今見的《金瓶梅詞話》是一部為清河縣幫會頭兒西門慶作傳的情節，已不是可以「使觀者」讀了「可以一哂而忘憂」的書，甚而可以說若是認真讀了《金瓶梅》的（無論十卷還是廿卷本）不惟不會「一哂而忘憂」，可能會「憂之更憂，憂上加憂。」

〔14〕所謂「其中未免語涉俚俗，氣含脂粉。」似乎不是此傳的缺點。

〔15〕這裡引仲尼先生的話，用「關雎」一詩的「樂而不淫，哀而不傷。」來為此傳的「淫穢」作飾辭，似有引喻失當之病。

〔16〕誠然，富貴與淫欲相連的。飽暖思淫欲也。然富貴乃人之慕，

孔子已道之。

〔17〕又說：「哀怨人之所惡也，鮮有不至於傷者。」這話頗有語病，不合義理也。按此兩句，出於《論語》〈里仁〉，說：「富與貴，是人之所欲也，不以其道得之，不處也。貧與賤，是人之所惡也，不以其道得之，不去也。」這裡竟把「貧賤」易為「哀怨」，在文義上，就與上句的「富貴」二字，對稱不起來了。按「富貴」與「貧賤」，乃人生中的類別對等辭。「哀怨」二字，不是「富貴」一辭的對等。無論富貴貧賤，都有「哀」或「怨」的產生。哀、怨之於人。乃隨性適情而生，非「所欲」、「所惡」所能改其居處。凡所「哀怨」，亦無不有所「傷」感。怎能與「富貴」之令人「慕」作相對立論？看來，這兩句似非原文，或是後人改錯了。或是傳抄錯了。

〔18〕按《剪燈新話》乃瞿佑作，此說「盧景暉之《剪燈新話》」，不知何據？《秉燭清談》未見書目。其他除《鶯鶯傳》、《水滸傳》以及《如意君傳》、《張于湖記》等，都是稍早問世的書。其他都是萬曆年間流行的書。鄭振鐸的〈談金瓶梅詞話〉一文的判斷，合乎理則。

〔19〕此言「其間語句文確，讀者往往不能暢懷。……」當是指的語句太文了。按「文確」二字，如從文理看，似是「文體」之誤，意指前錄的那些書，都是文言語句的文體。「文確」二字費解。

〔20〕遂說「此傳」是市井間的語體，還有閨房中的瑣瑣碎碎等情話。

〔21〕唸給三尺童子聽，也能使之洞明易曉。像飲天漿拔鯨牙那樣驚喜。未免是誇飾之辭。

〔22〕雖比不上古時的理趣文集，文筆的風姿還是很可觀的。

〔23〕這部書還寫了些有關世道風化，以及懲惡揚善，有補於滌慮身心的筆墨。

〔24〕譬如男女房中之事，儘管人人都忌諱公開談論，有誰不愛它呢？

〔25〕此一文句，必有奪文。「富貴善良」四字，怎能與「是以搖動人心，蕩其素志」相銜接？看來，「富貴善良」四字之下，定有文字脫落。基乎此，自也可以想知上面說到的「哀怨人之所惡也」文句的不合義理，與此處的「奪文」錯誤，可能是同一原因。「是」，或「否」之誤。

〔26〕這一大段「高堂大廈」中的閨情描寫，就是銜接上述「動搖人心，蕩其素志」的事，遂越發的顯出「富貴善良」四字夾在其間的累贅。極明顯的就是這地方的文辭有脫落。

〔27〕「樂極必悲生」的「離別之機，將生憔悴之容」，說是「必見」且「所不能免」。可是今之《金瓶梅》中無有這些情節。

〔28〕「折梅逢驛使，尺素寄魚書」的情節，也無有。

〔29〕「患難迫切」、「顛沛流離」，在今之《金瓶梅》中雖有，也不顯著。

〔30〕潘金蓮、陳經濟，是死於刀下的。其他全不是。

〔31〕陽世的王法，陰府的鬼神，在今之《金瓶梅》中，全失去了它的公權力。

〔32〕「淫人妻子，妻子淫人。」吳月娘則未嘗失貞。潘金蓮、孫雪娥只是小老婆，算不得「妻子」。西門慶之死，雖可說是「禍因惡積」，死後卻又脫生到財主家去了。卻出乎「循環之機」。

〔33〕今之《金瓶梅》，內容所寫，並不是「悲歡離合」。

〔34〕「合天時」與「逆天時」的「遠則子孫悠久，近則安享終年」與「禍不旋踵」，也不是今之《金瓶梅》的故事所要表現的內容。

〔35〕在今見的《金瓶梅》的社會中，「人之處世」，「不經凶禍，不

蒙恥辱者」可真是「有幸」者。

〔36〕凡認真讀了《金瓶梅》（今見者）的人，總會感到朱明的易姓，
　　　當可在《金瓶梅》的社會中，領略個「端倪」。欣欣子說：「笑
　　　笑生作此傳者，蓋有所謂也。」仍能在這一部改寫本中見及。
　　　若得見其原著，益可蠡知欣欣子敘中情節遺失的重要與可惜。

附記

1 欣欣子與蘭陵笑笑生的出現

（一）按欣欣子的這篇序文，發現甚遲，一九三二年冬始在北京琉璃
　　　廠見到。當時的北京大學以重金購回，翌年集資影印了一百
　　　部，世間始知有《金瓶梅詞話》，十回一卷，十卷。不惟內容
　　　與廿卷本略有不同，還多了一篇〈欣欣子序〉。而且，序本指
　　　出《金瓶梅》的作者是「蘭陵笑笑生」。

（二）最令人推想的是，在未發現這部十卷本《金瓶梅詞話》之前，
　　　不惟無人知道「欣欣子」與「蘭陵笑笑生」，甚且連此一版本
　　　的書目，也無書目家列出。此種「一刻則家傳戶到」的書，除
　　　了由於此一刻本的刻出，並未發售，因而流傳海內甚少。其他
　　　還能推想出別的適當原因嗎？

2 明代何以無人論及欣欣子與蘭陵笑笑生？

（三）尤其，明代人論及《金瓶梅》的文字史料，至今尚未有人提到
　　　「欣欣子」與「蘭陵笑笑生」。因而香港的梅節先生懷疑《金瓶
　　　梅詞話》板行於二十卷本《繡像批評金瓶梅》之後。北京的劉
　　　輝先生據以推想十卷本《金瓶梅詞話》在萬曆年間有兩種刻
　　　本，後刻於萬曆四十七年的有〈欣欣子序〉，先一刻本無。可
　　　是，廿卷本刻於崇禎，有辟諱字為證，而且，刻本上也有延襲

十卷本的明顯痕跡。不惟無辟諱字，字體形態也在崇禎本前。
再者，萬曆年間如已有了兩種刻本，其中有一本有〈欣欣子
序〉，則寫於天啟末、崇禎初的《萬曆野獲編》，怎的一字不
題？薛岡寫於崇禎間的《天爵堂筆餘》，提到〈東吳弄珠客
序〉，怎的未見〈欣欣子序〉，也不知有〈欣欣子序〉？這問題
不是很顯然麼，十卷本《金瓶梅詞話》於萬曆末、天啟初刻出
後，並未公開發售，便毀了板了。所以，它「流傳海內甚少」。

（四）今見的兩種《金瓶梅》刻本，都是改寫本。由於廿卷本尚有十
卷本的比對，可以見到兩者間顯著的不同，可以肯定廿卷本是
刪改過的，十卷本是「繁本」，廿卷本是「簡本」。那麼，十卷
本《金瓶梅詞話》是不是袁中郎於萬曆二十四年（1596）見到
的那部《金瓶梅》呢？我認為不是。上編已經說到了（我的前
幾本書也說到）。──一是袁中郎最先讀到的《金瓶梅》以枚
乘的〈七發〉比擬。今見的兩種刻本《金瓶梅》，都無從以〈七
發〉比擬。二是自萬曆二十四年到三十四年，整整十年，除袁
中郎這封信之外，未見其他任何人說到《金瓶梅》。三是自袁
中郎把《金瓶梅》寫入《觴政》，在萬曆三十五年以後，《金瓶
梅》方在文人圈子中傳抄。四是今見的這篇〈欣欣子序〉，文
中說到的故事情節，在今見的《金瓶梅》中，已泰半不見了。
如「離別之機，將生憔悴之容」、「折梅逢驛使，尺素寄魚
書」、「患難迫切之中，顛沛流離之頃，」以及「陽有王法，幽
有鬼神，」若是等等情節，今之《金瓶梅》已無。欣欣子的序
文，豈不是提供了一個正確的消息，那就是：今之《金瓶梅》
乃改寫本，非原著矣！

3 蘭陵與屠隆的關係

（五）當然，欣欣子的這一序文，最重要的一點，是明指作者為「蘭
陵笑笑生」。在我國地理上，最有名的「蘭陵」是荀卿曾為蘭
陵令的「蘭陵」，故地在山東嶧縣。加之《金瓶梅》的故事背
境等，安排的是山東東平州的「清河」。語言又以「俺」、「咱」
的北方話為主。於是，《金瓶梅》的作者，「必是山東人」之說，
遂首由鄭振鐸先生提出。但卻忽略了「蘭陵」這地名，江蘇武
進（常州）、無錫、（錫山）等處，還有一個「南蘭陵」（或「僑
蘭陵」）的稱謂。這麼以來，「蘭陵」這一地名，非山東專有
矣。（這一問題，是我首先提出的。同時，我還提出了「蘭陵」
一詞，也有隱寓荀子性惡說的喻義[1]。）

（六）按屠隆原名儱，又改名龍。應童子試時，提學見名，笑曰：
「龍乃九五，其可屠耶？」遂易名隆。字長卿，又字緯真，號
赤水。甬上屠氏祖名季，傳為宋翰林學士屠雷發之孫。居河南
汴梁尉氏縣。後隨高宗南渡，輾轉遷居常州。於南宋末年理宗
朝，徙於明州，定居甬江之北。屠隆先祖由河南徙居南蘭
陵——常州等地，為時頗久。據《甬上屠氏宗譜》中〈甬東屠
氏歷世遷居記〉一文所記，屠氏在常州無錫邑居住長達百餘
年。屠隆罷官後，且有隱居常州梁溪的念頭。足徵屠隆對南蘭
陵故地的幽思情懷。所以屠隆以「蘭陵」冠於他的「笑笑生」
名號之上。

（七）不但屠隆先祖曾居南蘭陵（常州），連他夫人楊枝（字柔卿）
也是常州人。而且，屠隆有寫作那部「勝枚生〈七發〉多矣」

---

[1]　可參閱拙作：《金瓶梅探原》，頁149-157。

的《金瓶梅》之動機。他的罷官是由於獲罪於萬曆帝寵妃鄭氏，已有證據。（吳興人吳稼澄作《玄蓋副草》卷四〈答屠緯真〉一詩，詩云：「君昔游京華，秉禮兼稱詩，侯王及庶士，交結篋等夷。孤爵飲無算，藻翰縱橫飛，謠諑一興妬，深宮擯娥眉。」）這首詩，已與我寫的那篇〈屠隆可能寫作《金瓶梅》的動機〉一文，印證上了[2]。

4 屠隆可能寫作《金瓶梅》的動機

（八）在萬曆十七年（屠罷官五年後）間，有一位任職翰林院的（太史）王胤昌（名祖嫡，隆慶五年進士）的人，與屠隆素未謀面，卻寫了一封信給屠隆，勸屠隆把罷官的冤屈，效司馬遷給任安的信，或學李陵給蘇武的信，「刳腹腸於紙上，寫涕淚於毫端。」屠的罷官之冤，若不是牽涉　皇長子出生，引起寵妃鄭氏之妬，罪及屠隆多言多語，（寫了〈賀皇子誕生〉等文），藉故罷免了他。還有什麼事能引發身為太史的翰林院官員，寫這樣的信函慫慂屠隆學司馬遷〈報任安書〉呢？今者，史料俱存，怎能不併入考量？再說，在屠隆的書牘中，對於此書，曾有候蟲的比喻。說候蟲在時令未到時，喑喑無聲，時令到則嘒嘒不已。那麼，到了萬曆二十三年秋十一月，屠隆的同年丁此呂（右武）在湖廣右恭政任後被捕，時屠氏正在遂昌湯顯祖處作客。得右武被捕在家寫的絕決詞，一時大家見之哽泣不能卒讀。此時，豈不已是候蟲時到應嘒嘒鳴的時令嗎？所以，翌年冬，《金瓶梅》抄稿，有一部分出現文人手中了。

（九）袁中郎於萬曆二十四年（1596）從董其昌手上獲得《金瓶梅》

2　參閱拙作：《金瓶梅原貌探索》，附錄二。

部分抄稿，曾問董：「《金瓶梅》從何處得來？」雖至今尚未見
到正面的答案，但「喑喑」十年無聲無嗅的「喑啞」，也就等
於「答案」。袁中郎等人已知道了作者是誰？（獲知了《金瓶梅》
是從何處得來的。）由於內容涉及當朝最敏感的政治問題：「東
宮冊封」，這部《金瓶梅》寫的是「勝枚生〈七發〉多矣」的
政治規諫。若是公開，對作者以及傳播者，都有牢獄之災，或
殺身滅族之禍。於是，一部可與《水滸傳》相配的《金瓶梅》，
在十年後出現了。《觴政》不就是袁中郎所問：「《金瓶梅》從
何處得來」的答案嗎！按屠隆卒於萬曆三十三年八月二十五日。

5　《金瓶梅詞話》的改寫問題

（十）極可能屠隆已接納了袁中郎等文友的建白，做了改寫的計劃，
　　　借用《水滸傳》的情節，應是改寫中的計劃。但從屠隆的生活
　　　情趣看來，自萬曆二十五年（1597）夏，娶女伶王蕙芳為妾，
　　　翌年即自組家班，自編自演，如《曇花記》、《彩毫記》等劇，
　　　都作於此一時期。可以說，晚年的屠隆，迷情於劇，未能全心
　　　放在《金瓶梅》的改寫上面。迨萬曆二十九年（1601）屠本畯
　　　辭官家居，遂加入了《金瓶梅》的改寫與整理工作。於是，有
　　　了廿卷本的大事刪修。如從屠本畯的《觴政》跋文觀之，或可
　　　推想屠隆死時，《金瓶梅》的改寫尚未完成，想不到袁中郎竟
　　　然搶著在《觴政》文中，把《金瓶梅》公開出來了。因而惹火
　　　了屠本畯，責備袁中郎「未免保面甕腸」。欣欣子（屠本畯）
　　　的這一序文，不也明示了今之《金瓶梅》的內容，已非「吾友
　　　笑笑生」所作《金瓶梅傳》中的故事情節矣！可以說，這後一
　　　篇〈欣欣子序〉，與前一篇《觴政》跋，是前後兩相呼應的姊
　　　妹篇。

（十一）根據欣欣子的序文所述，堪證十卷本《金瓶梅詞話》已非原
　　　　本。可是廿卷本卻又顯明的是從十卷本刪改而成。然而，十
　　　　卷本卻還殘餘了「東宮冊封」的政治諷喻（第一回），以及
　　　　第五十六回一衲道人的〈別頭巾文〉也在其內。這一點，或
　　　　許就是屠本畯不同意的原因。他站在屠氏家族的立場，自不
　　　　願《金瓶梅》替屠氏家族惹上政治的麻煩，是以在萬曆三十
　　　　五年以後的傳抄本，有了兩種不同的底本。

（十二）無疑的，十卷本《金瓶梅詞話》的梓行，當在萬曆四十八年
　　　　（1602）明神宗賓天之後，由於書商的搶著早日板行，未及
　　　　詳加整理與校勘，便把收集來的雜亂稿本，大略編輯成書，
　　　　便刻出來了。遂有了錯簡奪衍與重複等情事。連欣欣子的序
　　　　文，也有殘缺。若以萬曆爺賓天之日籌備付梓，此部大書梓
　　　　成，當在天啟二年至三年之間。這時，一月皇帝泰昌已成歷
　　　　史，天啟爺的龍位，仍在那位先朝鄭貴妃的手掌幃幄之下。
　　　　於是《三朝要典》之梃擊（萬曆四十三年五月一男子持棍打
　　　　入太子宮案）、紅丸（泰昌駕崩案）、移宮（泰昌李選侍佔據
　　　　中宮不讓案），下詔輯修，目的在為鄭貴妃洗去責任。刻成
　　　　的十卷本《金瓶梅詞話》，不敢發售了。所以，明代人論及
　　　　《金瓶梅》者，無人說到欣欣子與蘭陵笑笑生。蓋不知者，
　　　　無從說起，知者也不敢說。就這樣，欣欣子與蘭陵笑笑生，
　　　　以及十卷本《金瓶梅詞話》，被湮沒了三百年有餘，方始在
　　　　我中土山西發現。日本的兩部又二十三回殘卷，也是在我國
　　　　公開了這部十卷本《金瓶梅詞話》之後，方始陸續公諸於世
　　　　的。最微妙的是，京都大學的那二十三回殘卷，竟在一部佛
　　　　經中的襯紙發現到的。它在我中土，已被毀棄作了它書的襯
　　　　紙了。斯即該書被毀的鐵證。

〈東吳弄珠客序〉[1]

《金瓶梅》穢書也[2]。袁石公亟稱之，亦自寄其牢騷耳[3]！非有取於《金瓶梅》也[4]。然作者亦自有意，蓋為世戒非為世勸也[5]。如諸婦多矣，而獨以潘金蓮、李瓶兒、春梅命名者，亦楚檮杌之意也[6]。蓋金蓮以姦死，瓶兒以孽死，春梅以淫死，較諸婦為更慘耳[7]。借西門慶以描畫世人之大淨，應伯爵以描畫世之小丑，諸淫婦以描畫世之醜婆淨婆，令人讀之汗下，蓋為世戒非為世勸也[8]。

余嘗曰：「讀《金瓶梅》而生憐憫心者，菩薩也。生畏懼心者，君子也。生歡喜心者，小人也。生效法心者，乃禽獸耳[9]。」友人褚孝秀偕少年同赴歌舞之筵，衍至霸王夜宴，少年垂涎曰：「男兒何可不如此？」孝秀曰：「也只為這烏江設此一著耳。」同座聞之，歎為有道之言[10]。若有人識得此意，方許他讀《金瓶梅》也[11]。不然，石公幾為導淫宣慾之尤矣[12]。奉勸世人勿為西門之後車可也[13]。萬曆丁巳季冬東吳弄珠客漫書於金閶道中[14]。

註釋

〔1〕較早疑東吳弄珠客即馮夢龍，是一九六二年日本平凡社出版《金瓶梅詞話》譯本，小野忍〈解說〉文中說到。到了前幾年，我也同意此疑。

〔2〕這裏一下筆就說《金瓶梅》是一部淫穢的書，是此一序文，始終以「淫」字立論。

〔3〕「亟」，一而再的意思。這裡說袁中郎一而再的贊稱此書，當知東吳弄珠客是讀了袁中郎給董其昌的那封信，以及《觴政》的

人。認為袁氏一再稱讚《金瓶梅》，有自己寄寓牢騷於《金瓶梅》
的意味。自是深知袁氏的人物。

〔4〕不以為袁氏贊賞《金瓶梅》是完全為了《金瓶梅》「可取」，事
實上是自寄其「牢騷」。

〔5〕這裡又說《金瓶梅》的作者寫《金瓶梅》這部書，也有其一己
的立意。那就是希求世人讀之有所戒懼，不是勸世人學那西門
慶的宣淫無度。

〔6〕「檮杌」人名，楚國人。是一位人所共知的惡人，是以楚人以
「檮杌」這人的名字，作為戒懼而舍惡向善的對象。所以書名以
潘金蓮、李瓶兒、春梅三人的名字，各取其一而代之，這也是
楚檮杌的意思。

〔7〕潘金死在「姦」字上，春梅死在「淫」字上。在情節上都寫得
顯著，一看即知。只有李瓶兒死在「孽」字上，寫得較隱晦，
不易明白。關於這一點，我最早指出「孽」字的意思，是「惡
因也」。李瓶兒死於血崩，她這血崩症的病根，可不是西門慶造
成的，是那位花老太監造成的。按李瓶兒自梁中書家帶了一筆
不小的細軟，到了京城便得到了花老太監的庇護。把她嫁給侄
子花子虛，只是名義上的夫妻，要不然，那老太監到廣南去，
不也帶著李瓶兒嗎。不錯，這三個女人在《金瓶梅》都死得不
太名譽。

〔8〕從西門慶的自暴而死，應伯爵的下流醜態，淫婦們的無恥，其
為「世戒」，都是潛在的。

〔9〕所以又說，讀《金瓶梅》不可有「效法」心，有效法心就是禽獸。

〔10〕跟著又引述了一個譬方，認為青年人讀了《金瓶梅》若只能從
表層上著眼，只能見到霸王夜宴的威風，卻想不到這夜宴的浮
靡，正是烏江自吻的伏筆。

〔11〕「若有人識得此意，方許他讀《金瓶梅》」，則此書又怎能是一部「一刻則家傳戶到」的書呢？

〔12〕這裡說：「不然，石公幾為導淫宣慾之尤矣。」豈非明指袁中郎是《金瓶梅》一書的梓行主持人。

〔13〕如依據今之《金瓶梅》所刻畫的西門慶其人，除了由於淫慾過度而自爆，至於他那長袖善舞而上結權臣下結地痞的才能，正是歷史上的歷代社會中的名人典型。所以西門慶一死，便有個張二官起而代之。西門慶有何「後車」為後人作覆車之鑑？

〔14〕此序寫明作於萬曆丁巳季冬，一六一七年也。但如從其他文字史料斷之，此書之板行，當在天啟初。東吳弄珠客說：「漫書於金閶道中」，則又明示此書刻於吳越間。馮夢龍在這期間，正在麻城黃安等地執舉子業。有人推想此一稿本來自麻城劉大金吾家，極有可能。

附記

1　東吳弄珠客序文的地位

（一）東吳弄珠客這篇序文，是十卷本《金瓶梅詞話》的第二篇，但在廿卷本《繡像批評金瓶梅》上，則是第一篇。廿卷本不但刪簡了十卷本中的戲曲小唱，還改寫了第一回以及各回的前後證詞。同時，十卷本第一篇欣欣子序文以及扉頁的兩闋詞也刪了。這刪減的情形，卻也透露了《金瓶梅》在梓行過程上的坎坷。顯然的，廿卷本印行在十卷本之後，自是為了怕再步上十卷本還殘有冊封東宮的諷喻，不得不再作修整。

2　東吳弄珠客序在板本上的問題

（二）如果認為，在《觴政》之後傳抄出的《金瓶梅》就是改寫本，

在這傳抄時代就有兩種不同的底本，十卷本也是一部最接近原
本的抄本。（鄭振鐸在〈談金瓶梅詞話〉一文，就這樣說了。）
再從傳抄者無人說到序文的情事來看，可以說《金瓶梅》在傳
抄時代，就無序文。今從這兩序一跋〈廿公跋〉的文辭來看，
也看得出是付刻前方始寫成的[1]。

---

[1]　至於這兩篇序或所涉及的板行時間問題，尚有其他史料比對判斷，容後再論。

〈廿公跋〉^[1]

《金瓶梅傳》，為世廟時一鉅公寓言，蓋有所刺也^[2]。然曲盡人間醜態，其亦先師不刪鄭衛之旨乎^[3]。中間處處埋伏因果，作者亦大慈悲矣^[4]。今後流行此書^[5]，功德無量矣。不知者竟目為淫書，不惟不知作者之旨，併已冤卻流行者之心矣^[6]。特為白之^[7]。

廿公書

註釋

〔1〕廿，讀如念。竊以為「廿公」即袁中郎方外友人無念和尚。在袁中郎詩文集中，提到「念公」之處頗多。（此一廿公似是假念公在此為《金瓶梅》一書之誨淫部分，故作舒解者。我早在十五年前，即拈出矣。）

〔2〕這裡說「為世廟時一鉅公寓言」，意思是說《金瓶梅》這部書，傳寫的是「世廟」（嘉靖）時，某一鉅公的寓言小說。「為」字讀第四聲，譯成語體應是：「替嘉靖朝某一鉅公傳出的寓言（小說）」

〔3〕這裡引用孔子編詩三百篇，鄭、衛兩國的淫詩，並未刪除。寫《金瓶梅傳》的人，之所以述寫了那麼多的男女淫穢醜態，不也是孔子不刪鄭衛淫辭的旨趣嗎。

〔4〕這裡說《金瓶梅》書中「處處埋伏因果，則是託詞。《金瓶梅》若是因果論，西門慶死後就不會又脫生到財主人家做小少爺去了。

〔4〕這裡說《金瓶梅》書中「處處埋伏因果，則是託詞。《金瓶梅》

若是因果論，西門慶死後就不會又脫生到財主人家做小少爺去
了。

〔5〕若說《金瓶梅》的流行，有「因果」上的「功德無量」，則未必
也。

〔6〕《金瓶梅》雖非淫書，不應目之為「淫書」，然其流行上的「功
德」，屬於社會學上的問題，淫穢的描寫，不正是政治良竅的因
果嗎！如從這一點來看書中埋伏的「因果」，可就深一層矣。

〔7〕我也想在此「特為白之」。《金瓶梅》，痛書也。（令人有所傷痛
之書也。今日讀之，其亦未減原始筆墨之諷諫。）

附記

1 假借念公為「淫穢」脫罪的飾辭也

這是一篇假借釋家上人為《金瓶梅》淫穢描寫，有所開脫的飾
辭，「作者大慈悲矣」的內容，未敢明言也。即我在註七一條中所說
的「痛書」，「諷諫筆墨」。可以說廿卷本上的這兩篇序跋，都在「淫
穢」上著筆，想來，亦飾辭也。

《萬曆野獲編》^[1]

袁中郎《觴政》以《金瓶梅》配《水滸傳》為外典，予恨未得見^[2]，丙午^[3]，遇中郎京邸，問：「曾有全帙否^[4]？」曰：「第睹數卷，甚奇快！今惟麻城劉延白承禧家有全本，蓋從其妻家徐文貞錄得者^[5]。」又三年，小脩上公車，已攜有其書，因與借抄挈歸^[6]。

吳友馮夢龍見之驚喜，慫恿書坊以重價購刻^[7]。馬仲良時榷吳關，亦勸予應梓人之求，可以療飢^[8]。予曰：「此等書必遂有人板行，但一刻則家傳戶到^[9]，壞人心術。他日閻王究結始禍，何辭置對？吾豈以刀錐搏泥犁哉！」仲良大以為然；遂固篋之。未幾時，而吳中懸之國門矣^[10]。然原本實少五十三回至五十七回，遍覓不得，有陋儒以入刻，無論膚淺鄙俚，時作吳語；即前後血脈亦絕不貫串，一見知其贋作矣^[11]。

聞此為嘉靖間大名士手筆，指斥時事。如蔡京父子，則指分宜，林靈素則指陶仲文，朱勔指陸炳。其他各有所屬云^[12]。

中郎又云：「尚有名《玉嬌李》者^[13]，亦出此名士手。與前書各設因果，武大後化為淫夫，上烝下報。潘金蓮亦作河間婦，終以極刑。西門慶則駿憨男子，坐視妻妾外遇，以見輪迴不爽。中郎亦耳瞟，未之見也^[14]。去年抵輦下，從丘工部六區，得寓目焉^[15]。僅首卷耳，而穢黷百端，背倫滅理，幾不忍讀。其帝則稱完顏大家，而貴谿分宜相構，亦暗寓焉。至嘉靖辛丑庶常諸公，則直書姓名，尤可駭怪^[16]。因棄賈不復再展。然詞鋒恣橫酣暢，似尤勝《金瓶梅》^[17]。

丘旋出守去，此書不知落何所？^[18]

註釋

〔1〕按沈德符的《萬曆野獲編》，初編二十卷，完成於萬曆三十四年
仲冬日（有沈氏自序為證），續編十卷，完成於萬曆四十七年新
秋（亦有沈氏自序為證）。然說該書梓版問世甚遲。遲到清道光
七年（1827）方由羊城扶荔山房刻出，三十四卷。這其間，編
訂人已三易其手。先是康熙三十九年桐鄉人錢枋予以重行釐
行，編為三十卷，其中篇目，已非原著編次。後沈氏五世孫沈
振，又以錢枋編本為基礎，再參改家藏目錄，重行編次，仍釐
訂為正續編三十卷。即今見之抄本（存南港中央研究院）。（筆
者所據是抄本）。又一面目矣。

〔2〕沈德符知有《金瓶梅》一書，就是讀了《觴政》獲知的。

〔3〕丙午，即萬曆三十四年。袁中郎於是年秋始抵京補官。

〔4〕沈德符問的竟是「曾有全帙否？」似乎沈氏也在懷疑此時《金
瓶梅》尚無全本似的。按沈氏這段話，寫作時間甚遲。但再早
也在屠本畯的《山林經濟籍》出版之後。必然讀過《觴政》跋
的。此一問句的語氣，自是針對《觴政》之以《金瓶梅》配《水
滸傳》為酒令問的。問袁中郎有無全本？如無全本，怎可寫入
酒令？

〔5〕袁中郎的回答，居然沒有見過全本。但卻透露了麻城劉家有全
本。又附加說明，是從妻家徐階府上抄去的。劉承禧是徐階的
姪孫婿。

〔6〕又過了三年，當時是萬曆三十七年（1609），袁中郎的弟弟小脩
到京應進士闈，竟帶來了這部書。於是沈德符借抄了一部，攜
回了家鄉。這話已透露了袁氏兄弟早已有了《金瓶梅》全部稿
本。可是，袁小脩又為何不承認呢？竟在萬曆四十二年八月的

日記中，說他還是萬曆二十六年前後，在真州時，見到哥哥手
中的「一半」。再加上謝肇淛的《金瓶梅》跋文的說法，他在袁
中郎手中抄得的《金瓶梅》稿，只有「其十三」。這麼一來，沈
德符的話，可就靠不住了。可是如從袁中郎於萬曆三十四、五
年間，膽敢把《金瓶梅》寫入酒令《觴政》這一點來說。寧不
相信《萬曆野獲編》的說詞為是，謝肇淛與袁中道的話為非。
（當欣欣子即屠本畯，蘭陵笑笑生即屠隆的證據，越來越肯定
時，則謝肇淛與袁中道的飾辭之「詖辭知其所蔽」的內函，也
就更濃了。）

〔7〕沈德符有一部《金瓶梅》稿，攜回家鄉，有李日華的《味水軒
日記》為證，與所謂「吳友馮夢龍見之驚喜，慫慂書坊重價購
刻」等情，若非空話，自應證明沈德符確在萬曆三十七年向袁
氏兄弟抄得了《金瓶梅》全稿。

〔8〕按馬仲良之駿在蘇州滸野關榷收魚稅銀，時在萬曆四十一年
間，不但有《蘇州府志》可證，且有馬氏作品《妙遠堂文集》
可證。雖馮、馬二人無文對證，卻不能否定沈說，並無其事。

〔9〕沈說「此等書必遂有人板行，一刻則家傳戶到。」斯乃萬曆間的
社會情實。然而《金瓶梅》卻遲遲二十餘年無人梓行，對萬曆
朝那個淫靡的社會來說，該書如非有政治因素作為阻礙，是不
能遲遲二十餘年無人板行它的。我們誠應考量沈德符的這句話。

〔10〕這句「未幾時而吳中懸之國門矣」的話，到今天，尚未得到正
確的答案。如依前後文的語氣，上下文的文義，可以說鄭振鐸
與魯迅先賢的推斷「《金瓶梅》出版於萬曆三十八年」，並沒有
錯。只是馬仲良「司榷吳關」的時間是萬曆四十一年，鄭氏等
先賢的推斷，便合不了轍啦。若再依《觴政》之以《金瓶梅》
配《水滸傳》為酒令的這一點來說，《金瓶梅》一書最遲在萬

曆三十八年也應該出版了。

〔11〕關於沈說的「原本實少五十三回至五十七回」一語，若據實對
　　　證十卷本，卻無法印證上。對證廿卷本，祇有五十三、四兩回
　　　是改寫過的，不同於十卷本的。可是，卻有不少人耗去精力在
　　　這十卷本的這五回上作「註腳」。但究竟「贗作」在那裡？有
　　　誰說清楚了。

〔12〕我們能在今見的《金瓶梅》中，尋出「指示時事」的「蔡京父子」
　　　是分宜父子嗎？在情節中有林靈素嗎？朱勔可與陸炳相「時事」
　　　嗎？

〔13〕直到今天，我仍懷疑《玉嬌麗》有其書。儘管在明人的文字史
　　　料中，已有三人說到了此書。而我總認為《玉嬌麗》其書，只
　　　是說來為《金瓶梅》作飾詞的掩體。

〔14〕說了半天，有關《玉嬌麗》，結論則是：「中郎亦耳瞟，未之見
　　　也。」

〔15〕後來，沈德符說，他在京城丘志充那裡，見到了這部書。有了
　　　證物了。可是，此書怎麼樣呢？

〔16〕沈德符只讀了第一卷，就感受到它的「穢黷百端」而「背倫滅
　　　理」。還「暗寓」了夏言（貴谿）與嚴嵩（分宜）的政治鬥爭。
　　　連嘉靖辛丑（二十年）科的庶吉士諸公的姓名，都直書不避。
　　　像這樣的書，在萬曆年間應該無所禁忌，還勢必是一部深受社
　　　會大眾歡迎的書，還用得著秘而不宣嗎。可是這部《玉嬌麗》
　　　（李）也無人梓行。

〔17〕還說：「詞鋒恣橫酣暢，尤勝《金瓶梅》」，此等書更應該有人
　　　板行。但卻無人梓行它。

〔18〕最微妙的結尾這句話：「丘旋出守去，此書不知落何所？」不
　　　禁令人要問：「丘志充離京出外作官，也不能說此書不知落何

所啊！」後來，美國的學人馬泰來查出丘志充於天啟七年犯案
被補下獄，處死刑於崇禎五年棄市。於是，「此書不知落何
所？」便不是問題矣。

附記

1　《萬曆野獲編》引起的誤判問題

（一）《萬曆野獲編》這一則論及《金瓶梅》的文字，牽涉出的問題
最多。由於他那句「又三年，小脩上公車，已攜有其書，因與
借抄挈歸。」下說「未幾時，而吳中懸之國門矣」，被判為《金
瓶梅》初版於萬曆三十八年。遂亦認為沈德符的這篇文章，寫
於萬曆四十年以前。因而有不少問題，我們都誤判了。至今，
五十三回至五十七回，還有人在為之寫註腳。

（二）問題發現了：（1）馬仲良（之駿）「司榷吳關」在萬曆四十一
年，《金瓶梅》出版於萬曆三十八年，不存在了。（2）袁小脩
的日記《遊居柿錄》，記明他在萬曆四十二年八月，尚未見《金
瓶梅》全書。謝肇淛的《小草齋文集》，說他在袁中郎處只抄
得《金瓶梅》「其十三」。這麼一來沈德符在萬曆三十七年向袁
小脩抄得的《金瓶梅》，不是全稿，怎會有人重價購刻？（這
些問題，我一開始研究《金瓶梅》時，就發現提出了。）（3）
自從馬泰來發現了丘志充於天啟七年被捕下獄，處死刑於崇禎
五年棄市。沈德符這篇文章，說到的一些問題，以及此文的寫
作時間，都得重新詮釋了。

2　丘旋出守去此書不知落何所？

（三）如從「丘旋出守去，此書不知落何所？」這一句話來推想，沈
德符的這篇文章，寫作的時間，最大的上限，也只能放在丘氏

捕之後。否則，「此書不知落何所？」這話用不上。若寫在丘志充離京「出守」的那一年，怎能說「此書不知落何所？」顯然寫在丘被補之後。甚而可以說丘「棄市」之後。

（四）若確定寫在丘氏被捕之年，也是天啟七年矣。此時，十卷本《金瓶梅》已經出版，他已見到出版的書，且已拿來與他所藏的稿本對過，認為其中五回（五十三回至五十七回）是「陋儒補以入刻」的。可是我們考量沈德符的這句話，總得弄清楚沈德符手中的《金瓶梅》抄本，是一部十卷本呢？還是廿卷本呢？我們今見的《金瓶梅》刻本，就有兩種。固然，十卷本應是廿卷本之前的刻本。但是不是沈德符說的「未幾時而吳中懸之國門矣」的那一部呢？此一問題，直到今天，除了我一人之外，幾無任何人來考量此一問題，不談論這五回的問題則已，只要一談到這五回，幾乎人人胥以十卷本的這五回為探討底本。美國的韓南先生雖然發現到十卷本與廿卷本的這五回，只有五十三、四兩回不同，已說到廿卷本的這兩回是改寫，文辭等等都遜色於十卷本。惜乎韓南先生未能在此一問題上，進一步去探求問題[1]。如從謝氏的《小草齋文集》中的〈金瓶梅跋〉文來看，則沈德符手中的《金瓶梅》稿，是廿卷本。（因為他從袁小脩手中抄去的）。試想，研究《金瓶梅》這五回的人，居然把沈德符的說詞，安放在十卷本上探詢問題，豈不是「南轅北轍」了嗎！

---

[1]　參閱韓南先生著：〈金瓶梅的版本及其他〉，《國立編譯館館刊》第 4 卷第 2 期（1995 年 12 月）。

3 沈德符向袁中道借鈔《金瓶梅》的問題

（五）我步入《金瓶梅》一書的研究，今已二十年有餘。一開始發現到的問題，便是《萬曆野獲編》這篇文章。首先發現他說在萬曆三十七年（1609）向袁小脩抄來《金瓶梅》攜回家鄉，他雖然沒有接受朋友的建議，賣給書肆，卻也未幾時便見到了刻本。可是，袁小脩寫於萬曆四十二年八月的日記《遊居柿錄》，卻說他還是跟哥哥中郎在真州時，見到此書之半。後來，謝肇淛寫於萬曆四十年之後的《金瓶梅》跋，卻又證明了袁氏兄弟手中的《金瓶梅》，只有「其十三」。那麼，《萬曆野獲編》的話，往那裡放呢？所以我認為《萬曆野獲編》的這段話無根，沈德符撒謊。對於此一問題，我曾這樣論斷：「若此看來，此一問題，仍具真偽各半。第一，如果沈德符的記述是真，則袁小脩的那些記述必偽；第二，如果袁小脩的那些記述是真，則沈德符的這些記述必偽；第三，要不然，那就是該兩書的記述全偽，絕不可能兩書所記全真。說來，這應是必然之理，亦勿須多所辯解。所以我們對這兩件史料，只能信擇其一，或全不相信，應認真加以考訂後，再行據之，絕不可兩者全信。[2]」可是，多年以來，我都是站在袁氏兄弟這一邊，指沈德符的話是偽，來判斷問題的。但自從寧波師範學院的鄭閏發現到新的史料，可以認為屠本畯就是欣欣子，對於《觴政》跋文的理解，又有了更進一步的判斷。（雖然，我在十五年前論斷《觴政》跋時，也曾說到：「第一，看來，這段話的意思，在指斥袁石公之必有此書之全，如託之空言，則未免『保面甕

2　參閱拙作：《金瓶梅探原》，頁119-121。

腸』。」）不得不認為袁小脩的日記所說，以及謝肇淛的〈金瓶
梅跋〉，都有為人遮掩而故作「詖辭」之意。

（六）如從語意看，沈德符獲知《金瓶梅》始於《觴政》，丙午遇中
郎京邸，就問「曾有全帙否？」則沈德符在丙午秋抵京前，就
讀到了《觴政》。似有問題。但從貿然發問「曾有全帙否」一
語推斷，也是質問袁中郎作《觴政》以《金瓶梅》作酒令的問
題。於是，下面說到「又三年」，便向袁小脩抄到了全本。業
已暗示袁氏兄弟早就有了全本。這樣看來，袁小脩的話便是
「飾辭」了。

不過，袁氏兄弟與沈德符的交往不深，在袁氏兄弟文集中，無
一字及於沈。按袁宏道卒於萬曆四十三年九月，袁中道卒於天
啟三年。沈氏此文作於袁氏兄弟卒後，他手中的《金瓶梅》
稿，是不是從袁小脩抄得，也死無對證。

4 沈德符說的「陋儒補刻」與《玉嬌李》問題

（七）不過沈德符說他攜回了《金瓶梅》稿，馮夢龍與馬仲良都勸他
應梓人之求，雖是一面之辭，卻還有踪可尋。至於所說「陋儒
補以入刻」的五回問題，廿卷本卻有兩回可以印證，但廿卷本
的梓行時間，不能與沈說符契。也是待考的問題。

（八）最有問題待求答案的，便是《玉嬌麗（李）》一書，蘇興先生
寫了一篇〈玉嬌麗（李）的猜想與推衍〉一文[3]卻也未能獲得結
論。而我卻懷疑並無此書。

3　蘇興先：〈玉嬌麗（李）的猜想與推行〉，《科學戰線》第 1 期（1987 年）。

《天爵堂筆餘》[1]

往在都門[2]，友人關西文吉士以抄本不全《金瓶梅》見示[3]。余略覽數回，謂吉士曰：「此雖有為之作，天地間豈容有此一種穢書[4]。當急投秦火[5]。」後二十年，友人包巖叟以刻本全書寄敝齋，予得盡覽[6]。初頗鄙疾[7]，及見荒淫之人皆不得其死[8]，而獨吳月娘以善終[9]，頗得勸懲之法[10]。但西門慶當受顯戮，不應使之病死。

簡端序云：「讀《金瓶梅》而生憐憫心者，菩薩也。生畏懼者，君子也。生歡喜心者，小人也。生效法心者，禽獸耳[11]。」序隱姓名，不知何人所作？蓋確論也[12]。

所宜焚者，不獨《金瓶梅》，《四書笑》、《浪史》[13]，當與同作坑灰[14]。李氏諸書[15]，存而不論。

鄞人薛岡作

註釋

〔1〕按鄞人薛岡，字千仞，乃布衣。三十歲後便在京城代新進士館選捉刀，賣文為生。著有《天爵堂集》二十卷，《天爵堂筆餘》二卷。生於嘉靖四十年（1561），可能朱明易姓時尚在世。

〔2〕意指前些年寄寓京城的時期。

〔3〕「關西文吉士」其人，如以實指，當是三水文在茲。按文在茲是萬曆二十九年（辛丑科）進士，當選庶吉士。然而，在《天爵堂集》與《天爵堂筆餘》二集中，未見有與文在茲往還史料。卻有文翔鳳其人，也是三水人，文在茲之侄。萬曆三十八年（庚戌科）進士。翌年選任山東萊陽縣令，與薛岡則是交契的好友，文中交往史料頗多。所以我疑薛岡此文筆下的文吉士，可能是

文翔鳳。（說來，此一問題，在史乘上尚存有不少葛藤。先說文在茲的庶吉士。按文在茲當選庶吉士是實，可是這一年的庶吉士，散館時，由於受到檢舉，這一科的庶吉士，詔諭舉行覆試。結果，文在茲在覆試時，被除了名。換言之，散館後，文在茲未被派職，遂返鄉鬱鬱以終。至於文翔鳳的這一科，也出了問題，狀元韓敬遭到檢舉，連累了這一科的庶吉士停選。（簽報了名單，未批。）文翔鳳遂於翌年（萬曆三十九年）接任萊陽令。這樣看來，文翔鳳原應是庶吉士，不是極有可能嗎。總之，薛岡的三水，（關西）友人是文翔鳳，不是文在茲。）

〔4〕文雖不全，但卻看到了「淫穢」之處。或可推想，抄本的流傳，所抄多採「淫穢」處抄的。

〔5〕「秦火」即焚書的代名詞。建議燒掉。

〔6〕包巖叟，名士瞻，也是鄞人。萬曆四十六、七年，以貢生選任山東德州判官。

〔7〕意為開始讀時，頗為看不起這部書，且詬病其中的淫穢描寫。

〔8〕此說「荒淫之人皆不得其死」，自是指的潘金蓮與陳經濟等。像其他冤死等人呢？怎樣論呢！蓋亦各人粗略讀後之意念而已。何能認真與論。

〔9〕認為吳月娘禮佛應以「善終」。那麼，韓道國與王六兒夫婦，不也是以「善終」的麼？

〔10〕《金瓶梅》誠是一部有所「勸懲」的書，然「勸懲」之處，似不在吳月娘的「善終」上吧？

〔11〕此說東吳弄珠客的序文（引用文詞是東吳珠客的序中文辭），刻在他看到的刻本《金瓶梅》的「簡端」，似是二十卷的崇禎本，不是十卷本的「詞話本」。

〔12〕此說「序隱姓名，不知何人所作？」也證明了他看到的刻本，

沒有欣欣子的序。這一點，也是可以用來證明薛岡讀到的刻本，是崇禎刻本，他在文吉士處見到的不全抄本，時在萬曆三十八年。（此說「確論」，指的是序中的這幾句話。「生效法心者，禽獸耳。」）

〔13〕《四書笑》、《浪史》，都是萬曆與啟禎間流行的淫穢書刊。

〔14〕薛岡認為，像這些書，都應該一起燒掉。

〔15〕「李氏諸書」，指李贄（字卓吾）寫的《焚書》等著作，他則不願表示意見。

附記

1 薛岡筆下的「文吉士」問題

（一）在明代人正面論及《金瓶梅》的文字史料中，行文時間最晚的，便是《萬曆野獲編》（沈德符）與《天爵堂筆餘》（薛岡）這兩件史料，可以說都寫於崇禎年間。然而這兩件史料上的文辭，論及所見刻本的年代，都未明指，且有莫棱兩可之疑。因而有了研究此一問題的後人，各有不同的詮釋與認定。

（二）按《萬曆野獲編》結尾的那句：「丘旋出守去，此書不知落何所？」語意業已明示，一對歷史上的丘氏行狀，當可判定此文的寫作時間，最早也當在天啟七年丘因案下獄，處以死刑之後。但也可能寫在丘於崇禎五年棄市之後。可是，《天爵堂筆餘》記述薛岡讀到《金瓶梅》刻本的時間，雖有上距二十年的「關西文吉士」為之證，偏有這位辛丑科的文吉士散館除名的波折；又有薛岡契友「關西文翔鳳」介入為之疑。文翔鳳是萬曆庚戌科的進士，偏巧這年又未選庶吉士，文翔鳳選任萊陽縣令，翌年方行到任。再加上薛岡見到的刻本，「簡端」的序文，是東吳弄珠客的序，不曾說到那十卷本上的〈欣欣子序〉。這

麼以來，也就很難認定薛岡見到的《金瓶梅》刻本是十卷本，
不是廿卷本（崇禎刻本）。

2 薛岡見到的《金瓶梅》刻本問題

（三）如以明代人論及《金瓶梅》的文字史料，無人論及「欣欣子」
　　　及「蘭陵笑笑生」這一問題來說，只有這樣認定：一是傳抄時
　　　代的《金瓶梅》，並無任何一篇序文。序文是刻本上纔有的。
　　　二是十卷本的刻本梓出後，遇上天啟初年詔修《三朝要典》（梃
　　　擊、紅丸、移宮），十卷本上還殘存著冊立東宮的隱喻，未敢
　　　發售而棄書毀板。未見此本者自無從知有欣欣子與蘭陵笑笑
　　　生，其知有此十卷本者，都知應隱而不言以避禍。若是如此推
　　　想，則薛岡讀到的《金瓶梅》刻本，是崇禎刻的廿卷本。簡
　　　端，是〈東吳弄珠客序〉也。

（四）存世的三部十卷本《金瓶梅詞話》，部部都有〈欣欣子序〉。薛
　　　岡讀到的《金瓶梅》刻本，既說「簡端」序文，乃東吳弄珠客
　　　的辭語，顯然不是十卷本《金瓶梅詞話》，乃廿卷本崇禎間刻
　　　本也。[1]

---

[1]　可參閱我那篇：〈薛岡筆下的文吉士〉一文。

附編

《三遂平妖傳》[1]

（一）　墨憨齋本〈隴西張譽無咎父序〉[2]

他如《玉嬌麗》、《金瓶梅》如慧婢作夫人[3]，只會記日用帳簿全不曾學得處分家政[4]。效《水滸》而窮者也[5]。

（二）　天許齋本〈楚黃張無咎序〉[6]

他如《玉嬌麗》、《金瓶梅》，另闢幽蹊，曲終奏雅[7]。然一方之言，一家之政，可謂奇書，無當巨覽[8]。其《水滸》之亞乎[9]。

註釋

〔1〕《三遂平妖傳》內容所寫，乃北宋貝州王則叛亂敉平故事。明嘉靖間晁瑮父子的《寶文堂》書目，即記有兩種版本存世。今見之版本有萬曆間武林王慎脩纂修本，二十卷。泰昌年間墨憨齋本四十卷，（註說是馮夢龍增補。）又天啟或崇禎間天許齋刻本亦四十卷本。

〔2〕墨憨齋本有「隴西張譽無咎父」序於泰昌元年長至前一日文。

〔3〕以《玉嬌麗》與《金瓶梅》並論，評此兩書像聰明的丫環，學作夫人。（《萬曆野獲編》作《玉嬌李》）

〔4〕認為這兩部書，只學到了記錄家庭用項的帳目，還沒有學到夫人如何處理家庭行政。

〔5〕認為《玉嬌麗》與《金瓶梅》，都學《水滸傳》沒有學到奧巧學到妙處的書。

〔6〕此本序文，改為「楚黃張無咎」，籍貫由「隴西」改易為「楚
　　　黃」。是否祖籍「隴西」，落籍「楚黃」？無從稽考。有疑兩者
　　　係為馮夢龍之化名。

〔7〕「另闢幽蹊，曲終奏雅，」均為褒詞。且「曲終奏雅」一辭，亦
　　　馮夢龍行文習用之語。〈警世通言序〉^{編按1}，亦有斯辭。

〔8〕贊美《金瓶梅》是「奇書」，又說是「無邊無際的大書」（無當
　　　巨覽）意。

〔9〕認為是《水滸》的第二，非前序「效《水滸》而窮者」。

編按1　原書為「警世雅言」，「雅」，乃手民之誤，今本更正「警世通言」。

〈韓湘子（十二郎）渡韓昌黎全傳序〉[1]

……《有三國志》之森嚴，《水滸傳》之奇變；無《西遊記》之謔虐，《金瓶梅》之褻淫[2]。……

明天啟癸亥（三年）[編按1]武林刻本卷首煙霞外客序[3]

註釋

〔1〕此本亦稱《新鐫批評出相韓湘子》。

〔2〕責《金瓶梅》是一部「褻淫」的書。

〔3〕此序作於天啟三年（癸亥），可證序者在天啟三年已見過《金瓶梅》抄本或刻本。想「煙霞外客」亦文人圈中人也。待考。

編按1　原書為「天啟癸亥（二年）」，「二年」，乃手民之誤，今本更正天啟癸亥（三年）。

《幽怪詩譚》[1]

不觀李溫陵[2]賞《水滸》、《西遊》，湯臨川賞《金瓶梅詞話》乎[3]。《水滸傳》一部《陰符》[4]也。《西遊記》一部《黃庭》[5]。《金瓶梅》一部《世說》也[6]。……時崇禎己巳（二年）陽生日，聽石居士題于綠窗[7]。

註釋

〔1〕此書似亦小說類。

〔2〕李溫陵，即李贄，字卓吾。《焚書》作者。

〔3〕未見湯顯祖賞《金瓶梅詞話》文字史料。

〔4〕指《陰符經》，道家典籍。

〔5〕指《黃庭經》。

〔6〕指《世說新語》，述時事者。南朝劉義慶作。

〔7〕不知「聽石居士」是何人？待查。

《魏忠賢小說斥奸書》[1]

一、是書動關政務，事係章疏。故不學《水滸》之組織世態，不效《西遊》之布置幻境。不習《金瓶梅》之閨情[2]。不祖《三國》諸志之機詐。

註釋

〔1〕此書全名《崢霄館評定新鐫出相通俗演義魏忠賢小說斥奸書》，今僅存一孤本，尚缺十五回。全書四十回，缺十三回至二十一回又缺三十五回至四十回。原本現藏北京大學圖書館。今已影印出版。

〔2〕認為《金瓶梅》乃一「閨情」小說。

《陶庵夢憶》^{〔1〕}

甲戌十月^{〔2〕}。攜楚生^{〔3〕}往不繫園看紅葉。客不期而至者八人：南京曾波臣，東陽趙純卿，金壇彭天錫、諸暨陳章侯。杭州楊與民、陸九、羅三、女伶陳素芝。餘留飲。章侯攜縑素為純卿畫古佛，波臣為純卿寫照。楊與民彈三弦子，羅三唱曲，陸九吹蕭。與民復出寸許界尺，據小梧，用北調說《金瓶梅》一劇，使人絕倒^{〔4〕}。

註釋

〔1〕作者張岱字宗子，山陰人。世家子，生於萬曆二十五年，卒於朱明易姓之後。《陶庵夢憶》一書，大多作於清初。共八卷，是一本著名的小品文。此書最早刻於乾隆五十九年（1794）。

〔2〕甲戌即崇禎七年。此文即追憶崇禎七年十月間事。

〔3〕此名「楚生」者，即女伶朱楚生。此書卷五，寫有朱楚生演劇事。極為推崇其藝入妙。

〔4〕同往不繫園觀賞紅葉者八人，率為當時名人，陳章候即畫家陳老蓮。他如彭天錫、楊與民、陸九、羅三、陳素芝等人，都是劇界名人，非伶人即票友。文中說楊與民出寸許小界尺，據小梧，用北調說《金瓶梅》一劇，使人絕倒。乃友朋們聚會時，玩笑戲謔的表演。此說「一劇」，或是《金瓶梅》中所錄的某一段劇曲。楊與民可能是南方人，所謂「用北調」，似是學倣《金瓶梅》中的「俺」、「咱」等倣調來說唱曲中文詞，聽來自有令人絕倒之趣。此一記述，足以證明《金瓶梅》在崇禎初年，已相當流行了。

〈今古奇觀序〉[1]

……然《金瓶梅》書麗，貽譏於誨淫，……[2]

註釋

〔1〕《今古奇觀》一書，乃三言的選本，另立名目印行者。序者「笑
　　花主人」，亦疑為馮夢龍所化名。此本當刻於崇禎中葉，蓋《警
　　世通言》序於天啟四年，《警世恆言》序於天啟七年。

〔2〕序文對於《金瓶梅》的批評，也著眼於「誨淫」。時亦崇禎間矣。

附記

（一）《三遂平妖傳》的墨憨齋本，隴西張譽無咎父的序，書明寫於
　　　「泰昌元年長至前一日」。按泰昌紀元祇有五個月。萬曆帝駕崩
　　　於萬曆四十八年七月二十二日，皇太子常洛於當年八月一日登
　　　極，九月一日即崩逝。禮部議定當年八月一日至十二月二十九
　　　日（該年十二月是小月），為泰昌元年。所以泰昌的紀元只有
　　　五個月。像這麼一個短暫的紀元，除了著史書者必須寫上此一
　　　紀元，其他如出版物等等，則極少有人書泰昌元年紀元。今所
　　　見者，只有兩種書寫了泰昌紀元（歷史除外），除了這部墨憨
　　　齋《三遂平妖傳》，便是馮夢龍的另一種，《麟經指月》上的〈梅
　　　之熲序文〉，寫為「歲在庚甲泰昌元年九月日」等字樣。這兩
　　　部書，全是馮夢龍的刻本。

（二）尤其《麟經指月》的序，寫的是「泰昌元年九月日」。按常洛
　　　於萬曆四十八年（1620）八月一日登極，詔改明年泰昌元年。
　　　不想常洛在位一月即宴駕，未及改元。臣僚因此曾有三案討

論，一是不為泰昌在歷史上列紀元，事實上歷史無紀元。二是
上借父下借子，以萬曆四十八年全年為泰昌紀元。三是上不借
父，下可藉子，以一六二〇年八月一日，至當年十二月二十九
日，計五個月為泰昌紀元。後遂以第三案定案。此一決定，匆
匆於九月十三日始行決定，下交禮部頒布，傳之大眾，勢必已
踰九月。今《麟經指月》一書的序文，寫作年月作「泰昌元年
九月日」，顯有故以泰昌紀元年書之文的憂傷意旨。且未能
「書日」也。

（三）我之所以把馮夢龍的出版物，上書「泰昌元年」的情況，再度
（早已提到）引錄在此，意在證明一件事，那就是，《三遂平妖
傳》已證明《金瓶梅》一書，在萬曆末年已板行了。更可以說，
《三遂平妖傳》上的「泰昌元年」序文，與廿卷本[編按1]《金瓶梅》[編按2]
上的東吳弄珠客序於萬曆丁巳（1617）的序文，是前後呼應的
文章。它們全是馮夢龍的手筆也。

（四）在出版上書泰昌紀元的書，除歷史文物之必須書寫者之外，舍
此兩書，不知其他還有那些？

（五）這裡「副編」出的六種出版物，除《三遂平妖傳》、《韓湘子》
之外，其他四種，出版時間，全在崇禎年間。像這些屬於歷史
的文字紀錄，業已證明了《金瓶梅》在崇禎年間，正式有刻本
在流行了。

（六）《三遂平妖傳》的墨憨齋本與天許齋本，兩種刻本的兩篇同一
人的序文，說到《金瓶梅》卻有美刺兩端之異。這一點，誠是

編按1　原書本為「十卷」字樣，檢�先生存書，有其親筆修正為「二十」字樣，今本
　　　從之。
編按2　原書本為《金瓶梅傳》字樣，檢戵先生存書，有其親筆刪除「傳」字，修正為
　　　《金瓶梅》，今本從之。

一大問題。那麼，何以前序刺《金瓶梅》之「婢學夫人」，「效《水滸》而窮者也。」後序何以又美《金瓶梅》是「奇書」之「無當巨覽」，說它是「曲終奏雅」，而且是「另闢幽蹊」的創作，「《水滸》之亞也」。怎會有如此兩極的美刺異端？此一問題，我曾作這樣推繹：一是墨憨齋出版《三遂平妖傳》時，正是廿卷本[編按1]《金瓶梅》梓出後，不敢發行而毀板的時期。刺的目的是避禍。到了崇禎，重刻的廿卷本《金瓶梅》，已公開發行，是以美之也。然否？提供賢智同道究之。

編按1　原書本為「十卷」字樣，檢戩先生存書，有其親筆修正為「二十」字樣，今本從之。

續語

　　如今，我又把明代人論及《金瓶梅》的文字史料，重新編次，以及上次所寫遺而未加詮釋的部分，也並入進來。根據近年來新的發現，遂又有了新的判斷，對於史料中的文辭詮釋，更有了義理的根據。

　　二十年來，我從《金瓶梅》一書，接觸到的學術論文寫作上的問題，幾乎十之七八以上，都不從學理上去尋求立論之點，大多都是當一絲意念被激發產生之後，也不去考量這一意念有無可以立論之地。（即歷史基礎）。譬如說《金瓶梅》成書於嘉靖，則必須在一五九六年（該年是《金瓶梅》最早步入世間的文字史料為證的年代）以前到嘉靖末年（1566-1596）的時代裡，有人論及《金瓶梅》一書的文史資料，否則，此一論點，便是沒有歷史基礎，也就是考據學上說的「無立論之地」。另外，還有社會因。像《金瓶梅》（今見的兩種刻本）這樣的書，正如《萬曆野獲編》所說，「此等書必遂有人板行，一刻則家傳戶到。」（這話是嘉靖朝以來各朝的事實），不要說從嘉靖年間，從有了這部小說的萬曆二十四年算起，居然遲遲二十年到萬曆四十五年，方有刻本出現，都是應去考量的社會因素。這情事，在萬曆朝那麼個淫縱的社會，也是不可能產生的。從事《金瓶梅》一書的研究者，若不考量這些有關的社會因素，如何能僅憑一己的突生主觀意念？去著書立說？當然，訓詁這一門學問的基礎，也甚重要。

　　訓詁雖是詮釋字辭文義的學問，但對於以現實生活的語言作為述事的小說來說，此一訓詁上的學問，用在詮釋小說（尤其是語體小說）與戲劇上說，比用在經、史、子、集上，還要難上加難。何以，

白話文的小說，乃市井里巷的小人物口語，率多俗俚，字書上是尋不
到的。不但有其時間上的層次隔離，還有其空間上的界域鄙遂。其
他，還有小說家自設的隱喻，以及有所蔽的詖辭。還有關乎涉及史實
上的歷史問題，若是不能疑及蠡及，也無從訓詁出語辭的真正文義出
來。說來，訓詁一事用在研究說部上的問題多矣哉。所以我在前面已
經說過了，在此，忍不住又重述一遍。也正因為在我所讀到的部分
《金瓶梅》研究論著上，缺失於訓詁學理之處太多，不惟把別人的論
點看偏了，也往往把自己的論點，也栽歪了。（至於那些毫無一己論
點，只是抄抄拼拼，無足論矣！）

　　更重要的是，我們從事史料文辭的訓釋，人人都不免有其主觀
成見上的附會之誤，但卻切忌穿鑿。我在《金瓶梅的幽隱探照》一書
中，寫到馮夢龍的「笑」字，就有附會之失。把馮夢龍用「笑」字的
文辭，抄錄了一大串，有意去附會「欣欣子」。如今，當鄭閏先生又
發現了屠本畯的著作，更有「笑」詞「欣子」等文，不得不愧怍於前
者所寫的這一部分有關馮夢龍「笑」的論點，誠有「附會」之失。

　　說來這就是我在訓詁上的「附會」缺失。不過，我尚未步入「穿
鑿」上的大誤。

　　正確的訓詁，無不有賴於史實的基礎為之奠。就如《萬曆野獲
編》中的那句「丘旋出守去，此書不知落何所？」雖然二十年前一開
始讀此文時，就疑到此語之未免令人不解。之後，遂寫出了幾句疑問
辭，認為丘六區離京外放為官，怎的能說出「此書不知落何所」這句
話來？原來，丘六區（志充）於萬曆四十七年奉調河南汝甯知府，從
此步步高陞到從二品的市政使。在天啟七年犯罪下獄，崇禎五年服刑
棄市。有了此一歷史上的實錄，「丘旋出守去，此書不知落何所？」
的語句，遂有了落實之處。可以確定沈德符的這句話，說的是實話，
只是說得含蓄，意在有隱與諱而已。

　　那麼，我們再基於此一論點，重作詮釋袁氏兄弟以及謝肇淛的《小草齋文集》之〈金瓶梅跋〉的史料，在語意上就不得不作事實上的義理貫穿。不能只在文辭的語意上來義理之矣。就得像「未幾時而吳中懸之國門矣」的話，必須有馬仲良司榷吳關之時，乃「萬曆四十一年」為之基，不能僅以語意上的義理，來說《金瓶梅》初版於萬曆三十八年。所以我這次重行詮釋的明代人有關《金瓶梅》的論說研判，已有了相當大的轉變。有關沈德符與袁中道部分（《萬曆野獲編》與《小草齋文集》），先以沈德符為謊，以袁中道為實。如今，我探索到的史實，以及上海黃霖，甯波鄭閏，提出的證見與新發現的史料，不得不使我認定《萬曆野獲編》是實言，《遊居柿錄》與《小草齋文集》有「詖辭」之蔽。不過，我十五年前寫〈論明代的金瓶梅史料〉一文的論點，則未能動搖，卻又憑恃了新的史料發現，把早期所設疑的問題，尋到了答案把問題詮釋得更加清楚，更為嚴實了就是。如：

（1）《金瓶梅》的傳抄，應作前期後期之分

（2）《金瓶梅》的傳抄，正式流傳在《觴政》之後

（3）《金瓶梅》的後期傳抄，已經是改寫本了。初期傳出的稿本，是可以以枚乘〈七發〉為比況的有關規諫的政治小說，到了後期正式在文人圈中傳抄，方始成為蔓出《水滸》一枝的西門慶的家庭興衰故事。

（4）《金瓶梅》在後期傳抄時，有了兩種不同的底本。

（5）鄞人屠隆卒於萬曆三十三年（1605）八月二十五日，《金瓶梅》的正式傳抄在《觴政》傳出之後的萬曆三十四、五年之後。這一點，是歷史的史實。

（6）屠隆罷官於萬曆十二年（1584）十一月，他的罷官，在名義上是「曠廢於詩酒」，實際上起因於他於萬曆十年皇長子誕生，他寫了幾篇〈賀皇子誕生〉的文章，獲妬於皇帝寵妃鄭氏。這一

點，已有萬曆二十年間吳興人吳稼澄的《玄蓋副草》之〈答屠緯真〉詩為證。屠隆有寫作《金瓶梅》動機，也有萬曆十七年尚在翰林院任職的王祖嫡（胤昌）的書牘可證。（我寫有一篇〈論屠隆的雕蟲罪尤〉一文，說到屠隆可能寫作《金瓶梅》的動機）。

（7）甯波師院鄭閏從《甬上屠氏宗譜》發現了資料，證明屠隆與屠本畯的關係，不僅是同族祖孫，且是在文學上有著連心的交契。而且尋到了屠本畯就是「欣欣子」史證。於是，屠本畯的《觴政》跋文，有了正確而合乎義理的詮釋。有史實為之基也。

（8）從「欣欣子」的序，切實的印證了今之《金瓶梅詞話》，亦非《金瓶梅》傳抄時代的原本。

（9）當然，十卷本《金瓶梅詞話》應是較比接近原本的改寫本，廿卷本改刪太多，距離原本太遠了。

（10）屠隆卒時，寫有遺言六條，第二條是「平生一罪，多言多語，《鴻苞》等篇，付之一炬。」屠隆生前寫有《鴻苞》二十卷曾有函牘示友，說是新作《鴻苞》廿卷，留待藏之名山，不肯示人。可是他卒後編成的《鴻苞》是四十八卷，今仍有刻本傳世。無一言片語可隱，或有傷於他人者。推想屠氏函牘中說的「鴻苞」或是《金瓶梅》的代名。也許屠隆卒後，家人遵屠氏遺言，以火焚之矣！

（11）今傳之十卷本《金瓶梅詞話》自是屠氏的改寫本。由於晚年的屠隆，醉心於戲曲，娶了女伶為妾，自組了家班，自編、自導、自演，已無心於小說。可能改寫的《金瓶梅》並無全稿，或是《小草齋文集》暗示的，百分之八十而已。《金瓶梅詞話》後二十回之散亂無章，或是後人續入者。

（12）《萬曆野獲編》說的「未幾時而吳中懸之國門矣」一語，或是暗示《金瓶梅詞話》的原稿，來自他處，因而有人推想是馮夢

　龍得自麻城劉家，未全處，馮氏續之也。

此一推想，卻也合乎事實上的情理。

（借用了齊魯版《金瓶梅》插圖作封面。特此致謝！）

民國八十一年（1992）五月十日